KB179390

사람은 왜 사랑 없이 살 수 없을까

사랑과 인생에 관한 세계 유명 작가들의 짧은 소설

옮긴이 박윤정

1970년 원주 출생. 한림대학교 영문학과 및 동대학원 석사 졸업.
현재 전문번역가 및 카피라이터로 활동중이며, 『공연과 리뷰』의
번역을 담당하고 있다. 주요 저서로 『대학을 가든 안 가든』과 논문
「해롤드 핀터 극에 나타난 정치적 폭력의 양상」이 있으며, 번역서
『모던 마임과 포스트 모던 마임』『잃어버린 열흘을 찾아가는 티발
도의 모험』 등 다수가 있다.

청동거울 이야기②

사람은 왜 사랑 없이 살 수 없을까
— 사랑과 인생에 관한 세계 유명 작가들의 짧은 소설

발행일/1999년 7월 16일 1판 1쇄 발행 2000년 1월 10일 1판 2쇄 발행
지은이/톨스토이 외 옮긴이/박윤정
펴낸이/임은주 펴낸곳/도서출판 청동거울 출판등록/1998년 5월 14일 제13-532호
주소/(135-080)서울 강남구 역삼동 832-52 상봉빌딩 301호 전화/564-1091~2 팩스/569-9889
하이텔 I.D./청동 전자우편/cheong21@netsgo.com

편집장/조태림 편집/성기준, 박경호 본문디자인/배영옥 표지디자인/최훈

값 7,000원

ISBN 89-88286-11-1

청동거울 이야기 ②

사람은 왜 사랑 없이 살 수 없을까

사랑과 인생에 관한 세계 유명 작가들의 짧은 소설

톨스토이 외/박윤정 옮김

청동거울

물통에
아무리 작은 구멍이 뚫려 있다 해도
물은 전부 새어나가 버린다.
사랑의 희열도
이와 마찬가지이다.
우리가
어느 한 사람에게라도
사랑할 수 없다는 기분을 느끼게 되면
우리가 가졌던 사랑의 희열은
더 이상 우리 영혼 안에 머물지 않는다.
— 톨스토이

(차 례)

찰나 속에서 건져 올린 영원의 길고 깊은 울림

박윤정(번역문학가)

（엽편소설이란）

'엽편(葉片)소설' 혹은 '장편(掌篇)소설'이나 '한 뼘 소설'로도 불리는 이 짧은 소설 형식이 다소 생소하게 느껴지는 독자들도 있을 것이다. 훌륭한 엽편소설의 경우 분명 단편이나 장편소설과는 또 다른, 때로 그것들을 압도하는 독특한 아름다움과 깊이를 갖고 있지만, 아직 대중적인 호응을 얻어낼 정도로는 충분히 소개되지 못했기 때문이다. 그러나 소설 읽는 참맛을 아는 독자들이라면 수준 높은 엽편소설에서 다양한 삶의 지혜와 깨달음이 응축되어 있는 작은 보석 알갱이들을 캐낼 수 있을 것이다. 특히, 영상매체 시대인 오늘날에 각광받고 있는, 가벼우면서도 깊고 화려하면서도 압축적인 문화적 감각을 더욱 고차원적으로 끌어올릴 수 있는 서사정신을 엽편소설에서 찾을 수 있다.

（강한 상징성과 함축적인 이미지가 주는 강렬함）

엽편소설은 기존의 단편소설과는 달리, 관습적인 의미의 플롯이 아예 없거나 플롯이 있다 해도 하나 이상을 넘지 않는다는 특징이 있다. 체인으로 비유를 하자면, 장단편 소설들이 메인 플롯과 서브 플롯 등으로 두세 개의 고리가 복잡하게 얽혀 있는 체인과 같은 구조를 하고 있다면, 엽편소설은 고리가 하나밖에 없는, 따라서 플롯이라고 얘기하는 것이 무색한 그런 구조를 띠고 있다. 엽편소설이 갖고 있는 보다 강한 상징성과 함축적인 이미지, 원형적인 인물상과 사건 속에서 마주하게 되는 인간의 보편적인 모습과 존재 상황 모두 이런 특징에서 비롯되는 것이다.

플롯이 이렇다 보니 자연히 작품의 시공간적 배경은 짧게 압축되어 있다. 대개는 몇 시간 또는 몇 분내에 벌어지는 함축적인 사건이나 인물의 상징적인 상황들을 별다른 장소의 이동 없이 보여준다. 기존 소설의 구조에서 위기나 절정에 해당하는 부분만을 독립적이고 완벽한 형식으로 재연한 것이라 볼 수도 있다.

그러나 이런 점들이 오히려 인간의 보편적이고 근원적인 존재 상황을 상징적으로 잘 담아내는 좋은 그릇의 역할을 한다. 이 책 속에 실린 옥타비오 파스의 「블루 부케」 같은 작품을 생각해 보면 이를 쉽게 이해할 수 있다. 이 작품에서 그 주인공이 어떤 사람이며 언제 어디에 살고 있는 사람인지는 전혀 중요하지 않다. 플롯이라 얘기할 수 있는 것도 어느 날 밤 몇 시간 겪은 우연한 사건 하나가 전부이다. 그러나 작품을 읽은 사람이라면 누구든 인간 존재의 이면에 도사리고 있는 음험하면서도 신비적이고 우연적인 폭력, 또는 운명의 힘에 대해 생각해 보지 않을 수 없게 된다. 한치 앞을 내다볼 수 없는 이 복잡하고 위험한 현대 사회에서 도처에 널려 있는 폭력과 범죄, 사고, 죽음의 그물 속에 자신도 언제 운 나쁘게 걸려들지 모른다는 막연한 불안감을 느끼면서.

（오랜 뒷맛이 살아 있는 무채색의 영상）

다음으로, 기존의 소설들이 대부분 구체적인 의미를 가진 시공간을 배경으로 인물들의 변화 발전하는 모습을 통해 어떤 도덕적 교훈이나 인생의 지혜, 사회와 삶의 한 단면 등을 담아내고자 했다면, 엽편소설에서는 인물들의 변화하는 모습보다 인물이 처해 있는 심리적이거나 외면적인 상황 자체가 작품의 주제를 결정짓는 핵심 요소라는 점이다. 즉 상황이 인물들의 모든 사실적 배경과 변화를 제치고 인물에 앞서서 부각되는 것이다. 여러 가지 사건에 대응하는 인물의 내외면적 변화를 보여줄 공간이 충분치 않다는 점을 고려하면 쉽게 이해가 되는 부분이다. 따라서 인물들은 보다 원형적인(archetypal) 모습을 띠게 되기 마련이며 상황 역시 보다 강한 상징성과 보편성을 갖게 된다.

웨이드만의 「아버지 어둠 속에 앉아 계신다」나 로사의 「저기 저 강물 위에」 같은 작품을 보면, 이런 특징이 잘 나타나 있다. 즉, 주인공들이 어떤 과거를 갖고 어떤 시대를 살아왔으며 현실적으로 어떤 갈등을 겪고 있는지 구체적으로 설명되어 있지 않아도, 이 글을 읽은 독자들이라면 충분히 주인공들의 내면 풍경 속으로 쉽게 빨려 들어갈 수 있을 것이다. 젊은 시절의 근거 없는 희망과 헛된 열정들을 세월 저편으로 모두 흘려 보내고 삶을 보다 객관적이고 냉정한 시선으로 관조할 수 있게 된 중년의 사내가 보여주는 쓸쓸하고 외로우며, 공허하고 무기력한 모습(「아버지 어둠 속에 앉아 계시다」)이 어느 시대, 어느 곳에서나 쉽게 찾아볼 수 있는 우리 아버지들의 보편적인 모습이기 때문이다. 또한 현세적인 삶의 테두리에서 벗어날 수 없다는 것을 잘 알면서도 과감하게 현실 삶의 모든 책임들을 뿌리치고 떠났지만, 결국 완벽하게 떠나지도, 그렇다고 다시 돌아오지도 못하고 고행

10

을 계속하는 아버지의 모습(「저기 저 강물 위에」) 속에서는 현실의 무게에 지친 아버지들의, 아니 모든 인간들의 내면 속에 도사리고 있는 도피와 초월에의 의지, 그리움을 엿볼 수 있다. 담담하지만 끈질긴 여운을 남기는 그 무채색의 펜화 같은 영상이 오랜 동안 머릿속에서 지워지지 않을 것이다.

이렇듯 엽편소설은, 사실적인 배경이나 복잡한 플롯을 배제한 짧은 분량 속에서, 원형적인 인물상과 보편적이고 상징적인 사건 상황을 통해 한 폭의 사진이나 그림을 보는 것 같은 강렬한 느낌이나 깨달음을 주는 것을 가장 분명한 특징으로 삼고 있다.

〈엽편소설의 다양한 모습들〉

그러나 이런 정리가 모든 종류의 엽편소설들에 다 적용되는 것은 아니다. 기존의 소설 형식이 여러 갈래로 발전되어 온 것처럼, 기존 소설 형식들의, 특히 단편소설의 장점을 두루 흡수하고 있는 엽편소설 역시 여러 가지 경향을 띠고 있기 때문이다.

먼저 작가의 실제 체험임을 가장해서, 생동감 있고 박진감 넘치는 구어체의 이야기 전개를 통해 급작스런 결말로 치달아 가는 형식이 있겠다. 도스토예프스키의 「천국의 크리스마스 트리」나 고리끼의 「그 여자의 애인」, 모옴의 「개미와 베짱이」, 토머스 하디의 「교회성가대의 실수」 등이 그 예이다. 철저히 계산된 이야기지만, 독자들에게 좀더 쉽게 다가가 즉각적인 감성적 반응을 유도해내는 장점이 있는 것이다.

그런가 하면, 설화나 전설, 우화 같은 형식을 통해 도덕적이거나 종교적인 지혜를 보다 분명하게 전달해 주는 작품들도 있다. 클라이스트의 「로카르노의 거지 여인」이나 메리메의 「톨레도의 진주」, 뵈

른손의「아버지」, 사로얀의「양치기의 딸」, 톨스토이의「세 명의 은
자들」같은 경우가 그 예이다. 이런 작품들의 경우 주인공의 일생에
서 몇 해, 또는 평생에 걸친 이야기를 서술할 정도로 작품의 시간적
길이가 길다. 그러나 구체적이고 세세한 것들은 생략된 채 하나의 뚜
렷한 메시지를 향해 빠르게 전개되고 있기 때문에, 전체적으로는 생
생하고 극적이며 강렬한 하나의 느낌을 자아내게 된다. 일면 딱딱하
고 진부할 수도 있는 도덕적 종교적 교훈들을 보다 효과적으로 신선
하게 담아내는 형식인 것이다.

(엽편소설의 백미)

　다음으론, 압축적이고 강렬한 하나의 이미지나 작품의 전체적인
분위기(mood)를 통해 독자들에게 긴 사색의 여운을 남겨 주는 것들
이 있다. 필자의 생각엔, 이런 형식의 작품들이 바로 엽편소설 특유
의 매력을 가장 잘 살려낸, 엽편소설 중의 백미가 아닌가 한다. 넓게
보아서는 도데의「당구 게임」이나 크레인의「얼굴」, 포우의「타원형
의 초상화」도 이런 범주에 속하지만, 파스의「블루 부케」나 베르가의
「늑대 여인」, 뵐의「웃음팔이」, 웨이드만의「아버지 어둠 속에 앉아
계신다」, 로사의「저기 저 강물 위에」등이 그 가장 좋은 예이다. 이
런 작품들의 경우, 작품의 줄거리나 내용보다는 그 내용을 하나의 점
으로 모아 주는 우울이나 공포, 허무, 신비, 음산함 등의 분위기를 만
들어내는 데 초점을 맞추고 있으므로 작품이 훨씬 더 치밀하면서도
시적인 특징을 갖고 있다. 독자들 편에서 보면, 보편적인 인물과 사
건이 자아내는 한 폭의 그림 같은 이미지 속에 자신의 이야기를 덧칠
해서 느끼고 사색할 수 있게 만드는 아주 자유로운 형식인 것이다.
따라서 순간적이면서도 강렬하고 현란한 광고 이미지로 대표되는 영

상매체의 묘미에 익숙한 독자들에게는 가장 쉽게 다가갈 수 있는 형식이기도 하다.

(어두운 세상을 밝히는 사랑의 빛)

앞에서 살펴본 바와 같이 나름대로 독특한 소설 미학을 지니고 있는 엽편소설들을 이 책에서는 작품의 내용에 따라 네 부분으로 나누어 놓았다. 이 소설들은 대체로 사랑을 중심으로 한 인생과 현실의 실상 등을 담고 있는 이야기이다. 간혹 사랑이라는 문제와는 동떨어진 것처럼 보이는 작품들도 있을지 모르겠다. 그러나 사랑의 의미를 넓게 확장해 보면, 인생의 모든 문제들이 결국 사랑에 대한 개인과 사회의 다양한 견해나 감정, 반응 양식 등으로 귀결되는 것이므로 큰 무리는 없을 것으로 본다.

먼저 1부에서는 주로 인간과 사회의 어두운 면과 삶의 부조리한 면들을 날카롭게 풍자하고 비판하는 냉소적인 경향의 작품들을 묶었다. 고개를 약간 꼬고 눈도 약간 비스듬하게 뜨고 모든 현상들의 이면을 조정하는 어둠의 실체를 정확하게 바라보는 것 또한 모든 개인과 사회에 필요한 적극적인 사랑의 한 대응방식이기 때문이다. 아름답고 순수한 것을 있는 그대로 받아들이지 못하는 자기중심적이고 편협한 인간의 모습(「나비」의 티모시 목사)이나 계산된 윤리나 도덕이 오히려 내면의 자연스런 욕망을 좋아가는 삶보다 덜 순수하고 덜 가치로울 수도 있다는 것을 아이러니컬하게 보여주는 「개미와 베짱이」, 권력을 쥔 자들의 어처구니없는 횡포와 집요한 광기를 꼬집은 「당구 게임」, 꽉 짜인 틀로 개인들의 자유를 억압하는 사회와 관리들의 횡포와 무사안일주의를 비판한 「대중목욕탕」, 일상의 이면에 도사리고 있는 어둠과 폭력과 음모의 정체를 온몸으로 느끼게 해주는

「블루 부케」나 「얼굴」 모두 타인들과 사회를 어떻게 사랑하며 어떻게 살아야 하는지 생각해 보게 만들어 줄 것이다.

세속적 가치를 뛰어넘는 사랑의 순수

2부에서는 절대적이고 영원하며 순수한 것으로 착각되고 있는 이성간의 다양한 사랑의 유형과 실체를 보여주는 작품들을 묶어 놓았다. 사랑의 절대적 순수와 영원을 예찬하면서도 그것의 부질없음을 동화적으로 들려주는 「장미와 나이팅게일」이나 왜 모든 인간이 사랑을 갈구하며 살 수밖에 없는지 생각해 보게 만드는 「그 여자의 애인」, 선홍색의 핏빛 같은 사랑의 맹목적인 광기와 열정을 아름답게 담아낸 「늑대 여인」, 사랑이라는 이상과 결혼과 사회라는 현실간의 갈등과 대립을 재미있으면서도 명쾌하게 풀어 나간 「헛된 시도」, 사랑의 야누스적인 일면을 서늘하게 보여주는 「톨레도의 진주」, 사랑의 열정과 인간의 어쩔 수 없는 이기심, 그리고 초월적 사랑의 의미를 포우 특유의 괴기스런 분위기로 잘 담아낸 「타원형의 초상화」 모두 사랑의 어둠과 밝음, 허상과 실체, 아름다움과 추함 등을 신랄하게 파헤치고 있는 작품들이다.

3부의 작품들은 사랑의 이중성에도 불구하고 왜 모든 인간들이 사랑 없이는 살 수 없는지, 사랑에의 막연한 그리움과 기대가 우리 인생에 얼마나 큰 버팀목 역할을 하고 있는지 다시금 생각해 보게 만든다. 나이 들며 한발 한발 죽음의 문턱을 향해 다가간다는 것이 결국 각자의 사랑을 좀더 넓게 확장시키고 담담하게 승화시키는 과정이 아닌가 하는 생각을 하게 만든다. 그 사랑이 자신을 향한 것이든 아니면 타인이나 사회, 일, 어떤 초월적 대상 등등 그 어떤 것을 향한 것이든.

마지막 4부에서는 우리가 지향해야 할 사랑의 모습, 사랑의 방식을 간접적으로 얘기해 주는 작품들을 모아 놓았다. 따라서 4부의 작품들은 다소 진부해 보이지만 어느 시대, 어느 장소, 어떤 계층에나 다 적용되는 불변의 도덕적 종교적 진리들을 담고 있다. 남녀간의 세속적 사랑보다 더 가치 있는 진정한 우정의 의미와 자식에 대한 부모의 절대적인 사랑, 모든 세속적인 욕망을 넘어선 어떤 초월적 대상에 대한 그리움을 읽으면서 우리들의 사랑을 어떤 식으로 꽃 피워 나가야 할지 막연하게나마 해답을 얻을 수 있을 것이다.

(세계적 대가들이 들려주는 사랑과 인생에 대한 깨달음)

번역을 하면서, 작품 전체에 손상을 가하지 않는 범위내에서 약간의 생략이나 첨가를 감수하고서라도 개개의 작품이 갖고 있는 특유의 분위기나 색깔을 최대한 살려내는 데에 주력했다. 엽편소설에 맞는 최선의 방식이라고 생각했기 때문이다.

이 책에 실린 작품들 속에는 세계적으로 인정받은 대가들의 문학적 사상적 씨앗들이 고스란히 담겨져 있다. 앞서 얘기한 엽편소설의 특징을 이해하고 그 작가들의 다른 전작 작품들과 비교해 보며 읽으면, 그 위대한 정신의 소유자들이 들려주는 삶에 대한 비밀스런 깨달음의 언어들을 충분히 느낄 수 있게 될 것이다. 머릿속이 확 밝아지게 하는 그 영원의 목소리, 영원의 울림들을.

부디 이 책이 많은 이들에게 꼭 필요한 책이 되기를 바라며…….

1부
어두운 세상을 위한 사랑의 빛

너희를 사랑하지 않고 힐난해 온 사람,
너희를 모욕한 사람을 사랑하라.
그리하면 너희는 새로운 기쁨을 맛보게 될 것이다.
휘황한 빛이 암흑 후에 빛나는 것처럼,
사람을 사랑하지 않는 마음에서 벗어나는 동시에
찬란한 사랑의 빛이 너희 마음에 보다 더 맹렬히,
보다 즐겁게 빛날 것이다.
— 톨스토이

서머셋 모옴 (1874~1965)
William Somerset Maugham

파리에서 출생한 영국의 소설가. 하이델베르그 대학을 나와 의사가 되려고 병원 근무를 하던 중에 「렘베트의 리자」를 발표하면서 작가가 되었다. 1, 2차 세계대전 중에 정보 활동을 하기도 했는데, 그런 경험을 살린 작품으로 『애션던』이 있다. 동양 각지를 여행했던 탓에 그의 작품 속에는 동양적 신비주의도 짙게 깔려 있다. 기지와 해학이 넘치는 작품으로 인해 지식인들 사이에서도 큰 인기를 얻었으며, 소설 『인간의 굴레』 『달과 6펜스』 등이 있다.

알퐁스 도데 (1840~1897)
Alphonse Dauder

프랑스의 소설가. 1857년 파리로 나가 문학에 전념, 시집 『연애하는 여인』과 단편소설집 『풍차 방앗간의 편지』로 주목받기 시작했다. 항상 수첩을 갖고 다니면서 관찰한 현실의 모습들을 토대로 자연주의적이고 사실적인 작품들을 발표했다. 그의 작품들 속에는 항상 가벼운 아이러니와 인생에 대한 따뜻한 공감, 번뜩이는 재기, 유연한 감수성이 배어 있는데, 주요작으로 3부작 「명랑한 타르타랭」 「알프스의 타르타랭」 「타라스콩 항구」와 「자크」 「프티 쇼즈」 등의 소설이 있고, 희곡 『아를르의 여인』, 자서전 『어느 문인의 회상』 등이 있다.

미하일 조시첸꼬 (1895~1958)
Mikhail Zoshchenko

러시아 풍자문학의 대가로, 문학 서클인 '세라피온 형제'를 통해 동반자 작가로 활동하였다. 풍자적이고 유머러스한 일화 형식으로 러시아 사회를 신랄하게 비웃는 단편소설들을 발표했으며, 「산양」 「지혜」 「무서운 밤」 「원숭이의 모험」 등의 작품이 있다.

토머스 하디 (1840~1929)
Thomas Hardy

영국의 시인이자 소설가. 건축 공부를 하는 틈틈이 소설 집필을 시작. 처녀작 「최후의 수단」이 메레디스의 인정을 받으면서 문단에 데뷔. 그가 태어나 자란 웨섹스 지방을 주무대로, 당시 영국인들의 인습과 편협한 종교관, 남녀 간의 사랑을 대담하게 묘사한 작품들을 발표했다. 인간의 의지와 운명과의 대립을 주제로 한 그의 작품들은 그리스 비극은 물론 셰익스피어 비극과도 비견될 만하다. 소설 『테스』 『귀향』 『캐스터브리지의 시장』 『미천한 사람 주드』 『패왕 3부작』 등이 있다.

옥타비오 파스 (1914~1998)
Octavio Paz

멕시코의 시인이자 소설가, 비평가, 외교관. 멕시코와 중남미는 물론 20세기를 대표하는 현대시의 세계적인 거장이다. 명상의 세계를 추구하는 능숙한 솜씨로 1990년 노벨문학상을 수상했다. 「인간의 뿌리」와 「그대의 밝은 그늘아래서」로 주목을 받기 시작, 그후에 발표된 「세계의 가장자리에서」로 시인으로서의 위치를 확고히 다졌다. 작품집으로 『고독의 미로』 『독수리? 아니면 태양?』 『활과 리라』 『일상의 불꽃』 『흙의 자식들』 『내면의 목소리』 『발 밑에 깔린 자유』 등이 있다.

스테판 크레인 (1871~1900)
Stephen Crane

미국의 소설가이자 시인. 저널리스트가 되어 쿠바와 그리스 등지에서 일하기도 했다. 미국 최초의 자연주의 작가들 중의 한 명이며, 새로운 자유시 형식을 추구한 신시 운동의 선구자이기도 하다. 뉴욕 빈민가의 추한 현실을 고발한 처녀작 「매기」로 문단에 데뷔, 남북 전쟁에 참가했던 어느 병사의 체험을 그린 「적색무훈장」은 전쟁소설의 백미 중의 하나이다. 소설집 『오픈 보트』 『괴물들』, 시집 『흑인 기사들』 등이 있다.

하인리히 본 클라이스트 (1788~1811)
Heinrich von Kleist

독일의 소설가이자 극작가, 시인, 저널리스트. 불가지론에 심취하여 군대에 자원했다가 탈영, 방랑 생활을 하던 중에 작품 활동을 시작했다. 한때 뮐러와 함께 잡지와 신문을 발행하기도 했으나 실패했다. 독일 낭만파 운동의 중요한 인물이지만, 적극적인 현실성과 정치성을 강조하는 작품들을 주로 썼다. 33세에 자살을 하기까지 각각 여덟 편의 희곡과 소설을 남겼는데, 주요 작품으로 『시로펜시타인 가문』 『깨어진 항아리』 『펜테질레아』 『헤르만 싸움』이 있다.

한리 제임스
·

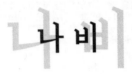

성큼성큼 큰 걸음으로 복도를 왔다 갔다 하는 티모시 목사의 옷에
서 와삭와삭 묘한 소리가 났다. 붉으락푸르락 상기된 얼굴로 입술을
씰룩씰룩거리며, 손가락으론 연신 검은 성복 위에 달린 단추들을 신
경질적으로 잡아당기고 있다. 무언가 대단히 흥분한 듯한, 생각이 뒤
죽박죽인 채로 정리되지 않아 어찌할 바를 모르고 그저 목적 없이 서
성대고 있는 듯한 폼새였다. 한눈에 척 보아도 그는 화가 머리끝까지
치솟은 것처럼 보였다.

이렇게 왔다 갔다 하면서, 그는 가끔씩 무언가 탐색하는 듯한 은밀
한 눈초리로 그 어둡고 곰팡내 나는 복도 중간의 견고한 나무문을 슬
쩍슬쩍 곁눈질하면서 혼자말로 뭐라고 투덜거렸다. 그의 머릿속은
뚜렷한 형태도 질서도 없는 생각들로 인해 무척이나 혼란스러웠다.
정말이지 황당하기만 했다. 그 콩알만한 녀석을 도대체 이해할 수가
없었다. 캐시디란 그 꼬마 녀석의 이름을 떠올릴 때마다, 피가 온통

거꾸로 치솟는 것 같았다.

그를 이토록 분노케 만든 것은 바로 그 꼬마 녀석의 침묵, 그 징글 징글하도록 지독한 침묵이었다. 그러나 더욱 참을 수 없는 건 그 침묵 속에서 느껴지는 무언가 고요하고 평화로운 기운이었다. '에이, 망할 놈! 어디 언제까지 입 다물고 버티나 두고 보자! 너 혼자 얼마나 편안하고 평화로울 수 있는지 어디 두고 보자구! 이 양심에 털도 안 난 놈 같으니라구!'

그는 갑자기 발걸음을 멈추고 그 단단한 문을 노려보았다. 그 안이 점점 어두워지고 있으리란 걸 그는 잘 알고 있었다. 혹 무슨 소리가 안 들리는지 귀를 쫑긋 세워 보았지만, 쥐새끼 소리 하나 들리지 않았다. '저 녀석이 자빠져 자고 있는 거 아냐? 설마, 그렇진 않겠지? 아마 문 뒤에 서서 바깥 소리에 온 신경을 곤두세우고 있을 거야. 그래, 맞아! 곧 나가게 되겠지 하면서 말야. 흠! 턱도 없지, 그런 야무진 생각을 다 하다니! 암, 턱도 없는 생각이구 말구.' 티모시 목사는 혼자 코웃음을 쳤다. 스스로 자신의 행동을 반성하고 해명할 때까지는 그 못된 녀석을 저 방에서 꺼내 줄 생각이 추호도 없었다.

질서와 순종의 지평선에 검은 그림자를 드리우는 위험스런 짓이기는 했지만, 캐시디 녀석의 침묵은 권위를 조롱하기 위한 것은 아니었다. 그래, 문제는 바로 그 침묵, 그 냉담한 무관심이었다. 그건 결코 어린 아이 특유의 천진함 같은 것도 아니었다. 결코, 결코 그런 건 아니었다. 그런 건 이미 그 녀석의 행동에 의해 깨져 버린 지 오래다. 뭐랄까, 침묵은 두텁고 단단한 벽 같은, 한마디로 무지와 같은 그런 것이었다. 그런데 한술 더 떠서 이 캐시디란 녀석의 침묵은 뚫을래야 뚫을 수 없는 강철 벽과도 같았다. '그 벽을 어떻게 무너뜨린다? 그래, 어디 끝까지 한번 해보자구.'

약 오 분 동안 계속해서 복도를 서성이던 그가 다시 문 앞에 멈춰

섰다. 쾅! 쾅! 쾅! 세차게 문을 두드리고 난 후 안에다 대고 소리쳤다. "캐시디! 너 거기 있냐? 캐시디!" 그러나 아무 대답도 들리지 않았다. 티모시 목사의 입에서 분노의 절규 소리가 절로 터져 나왔다. "으이구, 이 망할 놈! 그 안에서 잠을 잔다 이거지? 대체 얼마나 뻔뻔스런 녀석이길래 그러는 거야, 응?" 그는 참다못해 호주머니에서 열쇠를 꺼내 문을 열고 안으로 들어갔다. 문이 그의 뒤에서 소리 없이 닫혔다. 그러나 그 녀석은 침대 위에 얌전히 앉아 있었다. 고개를 들어 티모시 목사를 쳐다본 캐시디는 목사의 눈에 서린 노기를 보고 황급히 눈을 내리깔았다.

"캐시디, 이제 정신 좀 차렸냐?" 아무 대답이 없자, 티모시 목사의 목에 핏대가 섰다. 캐시디의 그런 침묵이 목사를 더욱 화나게 만드는 것이다. "대답해, 캐시디. 대답하란 말 안 들려? 대답하란 말야! 이 뻔뻔하고 못된 놈 같으니. 엉! 이…… 이……." 더 이상 말도 제대로 안 나왔다. 선 채로 그 어린 죄인을 내려다보던 목사가 잠시 후 의자를 하나 끌어와 캐시디의 맞은편에 앉았다.

"다시 말하마. 네가 저지른 그 터무니없는 짓거리에 대해서 넌 아직 정직하게 설명하지 않았어. 내 말 잘 들어라. 날 똑바로 보고! 어제 넌 바이른 녀석과 함께 미사를 빼먹었어. 같이 어디로 내뺐단 말이다. 대체 어딜 갔던 거냐? 왜 그런 짓을 했어? 목사님이 가도 된다고 허락했어? 안 했어? 대답해 봐, 응? 허락을 구했니? 설사 목사님이 네 청을 들어주실 거라 생각했더라도 그래. 허락을 구했어야지! 어쩌자고 농땡이를 친 거냐? 왜 그렇게 다른 아이들하구 다르게 구는 거야! 내 다시 말하는데, 네 스스로 정직하게 그 이유를 해명하기 전까진 여기서 한 발짝도 못 나갈 줄 알아라. 그리고 잘 들어. 내내입을 꾹 다물고 있는데, 내 말 듣는 거야? 안 듣는 거야? 목사님은 그런 침묵은 도저히 못 참는다. 네 녀석 안엔 악마가 깃들어 있어. 네

혀를 꾹 잡고 있는 건 바로 그 악마야. 그 침묵을 내가 반드시 깨뜨려놓고 말 테다. 알았어? 내 말 잘 알아들었지? 마지막으로 다시 한 번 더 묻겠다. 미사는 왜 빼먹은 거냐? 응? 어서 말해!"

그러자 열다섯 살의 소년 캐시디가 목사를 올려다보았다. 무언가 말을 할 듯 말 듯 입술이 달싹거렸으나, 말은 한마디도 나오지 않았다. 목사한테 뺨을 한 대 얻어맞고 나서야 우물우물 입을 뗴었다. "저, 목사님, 어…… 어제 다 말씀드렸잖아요."

"네가 아주 작정을 했구나. 그래 좋아. 어디 계속 여기 남아 있어 봐라. 식사는 올려보내마. 하지만 입을 열기 전까진 이 방에서 결코 못 나올 줄 알아!" 이렇게 말하면서 티모시 목사는 느닷없이 캐시디의 어깨를 휘어잡고 거칠게 흔들어대기 시작했다. "네 녀석한텐 이처럼 못되게 굴 권리가 없어. 절대 없구 말구. 나한테 해명을 하고 나면, 고해 성사를 받아야 한다. 고해실에 들어가서 참회를 해야 해. 내 말 알겠냐? 그렇게 입 꾹 다물고 있을 권리가 너한텐 없어!" 이렇게 말하고는 일어나서 큰 걸음으로 방을 빠져 나갔다.

캐시디의 얼굴에 미소가 번졌다. 쾅 소리와 함께 문이 닫히고 열쇠가 채워졌다. 캐시디는 옷을 벗고 침대 속으로 들어갔다. 다음날 아침 눈을 떠 보니 창문 사이로 화사한 아침 햇살이 흘러들고 있었다. 캐시디는 신선한 바깥 공기를 마시고 싶다는 마음이 간절해졌다. 어서 이 지긋지긋한 방에서 나가 자유롭게 돌아다니고 싶고, 그 귀에 익은 무서운 발자국 소리와 분노와 좌절감으로 일그러진 험상궂은 얼굴로부터 벗어나고 싶었다. '정말 무슨 해를 끼치려고 일부러 그런 건 아니었는데.' 캐시디는 어제 일을 돌이켜보았다. 그저 바이른과 같이 산울타리 사이로 난 좁은 길로 들어섰다가, 거기 울타리와 도랑 여기저기에 살고 있는 신기한 생물들을 구경하는 데 넋을 잃은 나머지 미사 종소리를 못 들었을 뿐이었다. 그리고 자신의 잘못을 해명하려 들지 않는다는 이유로 이렇게 만 이틀 동안이나 곰팡내 나는 어두운 방 안에 갇혀 있게 된 것이다. '하지만 분명히 설명을 드렸는데…….' 캐시디는 속으로 계속해서 되뇌었다. '정말이야. 난 목사님한테 분명히 그 이유를 말씀드렸어.'

캐시디는 호주머니 안에서 공기 구멍이 뚫려 있는 조그만 마분지 상자를 하나 꺼냈다. 뚜껑을 열자, 초록빛 작은 풀쐐기 한 마리가 느릿느릿 기어 나와 그의 손가락을 타고 올랐다. 캐시디는 그것을 손바닥 위에 올려놓고 그 굼뜨면서도 우아한 움직임을 신기한 듯 들여다보았다. 고개를 손바닥 가까이 들이대고 뚫어져라 그것을 바라보았다. '아! 어쩜 이렇게 이쁜 초록이 다 있을까? 언젠가는 이게 한 마리 아름다운 나비로 변하겠지? 와! 참 신기한 일이야.' 캐시디는 손가락으로 부드럽게 풀쐐기를 어루만져 주었다. 해님이 다시 구름 사이로 얼굴을 내밀자, 창문 사이로 쏟아져 들어온 밝은 햇살이 방 안을 가득 채웠다. 그 길다란 초록 풀쐐기도 햇살 속에서 목욕을 즐겼다.

"이제부턴 널 재비어라고 불러 줄게." 그 작은 곤충에게 속삭이면서 캐시디는 미소를 머금었다.

그 이틀 내내 풀쐐기는 캐시디의 작은 마분지 상자 안에 있었다. 거기 마분지 상자 안에 재비어가 있다는 것을, 그 어두운 방 안에 재비어와 함께 있다는 생각을 하면 슬프거나 두렵지 않았다. 그 작은 풀쐐기가 티모시 목사님도, 그 외의 다른 모든 걱정거리들도 잊게 해 주었기 때문이다. 그 초록색의 작은 풀쐐기가 있는 한 캐시디는 행복할 수 있었다. 그 풀쐐기가 말을 할 수 있다면, 캐시디는 아마 자신을 티모시 목사님이 왜 이 숨막힐 듯한 방 안에 가두어 놓았는지 설명해 주었을 것이다. 아니, 어쩌면 그 길다랗고 작은 풀쐐기는 이미 그 이유를 잘 알고 있는지도 몰랐다. 그래서 근심스런 눈길로 캐시디를 지그시 바라보고 있는 것도 같았다.

"오!" 캐시디는 갑자기 깜짝 놀랐다. 그 바람에 그만 마분지 상자를 방바닥에 떨어뜨리고 말았다. 복도를 걸어오는 귀에 익은 발자국 소리가 들려왔기 때문이다. 잠시 후 문이 열리면서 티모시 목사가 방 안으로 뚜벅뚜벅 걸어 들어왔다.

"자, 캐시디. 이젠 정신 좀 차렸겠지?" 그러나 목사의 눈엔 캐시디가 그의 말을 듣지 않고 있는 것처럼 보였다. 캐시디는 목사에게 등을 돌리고 선 채 얼굴 가득 햇살을 받으며, 부드러운 손길로 풀쐐기를 상자 안의 이끼 조각 위에 다시 올려놓고 있었다. 마지막으로 그 풀쐐기를 한 번 더 쓰다듬어 주고 난 다음에야 캐시디는 상자의 뚜껑을 닫았다.

"캐시디! 그게 뭐냐?" 등 뒤에 서 있던 목사가 큰 소리로 고함을 치자, 캐시디가 주춤주춤 돌아서면서 말했다.

"아…… 아무것도…… 저, 목사님…… 그게, 그러니까…… 제 말은……."

"뭐가 어째! 고작 이렇게 시간을 보내고 있었어? 죄를 뉘우칠 생각은 않고, 엉!"

"죄요? 저…… 티모시 목사님…… 저…… 그건 그냥 작은 풀쐐기예요."

목사에겐 캐시디의 침묵보다도 이런 말대꾸가 더욱 불쾌하게 여겨졌다. 캐시디의 귀를 잡아당기며 목사가 소리쳤다.

"이러고 있는 게 죄를 뉘우치는 거냐? 엉? 이러고 있는 게 사죄의 말을 생각해내는 거야? 이 못된 놈! 그것 당장 이리 내!"

"그냥 풀쐐기인데요, 목사님. 그냥 작은 초록색 풀쐐기일 뿐이에요. 정말이지 너무너무 부드럽고 색깔도 아주 이뻐요. 꼭 저를 잘 아는 것처럼 제 손가락을 타고 기어오르기도 해요. 제발, 목사님. 제가…… 저, 이렇게 하루 종일 저 혼자 여기 앉아 있는 동안, 그게 절 행복하게 만들어 주었어요. 제…… 제겐…… 그게 꼭 있어야 돼요."

"이놈이 감히!" 목사는 캐시디에게서 마분지 상자를 빼앗아 안에 들어 있는 것을 거꾸로 쏟아냈다. 방바닥에 떨어진 풀쐐기는 다시 느 릿느릿 기어가기 시작했다.

"감히 미사를 빼먹어? 너 같은 놈에겐 행복할 권리도 그 어떤 권리 도 없어! 내 말 알아들어?" 그러면서 목사는 그 연약하고 아름다운 곤충을 무지막지하게 큰 발로 잔인하게 짓밟아 뭉개 버렸다. 그런 목 사의 얼굴을 올려다보며 캐시디는 그만 울음을 터뜨리고 말았다.

서머셋 모옴
·

개미와 베짱이

아주 어린 시절, 나는 라 퐁테느의 몇몇 우화들을 외우고 상세한 설명들을 들으면서 각각의 우화들이 전해 주는 도덕적 교훈들을 배워야만 했다. 개미와 베짱이도 그때 읽은 우화들 중의 하나이다. 이 불완전한 세상에서 근면하게 살면 반드시 보답을 받을 것이며, 대충 대충 게으르게 살면 그 대가를 꼭 치르게 되리라는 유익한 교훈을 어린이들에게 심어 주려는 의도로 쓰여진 작품이었다.

이 훌륭한 우화를 보면(대부분의 사람들이 다소 부정확하게라도 대충은 알고 있을 얘기를 꺼내서 좀 죄송스런 마음이 들기는 한다), 개미는 무더운 여름철 내내 겨울 식량을 모으느라 땀을 뻘뻘 흘리는 반면, 베짱이는 개미와는 달리 풀잎 위에 앉아 하늘을 쳐다보며 노래만 부른다. 결국 겨울이 닥쳐도 개미는 편안하게 지내지만, 베짱이의 곳간은 텅텅 비게 된다. 그러자 베짱이는 개미를 찾아가 먹을 것을 구걸하고, 개미는 그런 베짱이에게 아주 판에 박힌 질문을 던진다.

"여름 동안엔 대체 뭘 하셨길래 그래요?"

"실례지만, 노래를 불렀습니다. 하루 종일, 밤새도록 불렀죠."

"아하, 노래를 부르셨다? 그럼 가서 춤이나 추시는 게 어때요?"

나는 그 우화가 전하는 교훈이 별로 마음에 들지 않았다. 그건 나만의 고집 때문이 아니라 아직 도덕의식이 부족한 어린 아이의 비논리성 때문이었다. 나는 베짱이에게 오히려 더 큰 동정심을 느꼈고, 한동안은 개미가 눈에 띌 때마다 그것들을 발로 짓밟고 다녔다. 분별심과 상식에 대한 거부감을 이런 간단한 방식으로(그후에 깨달았지만, 이는 순전히 인간적인 것이었다) 표출했던 것이다.

요 전날 식당에서 혼자 점심을 먹고 있는 조지 람지를 보았을 때, 난 다시금 그 우화를 떠올리지 않을 수 없었다. 그처럼 처참할 정도로 우울한 표정을 짓고 있는 사람을 난 한 번도 본 적이 없었다. 그는 멍하니 허공에 시선을 던지고 있었는데, 마치 세상 고민이란 고민은 죄다 어깨에 짊어지고 있는 사람처럼 보였다. '그 한심한 동생이 또 문제를 일으켰나?' 하는 추측과 함께 그가 참 안됐다는 생각이 들었다. 난 그에게로 다가가 손을 내밀었다.

"오랜만이야. 요즘은 어때?"

"좋은 기분은 아냐."

"또 탐 문제야?" 그러자 그가 깊게 한숨을 내쉬며 말했다.

"그래. 탐이 또 속을 썩여."

"그냥 내팽개쳐 두는 게 어때? 할 만큼은 다 했잖아? 이쯤 되었으면 이젠 가망 없다는 걸 알 때도 된 것 같은데."

어느 집에나 골치 썩이는 녀석이 한 명쯤은 꼭 끼어 있게 마련이다. 조지네 집 식구들에게는 근 이십 년 동안 탐이 그런 아픈 시련을 안겨 주는 존재였다. 그도 이전에는 남부끄럽지 않은 삶을 살았었다. 직장에 다니다 결혼을 하고, 자식도 둘이나 두었다. 조지네 가족은 어디 하나 흠잡을 데 없는 훌륭한 사람들이었으므로, 모두들 탐도 당연히 아주 의미있고 존경받을 만한 삶을 살아가게 되리라 생각했었다. 그런데 웬걸, 어느 날 갑자기 탐은 일도 싫고, 결혼 생활도 싫다고 폭탄 선언을 해버렸다. 자기만의 인생을 즐기고 싶었던 것이다. 그는 모든 충고들을 뿌리치고 직장을 그만두더니 아내와도 이혼해 버렸다. 그리곤 갖고 있던 약간의 돈으로 유럽의 여러 대도시에서 이 년 동안 신나게 놀며 지냈다. 이따금씩 그의 행실에 대한 소문들이 친척들 귀에까지 전해졌고, 소문을 들은 그들은 심한 충격을 받았다. 그가 신나게 즐기고 있는 것은 분명한 것 같았다. 그들은 설레설레 고개를 흔들면서 그가 갖고 있던 돈이 바닥나 버리면 그 다음엔 어떻게 되겠느냐고 걱정을 했다. 그러나 그런 의문도 곧 풀렸다. 탐은 여기저기서 돈을 빌려 쓰며 지내고 있었던 것이다.

그는 아주 매력적이고 거리낌없는 사람이었다. 돈 빌려 달라는 부탁을 거절하기가 그처럼 힘든 사람을 난 한 번도 만난 적이 없다. 그는 친구들로부터 끊임없이 돈을 빌려 썼으며, 또 그만큼 친구들을 쉽게 사귀기도 했다. 그러면서도 그는 항상 이렇게 떠벌리고 다녔다. 생필품을 사는 데 돈을 쓰는 것은 아주 따분한 일이며, 사치품들을 살 때에야 비로소 돈 쓰는 재미를 느낄 수 있는 법이라고. 그러나 이런 재미를 위해 그의 형 조지를 괴롭히면서도 정작 형을 위해 자신의 매력을 발휘하는 일은 없었다.

조지는 아주 존경받을 만한 인물이었다. 기필코 개과 천선하겠다는 탐의 약속에 속아 넘어가, 새 출발을 할 수 있도록 동생에게 엄청난 양의 돈을 건네 준 적도 한두 번이 아니었다. 탐은 그때마다 자동차나 멋진 보석들을 사는 데 그 돈을 몽땅 탕진해 버렸다. 그러다 동생에게 정착할 의지가 전혀 없다는 것을 절감한 조지가 동생에게서 완전히 손을 씻으려는 기미라도 보이면, 탐은 양심의 가책도 없이 형에게 다시 공갈 협박을 가하기 시작했다. 명색이 존경받을 만한 변호사인데, 자신이 잘 가는 식당의 바 너머에서 동생이 칵테일 병을 흔들고 있다거나 클럽 밖의 택시 타는 곳에서 손님을 기다리고 있는 동생의 모습을 보게 되는 일은 별로 기분좋은 일이 아니었다. 탐은 바에서 손님 시중을 들거나 택시를 모는 일이 아주 훌륭한 직업이긴 하지만, 형인 조지가 다시 호의를 베풀어 몇백 파운드만 쥐어 준다면 가족의 명예를 위해 그런 일쯤은 아무렇지도 않게 때려치울 수도 있다는 식으로 형을 협박했다. 동생에게 다시 돈을 쥐어 주는 수밖에, 조지에게는 달리 어쩔 도리가 없었다.

한 번은 탐이 거의 감옥에 갈 뻔한 적도 있었다. 조지도 이번에는 불같이 화를 냈다. 그는 그 창피한 사건을 샅샅이 조사했다. 사실 탐은 이미 막 나가고 있었다. 방탕하고 자기 멋대로인 데다가 이기적이기는 했지만 그래도 아직 부정직한, 다시 말해 법을 어기는 일 따위는 저지른 적이 없었는데, 이번에는 달랐다. 기소를 당하면 영락없이 유죄 판결을 받을 판이었다. 그러나 하나밖에 없는 동생을 감옥에 가도록 내버려 둘 수는 없는 노릇이었다. 탐이 사기를 쳐먹은 크론셔라는 사내는 그 사건을 법정으로까지 끌고 가겠다고 단단히 벼르고 있었다. 탐 같은 불한당은 기필코 처벌을 받아야 한다는 것이다. 결국 조지는 이루 말할 수 없는 수모와 오백 파운드란 거금을 들인 끝에 그 사건을 마무리지었다. 그러나 더욱 기막힌 것은 조지가 준 수표를 현금으로 바꾸자마자 탐과 크론셔가 함께 몬테카를로로 날랐다는 사실이었다. 그 둘은 거기서 한 달 동안 신나게 먹고 마시며 놀았다고 한다. 나는 조지가 그 소식을 들었을 때만큼 그렇게 심하게 화를 내는 모습을 본 적이 없었다.

이십 년 내내 탐은 경마에 도박을 일삼으며 최고로 근사한 여자들과 애정 행각을 벌이고 다녔다. 최고급 식당에서 식사를 하고, 목욕탕에서 금방 나온 사람처럼 언제나 새로 해입은 최고급 옷으로만 번지르르하게 쫙 빼 입고 다녔다. 그래서인지 마흔여섯의 나이에도 많아야 서른여섯 정도로밖에 보이지 않았다. 그는 언제나 친구로 삼기에 아주 유쾌한 사람이었다. 하등 쓸모없는 존재라는 것을 잘 알면서도 함께 즐거이 어울릴 수밖에 없는 그런 사람 말이다. 그 넘치는 활기와 시무룩해지는 법이 없는 쾌활함, 거부할 수 없는 매력 때문이었다. 나 역시 그가 자신의 기본적인 생활 유지를 위해 나에게 매달 할당해 주는 기부금을 한 번도 아깝게 생각해 본 적이 없었다. 오히려 오십 파운드씩 빌려 줄 때마다, 내가 그에게 신세를 지고 있다는 느낌마저 들었다. 탐은 모르고 지내는 사람이 없었으며 다른 사람들 역시 모두 그를 잘 알고 지냈다. 인정할 수는 없지만 좋아하지 않을 수 없는 그런 사람이었던 것이다.

그 망나니 같은 탐보다 겨우 한 살 위인 불쌍한 조지는 육십은 먹은 사람처럼 보였다. 그는 이십오 년 동안 일 년에 이 주 이상의 휴가를 즐겨 본 적이 한 번도 없었으며, 매일 아침 아홉 시 삼십 분까지 정확하게 사무실에 출근했다가 정확히 여섯 시가 될 때까진 결코 사무실을 벗어나지 않았다. 정직하고 부지런하며 아주 쓸모 있는 사람이었던 것이다. 상상으로라도 아내에게 불충실한 적이 한 번도 없었으며, 네 명의 딸들에게도 가장 훌륭한 아빠 노릇을 했다. 그리고 매달 월급의 삼분의 일은 꼬박꼬박 저축을 했다. 오십다섯에 은퇴를 해서 작은 시골집을 한 채 사 정원을 가꾸고 골프를 치는 것이 그의 꿈이었기 때문이다. 요컨대 그의 삶은 어디 하나 흠잡을 데가 없었다. 그는 탐 역시 점점 늙어 가고 있으므로 자신이 나이를 먹어 간다는 게 오히려 기쁘기만 하다고 말하곤 했다.

"아직 젊고 봐줄 만할 때야 좋지. 하지만 탐은 나보다 겨우 한 살 아래야. 사 년만 지나면 탐도 오십이 돼. 그때가 되면 아마 인생이 그렇게 호락호락하지만은 않다는 걸 탐도 깨닫게 될 거야. 하지만 난 오십이 되면 삼만 파운드를 쥐게 될 걸세. 그렇게 살다간 결국 술에 취해 도랑에 빠져 횡사하고 말 거라고 이십오 년 동안이나 입이 닳도록 타일렀는데. 결국 어떻게 되는진, 두고 보면 알겠지. 열심히 일하는 게 좋은지, 아니면 빈둥빈둥 놀고 지내는 게 좋은지."

으, 불쌍한 조지! 그의 얘기를 들으면서 난 조지를 동정했었다. 그렇게 얘기하던 조지의 얼굴을 다시 보게 된 지금, 난 도대체 탐이 또 무슨 못된 짓을 저지른 건지 궁금해 하지 않을 수 없었다. 누가 보더라도 조지는 굉장히 화난 사람처럼 보였기 때문이다.

"무슨 일이 벌어졌는지 자네 알아?" 그가 물었다. 최악의 상황을 예견한 나는 '결국 탐이 경찰에 붙잡혀 갔나?' 하는 생각을 했다. 조지가 힘들게 얘기를 꺼냈다.

"평생 동안 내가 얼마나 열심히 일했고 점잖게 행동했는지, 얼마나 정직하고 존경받을 만한 사람이었는지는 자네도 아마 부인하지 못할 걸세. 그렇게 부지런히 일하고 허리띠를 졸라매 저축한 돈을 우량 주식에 투자해서, 그 수익금으로 은퇴 후 노년을 즐기리라 생각했었어. 난 주님이 내게 부여하신 어떤 상황 속에서도 언제나 내 의무를 다하며 살았네."

"그래."

"하지만 탐은 언제나 빈둥빈둥 놀며 지냈어. 얼마나 방탕하고 무가치하며 천한 불량배처럼 지냈는지는 자네도 아마 잘 알 걸세. 정의가 살아 있다면, 그는 당연히 지금쯤은 강제노역소에서 썩고 있어야 할 놈이야."

"그래, 맞는 말이지."

조지의 얼굴이 점점 더 붉게 타올랐다.

"몇 주 전 녀석이 어머니뻘이나 되는 나이든 여자와 약혼을 했네.

그런데 그 여자가 죽으면서 갖고 있던 재산을 몽땅 그놈한테 주었어. 백만 파운드나 되는 현금에 요트 한 척, 거기다 런던 저택과 시골 별장까지 전부 다……."

그러면서 조지는 꽉 움켜쥔 주먹으로 식탁을 내리쳤다.

"도대체 이런 일이 있을 수 있나? 공평치가 않아! 제기랄, 공평하지가 않다구!"

분노로 이글거리는 조지의 얼굴을 본 순간 난 터져 나오는 웃음을 참을 수가 없었다. 하도 웃음이 나와 의자 위에서 몸을 데굴데굴 구르다가 하마터면 바닥에 고꾸라질 뻔했다. 그런 나의 행동을 조지는 결코 용서하지 않았다. 그러나 탐은 지금도 가끔가다 나를 메이페어에 있는 그의 아름다운 저택으로 초대해 근사한 저녁 식사를 대접하곤 한다. 그리고 지금도 변함없이 내게서 쥐꼬리만큼의 돈을 빌려 가곤 하는데, 그건 단지 습관 때문일 뿐이다. 빌려 가는 돈이 일 파운드를 넘는 경우는 이젠 결코 없으니까.

알퐁스 도데

당구 게임

아무리 고참병이라 해도 이틀 동안 쉬지 않고 전투를 하다 보면, 완전히 녹초가 되기 마련이다. 특히 무거운 배낭을 짊어진 채 폭포처럼 쏟아지는 빗속에 서서 밤을 지샜다면 더욱 그럴 것이다. 그런데도 그들은 지금 철벅철벅 질척대는 도로변의 진흙 구덩이 속에서 무려 세 시간 동안이나 대기하고 있는 중이다.

피로로 천근 만근 무거운 몸이 여러 날 밤을 지샌 탓으로 더욱 지치기만 하고, 거기다 설상가상으로 군복까지 비에 흠씬 젖어 지친 몸을 더욱 힘들게 했다. 병사들은 쓰러지지 않기 위해 서로 찰싹 달라붙어 서서 몸을 비벼대며 온기를 나눠 가졌다. 여기저기서 전우의 배낭에 몸을 기대고 선 채로 잠이 들어 버린 병사들도 부지기수였다. 잠을 이기지 못해, 자기도 모르는 새에 턱 맥을 놓고 곯아떨어져 버린 병사들의 얼굴엔 피로와 궁핍의 흔적이 그 어느 때보다도 역력했다. 비는 내리는데, 온통 흙탕물뿐인 진흙 구덩이 속엔 불씨 하나 식

34

량 한 톨 없고, 하늘은 잔뜩 비구름을 머금은 채 낮게 내려앉아 있었다. 사방에선 적병들이 그들을 호시탐탐 노리고 있었다.

포신을 숲 쪽으로 조준시켜 놓은 대포 역시 명령만을 기다리며 맥없이 누워 있었고, 적의 눈을 피하기 위해 꼭꼭 위장막으로 가려 놓은 기관총은 지평선 쪽을 노려보고 있었다. 모든 것이 이처럼 완벽하게 공격 태세를 취하고 있는데, 도대체 왜 아무 명령도 안 떨어지지? 도대체 무얼 기다리고 있는 거야? 초조하게 명령만을 기다리고 있는데, 사령부로부터는 아무런 명령도 하달되지 않고 있었다. 사령부라야 몇 미터 떨어지지도 않은 바로 코앞에 위치해 있는데도.

사령부가 들어서 있는 루이 13세 양식의 아름다운 대저택은 언덕 중턱쯤에 서 있었는데, 그 붉은색 벽이 비에 말끔히 씻겨진 탓인지, 저택은 수풀 사이로 반짝반짝 빛을 발하고 있었다. 프랑스 육군기가 꽂힐 만한, 정말 웅장한 건물이었다. 거울처럼 반짝이는 인공 연못 위에서는 백조들이 유유히 노닐고 있었으며, 탑 모양의 커다란 새장 지붕 아래서는 공작과 황금빛 꿩들이 날개를 활짝 펴고 맵시를 뽐내거나 새된 목소리로 수풀을 뒤흔들 만큼 크게 울어대고 있었다. 그 저택의 주인 역시 이미 떠나고 없었지만, 저택 어디에서도 전쟁으로 인한 파괴나 황폐의 흔적은 찾아볼 수 없었다. 잔디밭 위에 점점이 피어 있는 작은 꽃들 중에서도 짓밟히거나 시들어 버린 것은 한 송이도 없었으며, 말로 설명할 수 없는 아름다운 자태를 여전히 뽐내고 있었다. 관목 숲도 여전히 잘 다듬어져 있었고 시원한 그늘을 드리우고 있는 가로수 길 역시 고요하기만 한데, 바로 옆이 전쟁터라고 누가 감히 상상이나 할 수 있겠는가!

저택을 둘러싼 풍경은 그저 평화롭기만 했다. 지붕 꼭대기에서 펄럭이는 깃발과 현관문 앞에 버티고 서 있는 보초병만 없었다면, 바로 그곳에 군사령부가 있으리라고는 그 누구도 짐작조차 하지 못했을 것이다.

현관 쪽으로 나 있는 식당 창문 너머로 반쯤 치워진 식탁이 보였다. 마개를 딴 술병들과 지저분한 빈 술잔들이 구깃구깃해진 식탁보 위에 널부러져 있는 걸로 보아, 식사는 이미 끝난 것 같았다. 손님들도 이미 자리를 뜨고 없었다. 그러나 바로 옆 방에서는 왁자지껄 큰 소리로 떠드는 소리들과 와 하고 터지는 웃음소리, 당구공 굴러가는 소리, 쨍그랑 하고 술잔 부딪히는 소리들이 시끄럽게 들려왔다. 사령관이 이제 막 당구 게임을 시작한 것이다. 군대가 명령을 기다리고 있는 것도 바로 그 때문이었다.

일단 사령관이 게임을 시작한 이상, 하늘이 무너진다 해도 그에게 게임을 그만두도록 할 수 있는 것은 이 세상에 아무것도 없었다. 당구라면 사족을 못 쓴다는 게 바로 그 막강한 힘을 가진 사령관의 한 가지 약점이라면 약점이기 때문이었다.

마치 전투가 막 시작되기라도 한 것처럼, 그는 아주 진지하고 결연한 표정으로 당구대 앞에 섰다. 완벽한 제복 차림에 가슴에는 훈장들을 덕지덕지 붙인 모습이었다. 간단하게 식사도 하고 럼주도 한잔 마셨겠다, 거기다 게임에 대한 흥분까지 더해져 그의 기분은 한껏 고조되었다. 두 눈에선 불꽃이 튀기고 광대뼈는 더욱 붉게 홍조를 띠었다. 그의 주변에 포진해 있는 부관들은 사령관이 샷을 날릴 때마다 경의와 찬사의 감탄사를 연발했다. 사령관이 한 점 올릴 때마다, 득달같이 점수판으로 달려갔으며, 사령관이 마실 것을 원하면 자기가 먼저 럼주를 갖다 바치려고 서로 앞을 다투었다. 아! 그 견장과 견장, 깃과 깃이 서로 부대끼는 소리들하며, 십자 훈장과 장식띠들이 달그락대는 소리들이라니! 구십도 각도로 깍듯이 허리 굽혀 인사하며 비굴하게 웃음짓는 그 제복 입은 아첨꾼들의 모습은 정말 눈뜨고는 못 봐줄 광경이었다. 거기다 그 매너는 또 얼마나 우아하고 세련

되었는지, 과장은 또 얼마나 심한지. 그래서인지 대정원과 안뜰에 면해 있는 그 고상한 방 안에는 새 제복을 입은 장교들이 지나치게 많았다.

콩피엔느 지방의 가을을 연상시키는 이런 광경 탓인지 사령관은 온통 진흙투성이인 망토를 걸치고 비마저 내리는 길가의 구덩이 속에 숨어 있는 병사들을 까맣게 잊고 말았다.

지금 사령관의 적은 적군이 아니라 참모 장교였다. 곱슬머리에 밝은 색 장갑을 끼고 있는 작은 체구의 그 대령은 당구에는 도사였다. 세상의 그 어떤 사령관과 맞붙어도 너끈히 이길 수 있는 실력을 갖고 있었다. 그러나 그는 자신의 상관을 잘 알고 있었기 때문에, 사령관에게 이기지도 않고 그렇다고 너무 쉽게 져주는 것 같은 인상도 주지 않기 위해 온갖 기교를 다 부리고 있었다. 한마디로 그는 출세길에 밝은 장교였다.

'조심해야지. 사령관이 오 점 앞서 있다구. 시작했을 때처럼 게임을 여기서 끝마칠 수 있다면, 승진은 따 놓은 당상이야. 다른 병사들처럼 저 쏟아지는 빗속에 서 있을 순 없지? 이 멋진 제복을 생각해 봐도 그건 아주 비참한 일 아냐?'

게임은 아주 흥미진진했다. 공이 아슬아슬 스칠 듯하다 빗나가거나 되튈 때마다 게임은 점점 더 땀을 쥐게 만들었다. 순간 하늘이 번쩍 하더니, 대포 소리가 들려왔다. 우르릉 쾅 하는 소리에 창문이 덜거덕덜거덕 흔들렸다. 모두들 깜짝 놀라 불안한 눈길로 주변을 두리번거렸다. 미동도 없이 꼼짝 않고 있는 사람은 오직 사령관뿐이었다. 그의 눈엔 아무것도 들어오지 않았으며, 아무런 소리도 들리지 않았다. 이제 막 당구대 위로 몸을 굽히고, 그의 최고 장기인 드로우 샷을 한 방 멋지게 날리려는 참이었던 것이다.

우르릉 쾅쾅! 쾅! 대포 소리는 점점 더 가까워졌다. 부관들이 우르르 창가로 몰려갔다. 프러시아 군대의 공격인가?

"내버려 둬!" 사령관이 큐대에 초크를 칠하면서 소리쳤다. "대령, 자네 차례야!"

대령은 입에 침이 마르도록 사령관의 샷을 칭찬했다. 공격 개시의 순간에 침착하게 게임에 몰두하고 있는 이 사령관과 비교해 볼 때 포차 위에서 잠들어 있는 병사들 따위는 그에겐 아무것도 아니었다. 그러나 요란한 굉음 소리는 점점 더 커지기만 했다. 타다당 하는 기관총 소리에 우르릉 쾅 하고 터지는 대포 소리, 다다닥 연발 소총 소리가 뒤섞인 소리였다. 검은 연기를 내뿜는 붉은 화염이 잔디밭 저쪽 끝에서 피어 올랐다. 대정원 뒤편이 온통 붉게 타오르고 있었다. 놀란 공작들과 꿩들이 새장 속에서 날카로운 비명을 질러댔으며, 마구간에 있던 아라비아산 말들도 화약 냄새를 맡고는 기겁을 하며 뒤로 물러섰다. 사령부내에서도 술렁대기 시작했다. 급보에 급보가 연이어 수신되었고, 연락병이 허겁지겁 전속력으로 달려왔다. 이곳 저곳에서 사령관을 찾는 목소리가 들끓었다.

그러나 사령관에게 접근하기는 여전히 하늘의 별 따기였다. 일단 게임이 시작된 이상, 그 게임을 방해할 수 있는 것은 세상에 아무것도 정말 아무것도 없었기 때문이다.

"대령, 자네 차례야."

그러나 대령도 이제는 제정신이 아니었다. 허둥대는 마음에 자신의 처지도 망각한 대령은 그만 연달아 득점타를 치고 말았다. 승리는 이제 그쪽으로 기울고 있었다. 화가 머리끝까지 치솟은 사령관의 얼굴이 놀람과 분노로 일그러졌다. 바로 그 순간, 말 한 필이 전속력으로 안뜰로 달려왔다. 진흙으로 온몸이 뒤범벅이 된 부관 하나가 말에서 내리더니 허겁지겁 보초병을 제치고 돌계단 위로 올라와 한쪽 무릎을 꿇은 채 외쳐댔다. "사령관님! 사령관님!" 분노로 얼굴이 퉁퉁

부어오른 사령관이 큐대를 손에 쥔 채 창문으로 얼굴을 내밀었다.

"거기, 뭐야? 무슨 일이야! 보초병 없나?"

"저, 사령관님……."

"알았어, 알았다구! 나중에. 제기랄! 명령 떨어질 때까지 기다리라고 해!"

그리고는 쾅 소리가 날 정도로 창문을 거칠게 닫아 버렸다.

명령이 떨어질 때까지 기다리라구? 그렇지 않아도 불쌍한 병사들은 아까부터 명령만을 기다리고 있는데? 바람과 함께 빗방울과 포탄 파편들이 병사들의 얼굴을 때렸다. 수많은 전우들이 떼죽음을 당하고 있는데도 병사들은 무기 한번 써보지 못하고, 왜 기다리고 있어야 하는지도 모르는 채 그저 무력하게 서 있어야만 했다. 그들은 이제나 저제나 명령이 떨어지기만을 기다렸다. 그러나 명령은 떨어지지 않았고, 죽은 병사들의 시체만이 고요한 대저택 앞의 참호와 수풀 속으로 숱하게 떨어져 내렸다. 이미 숨이 끊어진 다음에도, 포탄 파편들은 계속해서 죽은 병사들의 몸을 난자질했다. 아가리를 쩍 벌린 상처들에서 콸콸콸 피가 흘렀다. 프랑스 젊은이들의 고결한 피가.

저택 안의 당구장 역시 전쟁터를 방불케 하는 흥분의 도가니였다. 사령관이 다시 상승세를 보이자, 작은 몸집의 대령이 마치 사자처럼 맹렬하게 공을 쳐대기 시작한 것이다.

17점! 18점! 19점! 점수를 표시하기에도 숨이 가빴다. 전투 소리는 점점 더 가까워졌다. 그러나 사령관은 점수를 더 올려야만 했다. 포탄은 이제 사령부 안마당에까지 떨어지고 있었다. 그 중 하나는 연못 위에서 터져 버렸다. 투명하게 반짝이던 수면 위로 순식간에 핏물이 번져 나갔고, 놀란 백조들은 피 묻은 깃털들이 소용돌이치는 한가운데서 죽어라고 헤엄을 쳐댔다. 이제 당구 게임은 마지막 샷을 남겨 놓고 있었다.

순간, 죽음 같은 정적이 몰려왔다. 빗방울 떨어지는 소리와 언덕 아래쪽에서 들려오는 희미한 굉음 소리, 진흙탕 속에서 급히 움직이는 병사들의 군화 발자국 소리들만 간간히 들려왔다. 군대는 참패를 당했고, 사령관은 드디어 당구 게임에서 이겼다.

미하일 조시첸꼬

대중목욕탕

우리 동네 목욕탕은 그런 대로 쓸만하다. 적어도 몸을 씻을 수는 있으니까 말이다. 그런데 딱 한 가지 그 티켓이 골칫거리이다. 지난 토요일, 목욕탕에 갔더니 종업원이 티켓 두 장을 내밀었다. 하나는 속옷함을 위한 것이고 다른 하나는 코트와 모자를 넣을 함을 위한 것이었다.

발가벗은 남자더러 도대체 티켓을 어디에 넣으란 말인지, 원. 까놓고 말해 티켓을 보관할 곳은 아무 데도 없었다. 호주머니도 하나 없고, 아무리 둘러봐도 보이는 건 똥배와 다리밖에 없지 않은가! 그 망할 놈의 티켓이 항상 말썽이라니깐. 수염에 묶어 둘 수도 없고.

궁리끝에 난 티켓 두 장을 한꺼번에 잃어버리는 불상사가 생기지 않도록 티켓을 내 양쪽 다리에 하나씩 묶은 후 목욕탕 안으로 들어갔다. 다리에 묶어 둔 티켓들이 팔랑거렸다. 그런 상태로 걸어다니는 게 성가시긴 했지만, 대야를 찾기 위해선 어쩔 수 없이 여기저기 돌아다녀야만 했다. 대야 없이는 목욕을 할 수 없으니까. 으! 골칫덩이 티켓!

드디어 대야를 하나 발견했다. 어떤 놈이 대야를 세 개나 쓰면서 목욕을 하고 있었던 것이다. 하나는 발을 담그는 데, 다른 하나는 머리를 감는 데에 쓰고 나머지 한 개는 혹여 누가 가져갈까 왼손으로 꽉 움켜쥐고 있었다. 그걸 내 것으로 만들기 위해 슬그머니 세 번째 대야를 끌어당겼다. 그런데 허, 참! 글쎄 그놈이 대야를 내놓지 않으려는 게 아닌가!

"남의 대야를 훔치려 하다니 대체 뭐 하는 거요?" 그가 소리쳤다. 그래도 계속 끌어당기자 그가 말했다. "대야로 면상을 한 대 맞으면 기분이 별로 좋지 않을걸?" 나 역시 지지 않고 한마디 했다. "허! 지금은 대야로 사람을 치고 다녀도 되는 짜르 시대가 아니올시다. 이 지독한 이기주의자 같으니라구. 다른 사람도 같이 목욕해야 할 거 아닙니까?"

그러나 그는 등을 돌리고 태연스레 다시 몸을 씻기 시작했다. 결국 난 '저놈이 양보해 주길 기다리며 여기 계속 서 있을 순 없지. 삼 일 동안이라도 계속해서 자기 몸만 씻고 있을 놈인데' 하는 생각에, 다시 돌아다니기 시작했다.

한 시간쯤 뒤 어느 늙수그레한 녀석이 입을 쩍 벌리고 멍하니 주위를 둘러보고 있는 게 보였다. 자기 대야에는 전혀 주의를 기울이지 않고 있었다. 비누를 찾고 있는 건지, 아니면 그저 공상에 잠겨 있는 건지 알 바 아니었다. 난 잽싸게 그의 대야를 집어든 후 냅다 도망쳤다.

자, 그렇게 해서 대야는 손에 넣었는데, 비집고 앉을 자리가 없었다. '이런 참, 서서 씻어야 하는 거야 뭐야? 도대체 서서 어떻게 씻지?' 정말 문제였다.

할 수 없지, 뭐. 난 서서 손에 대야를 쥐고 몸을 씻기 시작했다. 그런데 이건 또 뭐야? 주변에 있는 사내놈들이 죄다 미친 듯이 옷을 비벼대고 있는 게 아닌가! 바지를 빠는 놈에, 팬티를 문지르고 있는 놈, 무언가를 비틀어 짜고 있는 놈까지……. 그놈들이 튀겨대는 물 때문에 말끔히 씻은 몸이 금세 다시 더러워졌다. 더러운 놈들! 게다가 빨래 비벼대는 소리라니. 목욕하고 난 뒤의 상쾌함이 싹 가셔 버리고 마는 순간이었다. 정말 골치였다.

'지옥에나 떨어져 버려라! 난 집에 가서 마저 씻을란다.' 난 락커룸으로 돌아가 종업원에게 티켓 하나를 내밀고 옷가지들을 돌려받았다. 그런데 확인해 보니, 다른 것들은 다 맞는데 바지가 내 것이 아니었다.

"이보슈. 내 바지에는 여기가 아니라 바로 여기에 구멍이 나 있어요." 그러자 종업원이란 놈이 한다는 소리가 고작 "우린 당신 구멍이나 보기 위해 여기 있는 게 아닙니다. 여긴 극장이 아니에요"라는 거였다.

그래, 할 수 없지 뭐. 난 바지를 입고 코트를 찾았다. 그러나 그들은 내 코트를 내주지 않았다. 티켓을 보여 달라는 거였다. 티켓을 다리에 묶어 두었던 것을 깜빡하다니. 어쩔 수 없이 난 다시 옷을 벗어야만 했다. 그런데 바지를 벗고 살펴보니 티켓이 온데간데없는 것이 아닌가! 끈은 멀쩡하게 남아 있는데, 정작 티켓이 보이지 않았다. 그만 물에 쓸려가고 만 것이다. 하는 수 없이 끈만 달랑 내밀었더니 종업원이 그걸 받아주지 않았다.

"끈만으로는 아무것도 내줄 수 없습니다. 끈이야 누구나 떼어낼 수 있는 거 아닙니까? 코트가 모자랄지도 모르는 일이죠. 그러니까 다른 손님들이 모두 나갈 때까지 기다리세요. 마지막에 남는 걸 가지면 됩니다."

"이봐요. 누더기밖에 안 남을 수도 있지 않습니까? 내 코트가 어떻게 생겼는지 확인해 드리리다. 주머니 하나는 헤졌고, 다른 주머니들은 멀쩡합니다. 그리고 단추는, 이렇게 맨 위쪽에 하나 달려 있고 나머진 안 보이게 달려 있습니다."

옥신각신하던 끝에 결국 종업원은 내게 코트를 건네 주었다. 그러나 끈은 받으려 하지 않았다.

난 옷을 껴입고 거리로 나섰다. 그런데 퍼뜩 비누를 그냥 두고 나왔다는 생각이 들었다. 헐레벌떡 다시 목욕탕으로 달려갔더니, 코트를 입은 채로는 들여보낼 수 없다고 했다.

"옷을 벗어야만 합니다."

"이봐요! 옷을 세 번씩이나 벗을 수는 없잖습니까? 여긴 극장이 아니잖아요. 정 안 되면 비누 값만큼의 다른 것을 주쇼."

그러나 그들은 꼼짝도 하지 않았다. 꼼짝도. 좋아, 제기랄! 난 비누도 찾지 못한 채 그냥 되돌아섰다.

상식적인 예의에 익숙한 독자들은 아마 이 얘기를 듣고 의아해 할 것이다. '도대체 어떻게 생겨먹은 목욕탕이야? 그런 목욕탕이 어디 있어? 주소가 어떻게 돼요?'

도대체 어떻게 생겨먹은 목욕탕이냐구? 글쎄, 어디에나 있는 그냥 보통 목욕탕이다. 10코펙(러시아의 화폐 단위로 1/100루불)만 내면 들어갈 수 있는 그런 목욕탕.

토머스 하디

교회성가대의 실수

그 일이 일어난 건 크리스마스가 지난 첫 주일이었어요. 그때는 그 걸 몰랐지만, 성가대원들에게는 롱푸들 교회 회랑에서 연주를 한 마지막 주가 되고 말았지요. 알고 계시겠지만, 성가대 연주자들은 정말 훌륭했습니다. 듀이가 사람들이 지휘하고 있던 멜스톡 교구 성가대와 비교해도 뒤지지 않았지요.

우선 제1 바이올린과 지휘를 맡은 니콜라스 푸딩컴이 있었고, 콘트라베이스에 티모시 토머스, 테너 바이올린에 존 바일스, 나팔을 부는 다니엘 혼헤드가 있었죠. 클라리넷은 로버트 더들이, 오보에는 닉이 맡고 있었는데, 모두들 아주 착실하고 힘이 넘쳤어요. 관악기 연주자들은 특히 호흡이 좋았죠. 그래서 자잘한 연회나 댄스 파티가 잦은 크리스마스 주간이 되면, 그들을 찾는 사람들이 아주 많았습니다. 언제든 주문만 하면, 지그 춤곡이든 혼파이프 춤곡이든 성가를 연주하듯 즉석에서 곧바로 뽑아 주었으니까요. 비꼬는 게 아니고, 오히려 성가보다도 더 잘 연주하는 것 같았어요. 요컨대 그들은 대지주의 홀에서 신사 숙녀들을 위해 반 시간 동안 내리 크리스마스 캐롤을 연주해 주다가도, 성자들처럼 점잖게 차와 커피를 한 모금씩 얻어 마신 후, 곧장 '팅커스 암즈' 여관으로 달려가 아홉 쌍도 넘는 춤꾼들을 위해 거친 말들처럼 힘차게 '하얀 제복의 용감한 군인' 같은 곡을 불어댈 수 있었으니까요. 그런 다음 그들은 불처럼 타오르는 럼주와 사과술을 벌컥벌컥 들이켰지요.

이번 크리스마스 철에도, 그들은 잠 한숨 제대로 못 자고 매일 밤 여기저기 시끌벅적한 연회에 연이어 불려 다녔어요. 그렇게 크리스마스가 지나고 다음 주일이 다가온 겁니다. 바로 운명의 날이었죠.

그런데 하필 그 해는 또 왜 그리 끔찍이도 추웠던지, 성가대석에 앉아 있기도 힘들 정도였어요. 교회 본당에 앉아 있는 신자들이야 난로에 몸을 녹이면 되었지만, 성가대석에 앉아 있는 연주자들에겐 추위를 쫓을 만한 게 아무것도 없었습니다. 그래서 한 시간에 얼음이 1인치씩 두꺼워질 정도로 추워지자, 아침 예배 때 니콜라스는 하나님에게 이렇게 기도했어요.

"하나님, 이런 지독한 날씨는 더 이상 못 참겠습니다. 아무리 큰 벌을 받는다 해도, 오늘 오후에는 무언가 몸을 녹여 줄 만한 걸 좀 마셔야 되겠어요."

그래서 그날 오후 그는 독한 브랜디와 맥주를 섞은 혼합주 일 갤런을 슬쩍 품속에 지니고 교회로 갔어요. 언제든 필요할 때마다 따스하게 마실 수 있도록 그 술병을 티모시 토머스의 콘트라베이스 케이스 안에 꼭꼭 싸서 숨겨 두었지요. 그리곤 연주자들이 한 사람씩 돌아가며 사도식을 할 때 한 모금 찔끔, 사도신경을 암송할 때 또 한 모금 찔끔, 나머지는 설교가 시작될 때 다 마셔 버렸어요. 마지막 한 방울까지 다 마시고 나자, 모두들 알딸딸한 게 아주 편안하고 몸도 뜨뜻

해졌습니다. 그래서인지 설교가 진행되는 동안―운수 사납게도 그 날 오후 설교는 유난히 길었어요―그만 모두들 꾸벅꾸벅 졸다가 급 기야 바위 덩어리처럼 꿈쩍도 않고 곯아떨어져 버렸지요.

날이 어두워져, 설교가 거의 끝나갈 즈음에는 교회 안에 아무것도 보이지 않게 되었어요. 설교단 위 목사님 양편에 켜 있는 촛불과 그 촛불에 비치는 목사님의 땀에 젖은 얼굴밖엔 아무것도 안 보였죠. 드 디어 설교가 끝나고, 목사님이 저녁 찬송을 연주하라는 신호를 보냈 습니다. 그런데 성가대원들 중 누구도 연주할 준비를 안 하는 거예 요. 도대체 무슨 일인가 궁금해진 신도들이 여기저기서 고개를 돌려 성가대석 쪽을 바라보았습니다. 그때 성가대석에 앉아 있던 레비 림 펫이라는 꼬마 녀석이 티모시와 니콜라스의 옆구리를 쿡쿡 찔러대며 소리쳤지요. "시작해요! 어서요!"

"어! 뭐라구?" 깜짝 잠에서 깬 니콜라스가 소리쳤습니다. 그러나 교회 안이 너무 어두운 데다가 술에 취해 머릿속이 온통 흐리멍덩한 상태였기 때문에, 그는 그만 그곳이 전날, 밤이 새도록 연주해 주던 파티장인 줄 착각했어요. 그는 앞으로 나가 인사를 하고 '바느질집 사람들 속의 악마'라는 곡을 켜기 시작했습니다. 그 곡은 주민들 사 이에서 한창 인기를 끌고 있던 지그 춤곡이었죠. 나머지 연주자들도 니콜라스처럼 몽롱한 상태였기 때문에 추호의 의심도 없이 으레 하 던 대로 지휘자를 따라 온 힘을 다 해 연주하기 시작했습니다. 저음 부의 선율 때문에 교회 천장에 매달려 있던 거미줄이 유령처럼 흔들 리게 될 때까지, 그들은 기염을 토하며 신명나게 연주를 계속했지요. 아무도 춤추는 사람이 안 보이자, 니콜라스는 연주를 하면서 "앞에 커플들은 손을 맞잡으세요! 그리고 바이올린이 마지막 부분에서 삐 익 소리를 낼 때 남자들은 각자 겨우살이(크리스마스 트리에 쓰는 장식 의 일종) 아래서 파트너에게 키스를 하는 겁니다!(크리스마스에 겨우

살이 밑에 있는 소녀에게 키스를 해도 되는 풍습이 있음)" 하고 소리치기까지 했어요. 댄스 파티에 모인 사람들이 어떻게 해야 할지 몰라 엉거주춤하고 있을 때 흥을 돋구어 주던 것처럼 말입니다.

그러자 기겁을 한 레비 녀석은 잽싸게 성가대석에서 튕겨 내려와 번개처럼 쏜살같이 집으로 도망쳐 버렸습니다. 그 사악한 연주곡이 교회 안을 온통 뒤흔들자, 목사의 머리도 쭈뼛쭈뼛 곤두섰지요. 성가대원들이 완전히 미쳐 버렸다고 생각한 그는 손을 내저으며 소리쳤습니다. "그만, 그만! 멈춰! 도대체 뭐 하는 거야!" 그러나 연주 소리 때문에 성가대원들 귀에는 그 소리가 들리지 않았습니다. 목사가 소리치면 칠수록 오히려 더욱 크게 연주를 해댔죠.

그러자 사람들이 정말 희한한 일도 다 있다는 듯한 얼굴로 신자석에서 내려오며 한마디씩 했습니다. "저런 사악한 곡을 연주하다니, 대체 이게 뭔 일이래요? 우리 모두 소돔과 고모라처럼 불에 타죽어 버리고 말 거예요."

당구대 위에 까는 것 같은 녹색 베이즈 천이 깔린 신자석에 앉아 있던 대지주(그곳에서는 그의 손님으로 와 있던 많은 신사 숙녀들도 함께 예배를 드리고 있었어요) 역시 자리에서 내려와 성가대석 앞에 서더니, 연주자들의 면전에다 주먹을 휘두르며 소리쳤어요.

"뭐야! 엉! 이 성스러운 교회 안에서! 대체 뭣들 하는 거야!"

그제서야 연주자들은 그 호통소리에 연주를 멈췄어요. 화를 억누르지 못한 대지주가 다시 소리쳤습니다.

"다시는, 이렇게 모욕적이고 치욕스런 일은 다시는 없어야 하오. 다시는!"

그러자 대지주 옆에 서 있던 목사도 한마디 거들었지요.

"다시는 없어야 하오!"

사실 대지주야말로 사악한 사람이었는데, 처음이자 마지막으로 우연히 그때는 하나님의 편을 들게 된 거지요.

"하늘에서 천사들이 내려온다 해도, 당신들 같은 사악한 연주자들은 단 한 명도 다시는 이 교회 안에서 연주를 하지 못하도록 하겠소. 오늘 오후 나와 내 가족, 그리고 내 손님들과 전능하신 하나님을 모욕한 대가요!"

그제야 그 불쌍한 성가대원들은 정신을 차리고, 자신들이 어디에 있는지 깨닫게 되었습니다. 니콜라스 푸딩컴과 티모시 토머스, 존 바이엘이 제각각 바이올린을 겨드랑이에 낀 채 살금살금 성가대석 계단을 내려오는데, 기죽은 그 모습은 정말 가관이었어요. 나팔과 클라리넷을 들고 내려오던 대닐과 더들의 모습도 초라하기 그지없었죠. 계단을 내려서자마자 그들 모두는, 걸음아 나 살려라 하고는 밖으로 도망쳐 버렸습니다.

자초지종을 알게 된 목사님은 그들을 용서해 주고 싶어했어요. 하지만 대지주는 그렇지 않았습니다. 바로 그 주에 대지주는 손으로 핸들을 돌려서 연주하는 오르간을 한 대 주문했습니다. 스물두 곡의 새로운 찬송가를 정확히 연주할 수 있는 풍금이었죠. 아무리 사악한 의도를 갖고 있었다 해도 그 찬송가 외에 다른 곡들은 결코 연주할 수 없는 그런 것이었습니다. 게다가 대지주는 아주 존경할 만한 사람을 고용해서 그 악기를 연주하게 했어요. 결국 이전의 그 연주자들은 더 이상 연주를 할 수 없게 되고 말았죠.

옥타비오 파스
·

블루 부케

땀으로 흥건히 젖은 채 잠에서 깨어났다. 새로 칠한 붉은색 벽돌 바닥에서 후끈 김이 솟아올랐다. 잿빛 날개를 가진 나방 한 마리가 눈이 부신 듯 노란 등불 주위를 맴맴 돌고 있었다. 난 그물 침대에서 빠져 나왔다. 신선한 공기 한 모금 마실 요량으로 은신처에서 빠져 나왔을지도 모를 전갈 녀석을 건드리지 않기 위해 조심조심 맨발로 방을 가로질렀다. 좁다란 창문가에 서서 바깥 공기를 들이마셨다. 부드럽고 거대한 밤의 숨소리가 들리는 것만 같았다. 다시 방 한가운데로 돌아와 항아리의 물을 양은 대야에 쏟아 붓고 수건에 물을 적셨다. 그 젖은 수건으로 가슴팍과 다리를 휘휘 닦아낸 다음 몸을 말렸다. 옷 사이사이 혹시 벌레놈이 숨어 있는 것은 아닌지 살핀 다음 옷을 주워 입고, 녹색 계단을 뛰어내려갔다. 그런데 하숙집 문턱에서 그만 애꾸눈의 과묵한 집주인과 부딪히고 말았다. 그는 버드나무 의자에 앉아 게슴츠레 반쯤 눈을 감고 담배를 피우고 있었다. 쉰 듯한 목소리로 그가 물었다.

"어딜 가슈?"

"너무 더워서, 산책 좀 하려구요."

"흐음, 문들이 다 닫혔을 텐데. 근처엔 가로등도 없어. 그냥 방에 있는 게 좋겠구만."

"곧 돌아올 거예요." 어깨를 으쓱하며 한마디 중얼거리고는 곧장 어둠 속으로 뛰어들었다. 처음엔 아무것도 보이지 않았다. 더듬더듬 자갈길을 따라 걷다가 담배에 불을 붙였다. 순간 검은 구름 뒤편에서 달이 불쑥 얼굴을 내밀자 달빛이 하얗게 벽을 이루었다. 그러나 그 빛은 금세 이곳 저곳으로 부서져 내렸다. 그 갑작스런 밝음에 눈이 부셔 발길을 멈추었다. 가는 휘파람 소리 같은 바람 소리를 들으며, 난 타마린드 향기를 깊이 들이마셨다. 여기저기서 나뭇잎새들과 곤충들의 작은 콧노래 소리도 들려왔다. 귀뚜라미는 아마 키 큰 풀숲에서 야영을 하고 있겠지. 고개를 들어보니, 저 먼 하늘 위에서 별들 역시 텐트를 쳐놓고 있었다. 문득, 우주가 하나의 거대한 신호체계 같다는, 거대한 존재들이 나누는 대화의 신호체계 같다는 생각이 들었다. '나의 행동이나 귀뚜라미 울음소리, 별들의 깜빡임 모두 그 대화 사이사이에 흩어져 있는 쉼표나 글자, 구절 같은 것에 불과한 것 아닐까? 그것이 만들어내는 얘기는 과연 어떤 것일까? 그 말 속에서 내가 담당하는 몫은 고작 글자 하나 정도에 지나지 않겠지? 그 말은 누가 하는 것일까? 누구를 향해서?' 피우던 담배를 길가에 내던졌다. 밝은 포물선을 그리며 떨어진 담뱃불은 마치 작은 혜성처럼 잠깐 빛을 발하고는 곧 꺼져 버렸다.

터덜터덜 한참을 걸었다. 그처럼 행복하게 내게 말을 걸고 있는 무수한 입들 사이에서 홀가분하고 편안한 기분이 들었다. 밤은 눈들의 화원이니까. 길을 건너려는데, 누군가 현관문을 열고 걸어 나오는 소리가 들렸다. 뒤돌아보았지만 아무것도 눈에 띄지 않았다. 발걸음을 재촉하며 계속 걸었다. 그런데 잠시 후 뜨겁게 달구어진 자갈길 위에서 샌들을 질질 끌며 걷는 소리가 들렸다. 한 발짝 한 발짝 걸음을 옮길 때마다 그 어두운 형체가 조금씩 조금씩 더 가까이 다가오고 있는 것이 느껴졌지만, 뒤돌아볼 엄두가 나지 않았다. 뛰어 달아나고 싶었지만, 몸이 말을 듣지 않았다. 순간 난 발걸음을 멈출 수밖에 없었다. 미처 방어태세를 갖추기도 전에, 누군가의 예리한 칼끝이 내 등을 지그시 눌러 왔기 때문이다. 등 뒤에서 들척지근한 목소리가 들려왔다.

"이봐, 꼼짝 말고 가만있어. 안 그럼 찔러 버릴 거야."

난 꼼짝 않고 선 채로 가만히 물었다.

"원하는 게 뭡니까?"

"네 눈!" 부드럽다 못해 징그러운 목소리였다.

"눈? 눈이라구요? 제 눈으로 뭘 하시려구요? 돈이 좀 있는데, 많지는 않지만 도움이 될 겁니다. 그냥 보내 주시면, 가진 것 전부 다 드릴게요. 제발 죽이지는 말아 주세요."

"겁낼 것 없어. 죽이진 않을 거니까. 그냥 눈알만 빼 주면 돼."

"저어, 제 눈으로 대체 뭘 하시게요?" 재차 물었다.

"내 여자 친구 생각인데, 푸른색 눈으로 된 부케를 갖고 싶대. 헌데 이 근방에선 찾기가 힘들어서 말야."

"그럼 제 눈은 필요없겠네요. 푸른색이 아니라 갈색이거든요."

"자식, 날 놀려? 네 눈깔이 푸른색인 걸 다 알고 있는데."

"다 같은 사람인데 눈을 빼 가면 안 돼죠. 대신 다른 걸 드릴게요."

"괜히 착한 척 굴지 말구, 뒤돌아봐!" 그가 거친 목소리로 말했다.

뒤돌아보니, 작은 키에 섬약해 보이는 남자였다. 중절모로 얼굴을 반쯤 가리고 있었으며 오른손에는 날이 넓은 칼을 쥐고 있었다. 달빛에 칼날이 날카로운 빛을 발하고 있었다.

"얼굴 좀 비춰 봐!"

성냥불을 켜서 얼굴 가까이 가져다 댔다. 그 밝은 불빛 때문에 눈을 제대로 뜰 수도 없었다. 그러자 그가 딱딱한 손가락으로 내 눈꺼풀을 젖혔다. 그 역시 잘 보이지 않는지, 발돋움을 하고는 내 눈을 뚫어져라 살펴보았다. 그 사이 성냥불은 내 손끝까지 타들어 왔다. 성냥불이 바닥에 떨어지면서 잠시 침묵이 흘렀다.

"이제 확인하셨어요? 푸른색이 아니라니깐요."

"꽤 똘똘한 녀석이군. 다시 봐야겠어. 불 켜!"

다시 성냥불을 그어 눈 가까이 갖다 비췄다. 내 소맷자락을 붙잡고 그가 명령했다.

"무릎 꿇어!"

무릎을 꿇자 그는 한 손으로 내 머리채를 휘어잡아 고개를 뒤로 젖혔다. 그가 몸을 구부리고 내 눈을 뚫어져라 살피는 사이, 그의 손에 쥐어져 있던 칼이 차츰차츰 내 눈 가까이로 다가왔다. 질끈 눈을 감아 버렸다.

"눈 떠!"

다시 눈을 뜨자, 불꽃에 내 속눈썹이 그슬렸다. 그 순간 갑자기 그가 나를 놔주었다.

"그렇군, 푸른색이 아니야. 꺼져 버려!"

그는 어디론가 사라져 버렸다. 난 두 손으로 머리를 감싼 채 잠시 벽에 기대 서 있었다. 그렇게 정신을 가다듬은 후, 넘어졌다 일어섰다 하면서 비틀비틀 그 황량한 거리를 한 시간 동안이나 내쳐 달렸다. 광장에 도착하자 하숙집 주인의 모습이 보였다. 현관에 앉아 여전히 담배를 피우고 있는 모습. 난 아무 말 없이 곧장 안으로 들어갔다. 그 다음날 아침, 난 즉시 그 도시를 떠났다.

스테판 크레인

얼굴

"이제 어떻게 하죠?" 부관이 당황한 듯 흥분된 목소리로 묻자, 티모시 린이 대답했다. "묻어야지."

두 장교는 전우의 시체가 누워 있는 발치를 내려다보았다. 얼굴빛은 창백하니 푸르딩딩하고 희미하게 번쩍이는 두 눈은 하늘을 노려보고 있었다. 고개를 숙인 채 서 있는 두 사람의 머리 위로 쌩쌩 바람처럼 지나가는 총알 소리가 들려왔다. 언덕 꼭대기에서는 린이 이끄는 보병대가 포복한 채 일제 사격을 가하고 있었다. 부관이 다시 입을 열었다.

"저, 이렇게 하는 게 더 좋지 않을까요……. 내일까지 그냥 내버려 둬도……."

"아냐. 저 기지는 한 시간도 더 사수할 수 없어. 우린 후퇴해야 돼. 그러니까 빌을 묻어줘야 한다구." 린이 대답했다.

"그러죠. 그런데 구덩이를 팔 연장은 있습니까?" 부관이 묻자, 린이 뒤에 있는 사병들을 향해 소리쳤다. 사병 두 명이 각각 곡괭이와 삽을 들고 달려왔다. 그들은 로스티나군 저격병들 쪽으로 등을 돌린 채 섰다.

총알이 아슬아슬 귓가를 스치며 지나갔다. "여길 판다." 린이 퉁명스럽게 명령을 내리자, 시선을 땅바닥에 고정시킬 수밖에 없게 된 사병들은 두려움에 벌벌 떨며 허둥대기 시작했다. 총알이 어디서 날아올지 가늠할 수가 없게 되었기 때문이다. 바람처럼 옆을 가르며 지나가는 총알 소리 한가운데서 맨 땅을 내리꽂는 곡괭이 소리가 둔탁하게 울리기 시작했다. 그러자 다른 사병도 삽질을 시작했다.

"저, 제 생각엔." 부관이 천천히 말을 꺼냈다. "옷을 뒤져보는 게 좋을 것 같은데요. 유품이라도 없는지 말입니다." 린이 고개를 끄덕거리자, 모두들 난감해 하면서도 궁금하다는 표정으로 시체를 내려다볼 뿐이었다. 그러자 린이 갑자기 어깨를 움찔하더니 마음을 다잡은 듯한 목소리로 말했다. "좋아. 소지품이 뭐 없는지 살펴보는 게 좋겠어." 그는 무릎을 꿇고 죽은 장교의 몸에 손을 갖다 댔다. 그러나 시체의 상의 단추 위에서 그의 손이 미묘하게 떨렸다. 미처 마르지 않은 피로 첫번째 단추가 붉은 벽돌처럼 붉게 물들어 있었기 때문이다. 감히 그것에 손을 댈 용기가 나지 않는 것 같았다.

"어서 여시죠." 부관이 새된 목소리로 말했다. 린은 뻣뻣하게 굳은 손을 뻗어, 피로 뒤범벅이 된 단추를 더듬더듬 열었다. 드디어 일을 마친 린이 새파랗게 질린 얼굴로 몸을 일으켰다. 그의 손에는 시계와 호루라기 하나, 파이프 담뱃대와 담배쌈지, 손수건 한 장, 카드와 종이를 넣는 작은 케이스 하나가 들려 있었다. 린이 부관을 쳐다보자, 잠시 침묵이 흘렀다. 부관은 그 소름끼치는 일들을 몽땅 린에게만 떠맡기다니 자기가 좀 비겁했던 것 아닌가 하는 느낌이 들었다.

"후! 이게 전부인 것 같군. 그의 총과 칼은 자네가 갖고 있지?"

"네." 부관이 얼굴을 씰룩이며 대답하더니, 갑자기 두 명의 사병들을 향해 이상할 정도로 버럭 화를 냈다. "빨리 빨리 파지 않고, 도대체 뭐 하고 자빠져 있는 거야! 앙? 서둘러! 내 말 안 들려? 이 멍청이 같은······."

그러나 그가 그렇게 화를 내며 소리 치고 있을 때, 두 명의 사병들은 그야말로 목숨 걸고 땅을 파고 있었다. 머리 위로 끊임없이 빗발치는 총탄 속에서.

무덤이 간신히 다 파졌다. 작은 구덩이에 불과한 것일 뿐, 무덤이랄 수도 없는 것이었다. 린과 부관은 자기들끼리만 은밀히 무언가를 주고받는 듯한 눈길로 아무 말 없이 서로를 쳐다보았다. 그런데 부관이 갑자기 음울한 소리로 기묘하게 웃기 시작했다. 들끓는 신경으로 흔들리기 시작한 마음 저 밑바닥에서부터 솟아오르는 것 같은 아주 소름끼치는 웃음소리였다.

"그럼, 이제 시체를 안으로 잘 모시는 게 어떨깝쇼?" 부관이 린을 향해 익살스럽게 말하자, 린이 대답했다. "그래." 두 명의 사병들은 연장에 몸을 기댄 채 명령을 기다렸다. "내 생각엔 우리가 직접 던져 넣는 게 좋을 것 같은데." 린이 말하자, 이번엔 부관이 먼저 나섰다. 시체 소지품 검사를 린이 전부 도맡아 했던 게 생각났기 때문이다. 부관은 용기를 내서 몸을 구부린 다음 죽은 장교의 옷자락을 거머쥐었다. 린도 그를 거들었다. 시체의 몸에는 절대로 직접 손을 대지 않으려고 애쓰는 모습이 둘 다 유별났다. 둘은 시체를 질질 끌어다가, 번쩍 들어 올려서는 흔들흔들하더니 퍽, 구덩이 속으로 던져 버렸다. 허리를 편 후, 두 장교는 다시 서로의 얼굴을 쳐다보았다. 둘은 아까부터 내내 그런 눈짓을 주고받고 있었다. 드디어 둘은 안도의 한숨을 내쉬었다.

"제 생각엔, 무언가······ 거 뭐라고 애도의 말이라도 해줘야 하는 것 아닙니까? 어떻게 하는지 알아요, 팀?" 부관이 묻자, 린이 자신도

격식을 중시하는 사람이라는 듯 입술을 내밀며 말했다.

"애도문은 무덤에 흙을 채운 다음에 읽는 거야."

"그래요?" 부관이 아차 하는 표정으로 대답했다. 그러더니 갑자기 다시 소리쳤다.

"뭐, 그래도 뭐라고 한마디 해줍시다. 우리가 하는 말을 들을 수 있는 동안에 해주는 게 좋잖아요!"

"좋아. 그런데 애도문은 알고 있나?" 린이 물었다.

"한 줄도 기억 못 하는데요."

린 역시 까맣게 모르기는 마찬가지였다. "두 줄 정도는 기억이 나는데……"

"그럼 그거라도 하세요. 할 수 있는 데까지 하는 거예요. 아무것도 안 하는 것보다는 낫잖아요? 적들의 사정 거리 안에 있으니까 빨리 빨리 하세요."

린이 사병들을 향해 "차렷!" 하고 구령을 내렸다. 재까닥 차려 자세를 취하긴 했지만, 사병들은 굉장히 불만스런 표정이었다. 부관은 철모를 벗어 무릎에 갖다 댔고, 린 역시 모자를 벗은 뒤 무덤을 향해 고개를 숙였다. 로스티나군 저격병들은 여전히 맹렬하게 총알을 쏘아대고 있었다.

"오, 주님. 우리의 친구가 깊은 죽음의 강 속으로 가라앉아 버렸지만, 물에 빠져 죽어 가는 자의 입 속에서 거품이 솟아오르듯, 그의 영혼은 당신을 향해 나아가고 있습니다. 청컨대, 주님! 부디 그 작은 물거품과…… 에……."

창피하긴 했지만 쉰 목소리로 이 부분까지 전혀 막힘 없이 내려가던 린이 더 이상은 할 수 없다는 생각이 들었는지 그만 멈추고 시체를 내려다보았다. 그러자 부관이 불안하게 움직이며 뒤를 이었다.

"주님 계신 하늘에서……." 그러나 그도 이내 막혀 버렸다.

"주님 계신 하늘에서" 린이 그를 따라 하자, 부관의 머리에 문득 예전에 스피츠버겐 장례식에서 들었던 구절이 떠올랐다. 그는 마치 모든 것을 기억해낸 것 마냥 의기양양해져서 다시 시작했다.

"오, 주님, 자비를……."

"오, 주님, 자비를……." 린이 따라 했다.

"자비를……." 부관은 다시 되뇌이다가 곧 거두어 버리고 말았다.

"자비를……." 맥없이 따라 했던 린이 못 참겠다는 듯 사병들을 향해 호랑이처럼 으르릉댔다. "흙을 퍼 넣어!" 로스티나 저격병들의 비수처럼 쏘아대는 사격은 여전히 그칠 줄 몰랐다.

잔뜩 화가 난 표정의 사병 하나가 삽을 들고 앞으로 나섰다. 흙을 한 삽 퍼 든 그는 구덩이 안에서 날카롭게 쏘아보고 있는 푸르딩딩한 얼굴 앞에서 무엇 때문인지 잠시 머뭇거리다가 흙을 시체의 발 위에 떨어뜨려 버렸다.

린은 갑자기 이마를 무겁게 짓누르던 무언가가 확 걷혀진 것 같은 느낌이 들었다. 얼굴, 바로 얼굴 위에 먼저 흙을 퍼부으리라 생각하고 있었는데, 발 위에 던져 넣다니! 그건 정말 예사롭지 않은 징조였다. 하! 하! 첫 삽을 떠서 발 위에 던져 넣다니! 캬! 고소하다!

부관이 갑자기 더듬대기 시작했다. "에, 물론, 요 몇 년 동안 짬밥을 같이 먹은 사람이지만…… 그럴 수가…… 알겠지만…… 친한 친구를 들판에서 썩어 가도록 내버려 둘 순 없지. 제발, 빠—빨리 빨리 해. 어서 흙을 퍼 넣으란 말야!"

그때 삽으로 흙을 파고 있던 사병이 갑자기 픽 몸을 굽히더니, 오른손으로 왼쪽 팔을 거머쥔 채 상관을 바라보았다. 그러자 린이 삽자루를 뽑아 들며, 총에 맞은 그 사병에게 명령을 내렸다. "뒤로 가!" 그리곤 다른 사병에게도 같은 명령을 내렸다. "너도 피해. 이 일은 내가 마무리한다."

그 부상병은 총알이 날아오는 쪽으로는 눈길 한 번 돌리지 않고 꾸역꾸역 산꼭대기로 기어올라갔다. 다른 사병도 비슷한 속도로 뒤쫓아갔으나, 좀 달랐다. 따라 가면서 불안한 듯 세 번이나 뒤를 돌아다본 것이다. 총알에 맞고 안 맞고의 차이는 종종 그런 데서 생겨나는 것이다.

흙을 퍼 든 티모시 린은 잠시 머뭇거리다가, 마치 무언가 혐오하는 것을 내버리듯 흙을 무덤 속으로 휙 던져 넣었다. 흙이 구덩이 속으로 떨어지면서, 퍽 하는 소리가 났다. 그러자 린은 갑자기 멈추어 서서 이마를 훔쳤다. 기진맥진한 일꾼처럼. "우리가 잘못한 것 같아요." 부관이 말했다. 그의 눈빛이 멍청하게 흔들리고 있었다. "꼭 지금 묻지 않아도 되는 건데. 물론, 내일 후퇴하고 나면, 시체는……." 그러자 린이 소리쳤다.

"제기랄! 입 닥쳐!" 린은 결코 부관의 상관은 아니었다.

린은 다시 흙을 퍼서 구덩이 속으로 던져 넣었다. 그때마다 흙 떨어지는 소리가 났다. 퍽! 얼마 동안 린은 마치 자기 자신을 위험의 구렁텅이 속에서 파내는 사람처럼 미친 듯이 흙을 퍼 넣었다.

곧 그 푸르딩딩한 얼굴 외에는 아무것도 보이지 않게 되었다. 다시 흙을 퍼 든 린이 부관을 향해 소리쳤다. "빌어먹을! 몸을 좀 뒤집어서 던져 넣든지 할 것이지. 이거 원……." 그러나 린은 말끝을 얼버무리고 말았다.

말 안 해도 부관은 잘 알고 있었다. 그의 얼굴이 입술까지 창백해졌다. "제발, 어서 빨리 해치워요, 어서." 거의 절규하는 목소리로 그가 애원하듯 소리쳤다.

린은 삽 자루를 뒤로 제쳤다가 힘껏 앞쪽으로 흙을 내던졌다. 포물선을 그리며 흙이 구덩이 속으로 떨어지자, 구덩이 안에서 소리가 들려왔다. 퍽!

로카르노의 거지여인

이탈리아 북부의 로카르노 근처, 알프스 산맥 어느 기슭에 후작의
오래된 성이 한 채 서 있었다. 성 고타르로 전해지는 이 성은 지금은
앙상하게 그 뼈대만 남아 있지만, 한때는 천장이 높은 커다란 방들이
여러 개 있는 아주 으리으리한 성이었다.

그 옛날, 하루는 어느 늙고 병든 여인이 그 성에 구걸을 하러 왔다.
그 거지 여인을 가엾게 여긴 후작 부인은 여인을 위해서 방 한구석에
짚으로 폭신폭신한 침대를 만들어 주었다. 그런데 그때 막 사냥에서
돌아와 총을 제자리에 두기 위해 그 방에 들른 후작이 그 볼썽사나운
거지 여인을 발견하고는 불같이 화를 냈다. 냉큼 자리에서 일어나 난
로 뒤로 꺼져 버리라고 호통을 쳤다. 후작의 고함 소리에 놀라 허겁
지겁 지팡이를 집고 일어서려던 거지 여인은 그만 반들반들 윤이 나
는 방바닥에 미끄러져 넘어지면서 등뼈를 심하게 다쳤다. 어찌나 크
게 상처를 입었던지, 다시 몸을 일으켜 후작이 명령한 곳으로 몸을

숨기기 위해 거지 여인은 그야말로 젖 먹던 힘까지 다 짜내야만 했다. 그러나 아픈 몸을 질질 끌고 기어가 난로 뒤에 가까스로 도착한 순간, 여인은 힘없이 풀썩 바닥에 고꾸라져 버리고 말았다. 그리곤 가르릉가르릉 한숨 섞인 신음 소리를 내뱉다가, 고통스럽게 죽어 갔다.

그후 몇 해가 흘렀다. 전쟁과 흉작으로 후작의 살림이 쪼들릴 대로 쪼들리고 있을 때, 때맞춰 성을 사고 싶다는 작자가 나섰다. 전부터 그 성의 아름다운 주변 경관을 탐내던 플로렌스의 어느 기사였다. 그렇지 않아도 성을 팔아 버리고 싶은 마음이 굴뚝 같았던 후작은 얼씨구나 좋아라 속으로 만세를 불렀다. 그러면서 화려하게 꾸며져 있는 빈 방을 하나 골라 주면서 기사가 묵을 수 있도록 방을 깨끗이 치워 놓으라고 부인에게 부탁했다.

몇 해 전, 불쌍한 거지 여인이 죽어 나간 바로 그 방이었다.

그런데 정말 놀라서 펄쩍 뛸 일이 벌어졌다. 그 방에서 잠을 자던 기사가 한밤중에 얼굴이 새파랗게 질려서는 덜덜 떨면서 아래층으로 뛰어내려와 방 안에 귀신이 있다고 횡설수설대는 것이었다. 얘기인 즉, 눈에는 보이지 않지만 무언가가 지푸라기로 만든 침대에서 일어나는 것처럼 부스럭부스럭 소리를 내며 구석에서 일어서더니, 아주 힘없는 발걸음으로 천천히, 그러나 몸을 질질 끄는 소리를 아주 크게 내며 방을 가로질러서는 끙끙 한숨 섞인 신음 소리를 내며 난로 뒤에 풀썩 쓰러지더라는 것이다.

속으론 뜨끔했지만, 후작은 애써 태연한 척 껄껄 웃으면서 기사가 편히 잠을 자는데 도움이 된다면 자신이 자지 않고 함께 있어 주겠다고 말했다. 그러나 기사는 실례가 되더라도 후작 부부의 침실에 있는 안락의자에서 밤을 지새게 해주었으면 고맙겠다고 부탁했다. 그리곤 동이 트자마자 마차를 부른 뒤 작별 인사를 고하고는 도망치듯 성을 떠나 버렸다.

이 얘기는 순식간에 마을 사람들의 입을 통해 사방으로 퍼져 나갔다. 후작에게는 안된 일이지만, 성에 군침을 흘리고 있던 사람들도 소문에 지레 겁을 집어먹고 도망쳐 버렸다. 급기야는 하인들마저도 귀신이 한밤중에 나타나 방 안을 어슬렁거린다고 수군거리게 되자, 후작은 자신이 직접 나서서 소문을 잠재우기로 마음먹었다.

어스름하게 땅거미가 내릴 무렵, 후작은 그 방 안에 잠자리를 깔고 누워 눈을 시퍼렇게 부릅뜨고는 자정이 되기를 기다렸다. 똑딱똑딱 시간은 흘러, 드디어 귀신들이 나다니기 시작한다는 자정이 되었다. 그런데 아, 이럴 수가! 정체를 알 수 없는 이상한 소리가 후작의 귀에도 또렷하게 들려온 것이다. 누군가 부스럭대며 지푸라기 더미에서 일어나, 질질 방 안을 가로질러 걷다가, 신음 소리를 내며 펄썩, 난로 뒤로 쓰러져 버리는 것 같은 소리.

다음날 아침, 후작이 아래층으로 내려오자 후작 부인이 남편에게 밤새 살핀 결과를 물었다. 후작이 근심스러운 표정으로 주위를 살피면서 문을 꽝 닫은 후 그 방에 진짜로 귀신이 있는 것 같다는 얘기를 하자, 부인 역시 까무러칠 듯이 놀랐다. 그러나 부인은 곧 침착을 되찾았고, 자신과 함께 다시 한 번 그 귀신을 확인해 보기 전까지는 그 말을 한마디도 입 밖에 내지 말라고 남편에게 신신당부했다.

그날 밤 후작 부부는 믿을 만한 하인 한 명을 데리고 다시 그 방으로 들어갔다. 그리고 셋 모두 귀신이 내는 것 같은 으시시한 소리를 똑똑히 들었다. 후작 부부는 얼마를 받든 간에 성을 빨리 처분해 버려야 한다는 생각에, 자신들의 그 숨막히는 공포감을 하인 앞에서 내색하지 않으려고 무진장 애를 썼다. 무언가 사소하고 우연한 원인 때문에 그런 소리가 난 것이며, 머지않아 반드시 원인이 밝혀질 것이라고 말하면서.

1부|어두운 세상을 위한 사랑의 빛

셋째 날 밤, 그 소리의 진상을 기필코 밝혀내리라 단단히 마음먹은 후작 부부는 콩닥콩닥 뛰는 가슴을 안고 다시 그 방으로 가는 계단을 올랐다. 그런데 누가 풀어 놓았는지 방문 앞에 집 지키는 개가 앉아 있었다. 두 부부는 뚜렷한 이유도 없이 그냥 개도 함께 데리고 들어 갔다. 아마 무엇이든 하나라도 더 살아 있는 것과 함께 있고 싶은 본능적인 욕구 때문이었을 것이다.

열한 시가 가까워졌다. 테이블 위에선 두 개의 촛불이 소리 없이 타들어 가고 있고, 부부는 각자의 침대 위에 따로따로 앉아 있었다. 부인은 옷을 꽁꽁 껴입은 채였고 후작은 벽장에서 꺼낸 총과 칼을 옆에 두고 있었다. 두 부부가 두려움을 잊기 위해 이런저런 얘기를 나누며 꾸역꾸역 시간을 보내고 있는 사이, 개는 몸을 웅동그린 채 방 한가운데서 잠이 들어 버렸다. 그런데 딩, 딩, 딩…… 열두 시를 알리는 시계 소리가 울리는 순간, 기괴한 소리가 다시 들려오기 시작했다. 눈에는 아무것도 보이지 않는데 무언가가 방 한가운데서 지팡이를 집고 일어서는 것 같더니, 지푸라기 바스락대는 소리가 들렸다. 그리곤 뚜벅! 뚜벅! 하고 발자국 소리가 들렸다. 순간, 잠자던 개가 귀를 쫑긋 세우며 벌떡 일어서더니 으르렁으르렁 위협적인 소리를 내며 주춤주춤 난로에서 멀리 물러섰다. 마치 누군가 그쪽을 향해 걸어가고 있기라도 한 것처럼. 이 광경에 머리가 쭈뼛쭈뼛 곤두선 후작 부인은 냅다 방을 뛰쳐나갔다. 그리곤 후작이 아무 대답도 없는 허공을 향해 완전히 정신 나간 사람처럼 "누구야!" 하고 외치며 사방을 향해 칼을 휘두르고 있는 사이, 부인은 서둘러 마차를 불러 마을로 도망치려 했다. 그러나 몇 가지 소지품을 챙겨든 부인이 미처 성문을 나서기도 전에, 성 전체에서 시뻘건 불길이 치솟아 올랐다. 끔찍한 공포감에 완전히 미쳐 버린 후작이 촛불을 집어들고는 성 구석구석에 불을 놓아 버린 것이다.

소용없는 줄 알면서도 부인은 그 불행한 남편을 구하기 위해 하인들을 성 안으로 들여보냈다. 그러나 후작은 이미 형체를 알아볼 수 없는 처참한 몰골로 타죽어 있었다.

마을 사람들이 힘들게 찾아 모은 후작의 유골은 지금도 그 방 한구석에 잠들어 있다. 후작이 로카르노의 거지 여인에게 어서 일어나 꺼져 버리라고 호통쳤던 바로 그 방 그 자리에.

2부
사람은 왜 사랑 없이 살 수 없을까

인간에게 부여된 가장 귀중한 보배—영적 천성,
즉 사랑하는 능력—를 잃을 경우에 우리는 불행하다.
우리들이 진정 슬퍼해야 할 일은 우리들이 죽는다든지,
재산을 잃거나 집이나 토지를 갖고 있지 않다는 사실이 아니고
우리들이 자기의 진정한 능력, 지고의 행복,
즉 사랑하는 힘을 잃어버리는 경우이다.
— 에픽테투스

오스카 와일드(1856~1900)
O'scar Fingal Flahertie Wills Wilde

더블린 태생의 영국 시인이자 소설가, 극작가. '예술을 위한 예술'을 신조로 하는 탐미주의를 주장했는데, 소설 『도리안 그레이의 초상』과 비극 『살로메』가 이런 경향을 잘 반영한 작품이다. 후에 호모 사건에 연루되어 투옥되기도 했다. 이때 쓴 『옥중기』와 말년의 『레딩 옥사의 노래』는 그의 깊은 인간성을 잘 보여주고 있다. 희곡 『윈드미어 부인의 부채』 『이상적인 남편』, 시집 『감옥일지』, 동화집 『행복한 왕자』 등이 있다.

고리끼(1868~1936)
Maksim Gorkii

러시아의 소설가이자 시인, 극작가. 아홉 살 때부터 자립 생활을 시작, 여러 직업을 전전하다가 1892년부터 주로 하층민들의 삶을 묘사하는 작품을 쓰기 시작했다. 제1차 러시아 혁명 때에는 작가들의 항의 운동을 조직하였다가 투옥되기도 했다. 1906년 미국에 체류중 『어머니』를 발표, 러시아의 문학 전통을 이루고 있던 비판적 리얼리즘과 낭만주의를 통합하여, 사회주의 리얼리즘의 길을 열어 놓았다. 1차 세계대전 중에는 반전운동에 가담하기도 했으며, 1934년 소비에트 작가동맹을 설립, 초대 회장을 지냈다. 『오를로프 부부』 『일찍이 인간이었던 사람들』 『여름축제』 『지쿱』 등의 작품이 있다.

안톤 체홉(1860~ 1904)
Anton Pavlovich Chekhov

러시아의 소설가이자 극작가. 러시아의 가장 암담했던 시대에 환경의 중압감에 짓눌린 소시민과 지식인들을 주인공으로 한 중단편들을 발표, 인간성의 고귀함을 보여주다. 리얼리즘을 바탕으로 한 그의 희곡은 무대 예술에 획기적인 혁신을 가져다 주었다. 20년의 작가 생활 동안 약 천 편의 소설과 11편의 희곡을 발표했는데, 주요 작품으로 소설 「6호실」 「우리의 생활」, 희곡 『갈매기』 『바냐 아저씨』 『세자매』 『벚꽃 동산』 등이 있다.

스트린드베리(1849~1912)
August Strindberg

스웨덴의 극작가이자 소설가. 입센과 함께 근세 북유럽을 대표하는 세계적인 대문호이다. 스웨덴 자연주의의 효시가 되는 『붉은 방』으로 세계적 명성을 얻었다. 계모 손에서 자란 불우한 유년 시절, 세 번의 결혼과 실패, 아버지에 대한 혐오감으로 인해 입센 일파의 여권주의에 반대하는 여성증오주의자가 되었다. 표현주의와 초현실주의, 부조리극을 낳는 주요한 토대가 된 희곡 『꿈의 희곡』 『유령소나타』 『다마스커스로』 등이 있으며, 소설 『올로프 선생』 『선물』, 산문집 『평등과 불평등』 등이 있다.

콜레뜨(1873~1954)
Sidonie Gabrielle Claudine Colette

프랑스의 여류 작가. 고향에서의 학창 시절을 그린 『학교의 클로딘』으로 데뷔, 이후 다시 세 편의 클로딘 이야기를 발표했다. 1차 세계대전 중에는 종군기자로 활약하기도 했다. 자연 및 동물의 세계를 예리하고 대담하게 묘사했으며, 여성의 심리를 감각적으로 분석한 자전적 작품들을 많이 남겼다. 후에 아카데미 데 콩쿠르 회장을 역임하기도 했으며, 작품으로 소설 『동물들의 대화』『푸른 보리』『암코양이』『제 2의 여자』 등이 있다.

지오반니 베르가(1840~1922)
Giovanni Verga

대지주의 아들로 태어났으나, 그의 고향인 시실리 지방 농부들의 삶을 묘사한 작품들을 주로 발표했다. 이탈리아 리얼리즘 운동의 대표자로 소설 『카바렐리아 루스티카나』『참새』『모과나무가 있는 집』 등이 있다.

메리메(1803~1870)
Prosper Merimee

프랑스의 소설가이자 극작가, 역사가로 근대 리얼리즘의 선구자 중 한 사람이다. 고고학자와 언어학자로서도 명성이 높았으며, 사적 감독관과 상원의원을 지내기도 했다. 22세에 『클라라 가절의 극』으로 문단에 데뷔했으며, 푸시킨, 고골리 등 러시아 문학을 번역 소개하는 데에도 주력했다. 리얼리즘적인 기법과 회의적인 인생관, 냉엄한 문체를 특징으로 하는 그의 작품으로는 『콜롱바』『카르멘』『이중의 착각』 등이 있다.

에드가 앨런 포우(1809~1849)
Edgar Allan Poe

보들레르, 말라르메 등의 상징주의를 위시한 유럽 문학에 큰 영향을 미치고 근대 추리 소설을 개척한 미국의 시인이자 소설가, 비평가. 유랑극단 배우였던 양친을 잃고 어려서부터 고아로 자랐다. 도박빚으로 대학을 중퇴하고 사관학교에 들어갔으나 품행 불량으로 퇴학. 14세 연하의 사촌과 결혼, 작품 활동에 전념했으나 그녀가 죽은 뒤 볼티모어에서 아편 중독으로 사망했다. 그의 작품 세계는 우울과 음산, 공포 등의 탐미적 분위기와 음악적인 운율성을 특징으로 한다. 주요작으로 소설 「검은 고양이」「어셔가의 몰락」「황금충」「잃어버린 편지」「모르그가의 살인」, 시집 『애너벨 리』『종』 등이 있다.

오스카 와일드
·

장미와 나이팅게일

"붉은 장미 한 송이를 선물하면 그 아가씨가 나와 춤을 춰주겠다고 했는데……. 아무리 둘러봐도 내 정원엔 붉은 장미 한 송이 없으니, 흑흑! 흑!" 젊은 학생이 흐느껴 울었다. 그러자 떡갈나무 둥지 안에서 이 소리를 들은 나이팅게일이 무슨 일인가 궁금해 나뭇잎 사이로 아래를 내려다보았다.

"으, 정원에 붉은 장미가 한 송이도 없다니! 아, 그렇게 작은 것 하나에 내 행복이 달려 있을 줄이야! 현자들의 말씀을 모두 읽고, 철학의 모든 진리들을 내 것으로 깨우쳤건만, 한갓 붉은 장미 한 송이가 없어서 이렇게 비참해질 줄이야!" 이렇게 한탄하는 젊은이의 두 눈엔 눈물이 그렁그렁했다. 이 모습을 지켜 본 나이팅게일이 혼자 중얼거렸다.

"아, 진정한 사랑에 빠진 연인이 바로 여기에 있었구나! 내 비록 그를 알지는 못해도, 매일 밤마다 그의 마음을 노래로 읊어 주고, 매일 밤마다 그의 사연을 별들에게 들려주었는데. 그런데, 아! 저 모습 좀 봐. 머리칼은 히아신스 꽃처럼 검고, 입술은 그가 갈구하는 장미만큼이나 붉은데, 주체할 수 없는 연정에 얼굴은 창백한 아이보리 빛이고 이마엔 슬픔의 도장이 찍혀 있잖아."

젊은이는 계속해서 흐느꼈다.

"왕자님이 내일 밤 무도회를 열면, 그녀도 무도회에 오겠지. 붉은 장미 한 송이만 갖고 가면, 동이 틀 때까지 나와 춤을 춰줄 텐데. 붉은 장미 한 송이만 갖다 바치면, 그녀는 내 가슴에 안겨 살짝 내 어깨에 머리를 기대고, 우린 두 손바닥을 서로 마주 포갤 수 있을 텐데. 그런데, 그런데 내 정원에는 붉은 장미가 한 송이도 없어! 난 무도회장에서 혼자 쓸쓸히 앉아 있게 될 거야. 그녀도 나 같은 것한테는 눈길 한 번 안 주고 그냥 지나쳐 버리겠지? 그러면 내 가슴은 산산이 무너져 버릴 테고."

그러자 이 소리를 들은 나이팅게일이 다시 중얼거렸다.

"아, 정말로 진실한 연인이야. 내가 부르는 노래에 그는 고통받고, 내게 기쁨인 것이 그에게는 슬픔인가 봐. 사랑은 정말 놀라운 것이야. 에메랄드보다도 더 귀중하고 멋진 오팔보다도 더 소중해. 진주 목걸이나 석류 무늬 장식을 주고도 살 수 없고, 시장에서 팔지도 않는 것이지. 장사꾼에게서 살 수도, 저울에 무게를 달아서 금으로 바꿔 가질 수도 없어."

젊은이는 계속 흐느껴 울었다.

"음악가들이 특별석에 앉아 현악기를 연주하기 시작하면, 내 사랑하는 그녀는 하프와 바이올린 소리에 맞춰 춤을 출 거야. 마치 발바닥이 바닥에 닿지도 않는 것처럼 가볍게 사뿐사뿐 춤을 추면, 멋지게 차려 입은 구애자들이 그녀 주위로 몰려들겠지. 하지만 나와는 춤을 춰주지 않을 거야. 그녀에게 줄 붉은 장미가 없으니까." 젊은이는 풀밭 위에 몸을 내던지더니 두 손으로 얼굴을 감싼 채 계속 훌쩍였다.

"왜 울고 있는 거야?" 꼬리를 빳빳이 치켜든 채 젊은이의 옆을 기어가고 있던 녹색 도마뱀이 물었다.

"정말, 왜 우는 거지?" 한차례 일광욕을 즐긴 후 날개를 파닥이고 있던 나비도 한마디 거들었다.

"정말, 왜 그러지?" 데이지 꽃도 부드럽고 작은 목소리로 이웃에게 물었다.

"붉은 장미가 없어서 울고 있는 거야." 나이팅게일이 대답을 해주었다.

"뭐? 고작 붉은 장미 한 송이 때문에! 에게게, 진짜 웃긴다 웃겨!" 그들은 합창하듯 일제히 소리를 질렀다. 본래 냉소적인 도마뱀은 터놓고 비웃어댔다.

그러나 젊은이의 슬픔 속에 깃든 비밀을 잘 이해하고 있었던 나이팅게일은 떡갈나무 위에 조용히 앉아 사랑의 신비에 대해 생각해 보았다. 그러다가 갑자기 갈색 날개를 쫙 펼치면서 공중으로 날아올랐다. 그림자처럼 조용히 숲을 가로질러 날아간 나이팅게일은 그림자처럼 유유히 정원 위를 비행했다. 잔디밭 한가운데에 아름다운 장미나무 한 그루가 서 있었다. 그것을 발견하자마자 나이팅게일은 곧장 장미나무에게로 날아가 작은 나뭇가지 위에 내려앉아 말했다.

"빨간 장미 한 송이만 주면, 내 노래 중에서 가장 아름다운 노래를 불러 줄게." 그러나 장미나무는 고개를 저었다. "내 꽃은 하얀색이야. 바다 위에 이는 거품만큼, 산 위에 쌓인 눈보다도 더 하얗지. 하지만 오래된 해시계 근처에 있는 우리 오빠한테 가서 부탁하면, 원하는 걸 얻을 수 있을 거야."

그래서 나이팅게일은 오래된 해시계 근처에서 자라고 있는 장미나무에게로 날아가 부탁했다. "빨간 장미 한 송이만 주시면, 제 노래

중에서 가장 아름다운 노래를 불러드릴게요." 그러나 그 역시 고개를 저었다. "내 꽃은 노란색이란다. 황금색 왕좌 위에 앉아 있는 인어의 머리칼만큼, 풀 베는 인부들이 낮질을 하기 전까지는 초원에 아름답게 피어 있는 수선화보다도 훨씬 더 짙은 노란색이야. 하지만 그 젊은 학생의 방 창문 아래서 자라고 있는 내 형한테 가서 부탁하면, 원하는 걸 얻을 수 있을 거야."

나이팅게일은 다시 그 젊은이의 방 창문 아래서 자라고 있는 장미나무에게로 가서 부탁했다. "빨간 장미 한 송이만 주시면, 제 노래 중에서 가장 아름다운 노래를 불러드릴게요."

그러나 그 역시 고개를 저었다. "내 장미는 붉은색이야. 비둘기의 발가락만큼, 깊은 바다 동굴 속에서 춤추는 산호의 날개보다도 더욱 붉지. 하지만 겨울이 내 혈관을 차갑게 만들고, 서리가 내 꽃봉오리를 시들게 만들었어. 폭풍우는 내 가지들을 꺾어 버리고. 그래서 올해는 꽃을 한 송이도 피워낼 수 없단다."

"붉은 장미 딱 한 송이만 있으면 돼요. 딱 한 송이면 된다구요! 그걸 얻을 방법이 정말 하나도 없단 말씀이세요?" 나이팅게일이 애원하자, 장미나무가 힘들게 입을 열었다. "한 가지 방법이 있긴 한데, 너무 끔찍해서 말야, 너한테 말해 주기가 힘들구나."

"말씀해 주세요. 전 두렵지 않아요."

"그렇게도 붉은 장미가 소원이라면, 먼저 달빛 아래서 네 노래로 나를 일으켜 세운 다음, 네 심장의 피로 내 몸을 물들여야 해. 네 가슴을 내 가시에 대고 내게 노래를 불러 주어야 한단다. 밤새도록 말이야. 그러면 내 가시가 네 가슴을 뚫고 들어가면서, 네 생명의 피가 내 혈관을 타고 흘러들어와 나의 피와 하나가 될 거야."

그러자 나이팅게일이 말했다.

"생명이란 누구에게나 다 소중한 건데, 붉은 장미 한 송이를 얻기 위한 대가로 목숨을 바쳐야 한다는 건 너무해요. 푸른 숲 속에 앉아, 황금 마차를 타고 가는 해님과 진주 마차를 타고 가는 달님을 바라보는 것은 아주 즐거운 일이죠. 산사나무 향기는 달콤하기만 하고, 골짜기에 숨어 피는 초롱꽃이나 언덕 위에 피는 히드 꽃도 아름답기만 한데 말이에요. 하지만 사랑은 생명보다 더 소중한 것, 인간의 심장에 비한다면야, 한갓 새의 심장이 무어 그리 중요하겠어요."

나이팅게일은 다시 갈색 날개를 활짝 펴고 공중으로 날아올라, 그림자처럼 조용히 정원을 지나 숲 속을 가로질러 갔다.

젊은이는 아직도 풀밭 위에 누워 있었다. 그의 아름다운 두 눈은 아직도 눈물로 촉촉히 젖어 있었다.

"걱정 마세요. 걱정 말아요. 곧 붉은 장미를 ... 게 될 거예요. 제가 달빛을 받으며 노래로 장미나무를 깨워 일으킨 다음, 제 심장의 피로 그 나무를 붉게 물들일 거예요. 그 대신 제가 바라는 건 정말로 진실한 연인이 되어 달라는 것뿐이에요. 철학이 아무리 현명해도 철학보다는 사랑이 더 현명하고, 권력이 아무리 강하다 해도 권력보다 강한 게 사랑이니까요. 사랑의 날개는 불꽃 같은 주황빛이고, 사랑의 몸도 불꽃처럼 붉답니다. 사랑의 입술은 꿀처럼 달콤하고 그 숨결은 유향처럼 향기롭지요."

젊은이가 고개를 들고 귀를 기울였다. 그러나 그는 나이팅게일이 하는 말을 알아들을 수가 없었다. 그가 알고 있는 것은 오로지 책 속에 쓰여 있는 것들뿐이기 때문이다.

그러나 나이팅게일의 말을 알아들은 떡갈나무는 슬픔에 빠져 버리고 말았다. 그의 가지 위에 둥지를 틀고 살던 그 작은 나이팅게일을 떡갈나무가 몹시도 좋아하고 있었기 때문이다.

"날 위해 마지막으로 노래를 불러 줄 수 있겠니? 네가 가버리고 나면 난 너무 외로워질 거야." 떡갈나무가 슬프게 말하자, 나이팅게일은 떡갈나무를 위해 노래를 불러 주었다. 나이팅게일의 목소리는 마치 은빛 항아리 속에서 끓어 넘치는 물소리 같았다. 나이팅게일이 노래를 마치자, 젊은이는 일어나 호주머니 속에서 공책과 연필을 꺼냈다. 숲 속을 지나 멀리 사라지면서 젊은이는 혼자말로 중얼거렸다.

"나이팅게일의 노래 속에는 거부하기 힘든 매력이 있어. 나이팅게일에게도 감정이란 게 있을까? 안된 일이지만, 아마 없을 거야. 사실 나이팅게일도 다른 예술가들과 마찬가지야. 모두 모양만 그럴싸하지, 진실이 없어. 다른 새들을 위해 자신을 희생할 줄도 모르고, 오로지 노래만 생각하잖아. 예술이 이기적이라는 것은 누구나 다 아는 사실이야. 하지만 나이팅게일의 노래 속에 아름다운 선율이 있다는 것은 누구나 인정할 수밖에 없는 진실이지. 그런 선율 속에 아무런 의미도 없고, 어떤 실제적인 도움도 못 준다는 건 참 안된 일이지만!" 젊은이는 자기 방으로 들어가 작은 침대 위에 누워 자신의 사랑에 대해 생각하다가 스르르 잠이 들어 버렸다.

달이 뜨자 나이팅게일은 장미나무에게로 날아가, 그녀의 가슴을 장미 가시에 갖다 대었다. 그리곤 장미 가시에 가슴을 댄 채로 밤이 새도록 노래를 불렀다. 차갑고 투명한 달님도 아래를 굽어보며 나이팅게일의 노래에 귀를 기울였다. 온 밤이 다 새도록 나이팅게일은 계속해서 노래를 불렀다. 날카로운 장미 가시는 그녀의 가슴을 더욱 깊이깊이 파고들었고, 생명의 피는 나이팅게일의 몸 속에서 조금씩조금씩 빠져 나갔다.

나이팅게일은 먼저 한 소년과 소녀의 가슴속에서 싹트기 시작한 사랑을 노래로 불렀다. 그러자 맨 꼭대기에 있는 장미 가지에서 한잎 한잎 꽃잎이 맺히더니, 노래에 노래가 이어지면서 아름다운 장미 한 송이가 피어났다. 처음으로 피어난 그 꽃은 강물 위에 피어 오르는 안개처럼, 새 아침의 발자국처럼 창백하고, 새벽의 날개 같은 은빛이었다. 마치 은으로 만든 거울 속에 드리워진 환영이나 연못 위에 비치는 그림자 같았다.

그러나 장미나무는 가슴을 더욱 세게 가시에 갖다 대라고 나이팅게일에게 소리쳤다. "좀더 세게 가까이! 안 그러면 장미꽃이 붉어지기도 전에 날이 새고 말 거야."

나이팅게일은 자신의 가슴을 장미 가시에 더욱 가까이 더욱 세게 갖다 대었고, 그녀의 노랫소리는 점점 더 크고 애절해졌다. 그녀가 부르는 노래는 한 청년과 아가씨의 영혼 속에서 피어 오를 열정의 노래였기 때문이다. 어느새 신랑의 키스를 받은 신부의 얼굴에 피어 오르는 홍조 같은 옅은 핑크 빛이 장미 꽃잎에 감돌기 시작했다. 그러나 장미 가시가 아직 나이팅게일의 심장을 뚫지 못했기 때문에 장미의 가슴은 여전히 하얀색으로 남아 있었다. 나이팅게일의 심장에서 나오는 피만이 장미의 가슴을 붉게 물들일 수 있으므로.

장미나무는 심장을 더 가까이 더 세게 가시에 대고 누르라고 나이팅게일에게 다시 소리쳤다. "더 세게, 더 가까이! 안 그러면 장미꽃이 붉어지기도 전에 날이 새고 만단 말이야."

나이팅게일은 가슴을 더욱더 세게 장미 가시에 대고 눌렀다. 마침내 장미 가시가 나이팅게일의 가슴을 뚫었고, 모진 고통이 나이팅게일의 온몸을 타고 흘렀다. 쓰리게 쓰리게 고통은 점점 더 커져만 갔고, 나이팅게일의 노래도 점점 더 애절하고 처절해졌다. 죽음으로만 완성되는 사랑의 노래, 죽음 속에서도 죽지 않을 사랑의 노래를 부르고 있었기 때문이다.

동쪽 하늘에 피는 붉은 꽃처럼, 신기하게도 장미꽃이 차츰차츰 붉어졌다. 꽃잎을 두르고 있는 핏빛 같은 붉은색, 루비처럼 붉은 그 색은 바로 심장 그 자체였다.

그런데 나이팅게일의 목소리가 점점 희미해져만 갔다. 작은 날개는 파르르 떨리기 시작하고, 눈꺼풀이 가물가물 나이팅게일의 두 눈을 내리덮기 시작했다. 노랫소리는 점점 희미해져만 가고, 나이팅게일은 무언가 꽉 목을 조르는 것 같은 느낌이 들었다.

순간 나이팅게일은 마지막으로 있는 힘껏 노래를 토해냈다. 그 노래를 들은 하얀 달님은 동이 터 오는 것도 잊은 채 하늘 위에 머물러 있었다. 붉은 장미는 노랫소리에 환희로 온몸을 떨며 차가운 아침 대기 속에 붉은 꽃망울을 터뜨렸다. 메아리는 언덕에 있는 자줏빛 동굴 속까지 노랫소리를 실어 날라, 아직 꿈속을 헤매고 있는 양치기들의 단잠을 깨웠다. 나이팅게일의 노랫소리는 강가에 우거진 갈대들에게도 전해졌고, 갈대들은 그 소식을 다시 바다로까지 전했다.

"이봐, 이봐! 이제 꽃잎이 다 붉어졌어!" 장미나무가 소리쳤지만, 나이팅게일은 대답이 없었다. 가슴에 박힌 장미 가시와 함께 나이팅게일은 키 큰 풀숲에 떨어져 죽어 있었다.

정오가 되자 젊은이는 창문을 열고 밖을 내다보았다.

"와! 이게 웬 행운이야! 여기 붉은 장미꽃이 피어 있었다니! 내 평생 이런 장미꽃은 정말 본 적이 없어. 이렇게 아름다울 수가! 분명 아주 길다란 라틴명을 갖고 있을 거야." 젊은이는 창문 밖으로 몸을 내밀어 그 꽃을 꺾었다.

그런 다음 모자를 집어 쓴 젊은이는 장미꽃을 손에 쥔 채 교수님의 집으로 달려갔다. 교수님의 딸이 현관문 앞에 앉아 얼레에 푸른색 명주실을 감고 있었다. 그녀의 발치에는 작은 강아지가 한 마리 누워 있었다.

"붉은 장미를 한 송이 갖고 오면 저와 춤을 춰주시겠다고 하셨죠? 여기 세상에서 가장 붉은 장미꽃이 있습니다. 오늘 밤 당신 가슴에 이 꽃을 달고 나가면, 우리가 함께 춤을 출 때 이 꽃이 말해 줄 겁니다. 제가 당신을 얼마나 사랑하는지."

그러나 아가씨는 얼굴을 찌푸렸다.

"안타까운 일이지만 제가 입을 드레스하고는 어울리지 않을 것 같네요. 게다가 장관님의 조카분이 제게 보석들을 보내 주셨거든요. 꽃보다 보석이 훨씬 값지다는 건 누구나 다 아는 사실이지요."

"허, 참! 정말이지 감사할 줄 모르는 분이군요." 화가 난 듯 퉁명스럽게 쏘아붙이고 난 젊은이는 장미꽃을 길거리에 내던져 버렸다. 장미꽃은 길가 시궁창 속으로 처박혀 버렸고, 그 위를 또 마차 바퀴가 짓밟고 지나갔다.

그러자 아가씨가 다시 맞받아쳤다. "감사할 줄 모른다구요? 당신은 어떤지 말해 줄까요? 당신은 아주 무례해요. 거기다 당신은 고작해야 학생이잖아요! 장관님의 조카가 갖고 있는 은제 구두 버클 같은 것도 당신에겐 없죠." 그녀는 의자에서 벌떡 일어나 쌩하니 집 안으로 들어가 버렸다.

돌아서면서 젊은이가 혼자 중얼거렸다. "참, 사랑은 너무 어리석은 짓이야. 논리의 반만큼도 쓸모가 없어. 아무것도 증명해 주지 못하고, 언제나 일어날 가능성이 없는 것만을 말해 주고, 진실이 아닌 것들을 믿게 만들잖아. 정말이지 사랑은 아무 데도 쓸 데가 없어. 내 나이에 가장 중요한 일은 뭐니뭐니해도 논리적인 사람이 되는 일이야. 그래, 다시 철학으로 돌아가 형이상학을 파고드는 게 좋겠어."

젊은이는 집으로 돌아가, 먼지 낀 두꺼운 책을 꺼내 들고 읽기 시작했다.

막심 고리끼

그 여자의 애인

내가 아는 어떤 사람이 한 번은 내게 다음과 같은 얘기를 들려주었다.

모스크바에서 대학을 다니던 시절, 그렇고 그런 어떤 여자와 나란히 이웃해서 산 적이 있었네. 그렇고 그런 여자가 어떤 여자인지는 자네도 알겠지? 폴란드 여자였는데, 이름은 테레사라고 했어. 큰 키에 몸집이 탄탄하고, 검고 무성한 눈썹을 가진 브루넷(살갗이 거무스름하고 머리와 눈썹이 검은 갈색인) 여자였지. 얼굴은 마치 자귀로 대충 파놓은 것처럼 크고 거칠었네. 동물적으로 번뜩이는 검은 눈하며, 둔탁한 저음의 목소리, 택시기사 같은 걸음걸이에 어부의 아내에 딱 어울릴 것 같은 근육질의 억센 기운, 거의 공포감을 불러일으키기에 충분한 여자였지.

난 맨 꼭대기 층에 살고 있었는데, 그 여자의 방은 바로 내 방 맞은

편에 있었어. 자연히 난 그 여자가 집에 있는 것 같을 때는 방문을 항상 닫아 두었지. 그래도, 물론 아주 드물긴 했지만, 계단을 오르내리거나 마당에 있을 때 가끔 그 여자와 맞닥뜨리곤 했네. 그럴 때면 그 여잔 내게 미소를 지어 보이곤 했는데, 그 미소가 내게는 아주 음흉하고 냉소적으로 보였어. 이따금씩 그 여자가 술에 취한 모습도 눈에 띄었는데, 흐리멍덩하게 풀린 눈에 헝클어진 머리칼하며, 그 미소가 특히 소름끼쳤어. 그렇게 술에 취했을 때면, 멍청하게 웃으며 내게 인사를 해서 오히려 그 여자에 대한 혐오감만 더욱 깊어지게 만들곤 했어. "학생 양반! 잘 지내슈?" 그런 식으로 우연히 마주치거나 인사받는 일을 피하기 위해 방을 옮기고 싶은 마음이 들기도 했지만, 그러진 못했지. 내 작은 방이 아주 근사했거든. 창문으로 보이는 시야도 넓었고 집 아래 거리도 항상 조용했으니까. 그 덕에 버텨낼 수 있었어.

그런데 어느 날 아침이었던가, 무언가 강의를 빼먹을 핑계거리가 없을까 이리저리 궁리하며 침대 위에서 네 활개를 쫙 편 채 빈둥대고 있는데, 벌컥 문이 열리더니 테레사의 그 끔찍한 저음의 목소리가 문지방을 타고 울려 퍼지는 게 아니겠어?

"학생 양반, 건강하게 잘 지내고 있수?"

"무슨 일이세요?" 말하면서 그 여자의 얼굴을 봤더니, 무언가 혼란스러운 듯 애원하는 표정이 역력하더라구. 그 여자 얼굴에선 좀체 찾아보기 힘든 표정이었지.

"저, 부탁 좀 드릴 게 있는데요. 들어주시겠지요?"

난 그대로 침대 위에 누워 있으면서 속으로 이렇게 생각했지. '아이쿠, 큰일났군! 내 미덕에 폭력을 가하시겠다, 이건데? 용기를 내야지!'

"저, 편지를 보내고 싶어서요. 그것 좀 도와주세요." 그 여자의 목소리는 무언가 애원하듯 아주 간절했고 부드러웠으며 겁에 질린 것 같기도 했네.

'으이구, 제기랄!' 속으론 이렇게 외치면서도, 난 침대에서 내려와 책상 앞에 앉아 종이를 한 장 꺼내며 말했지.

"이리 와 앉으세요. 받아쓸 테니 얘기해요."

그 여자는 조심스레 의자를 내 곁으로 끌어다 앉으면서, 미안하다는 눈길로 날 쳐다봤네.

"저, 누구한테 보내는 편지죠?"

"워쇼우 가, 스비에츠야나 시에 사는 볼레슬라브한테요."

"좋아요, 시작하죠."

"볼레스에게…… 내 사랑…… 나의 충실한 연인. 성모 마리아께서 당신을 지켜 주시길! 영원히 변치 않을 내 사랑, 당신의 사랑 테레사가 슬퍼하고 있는데 왜 그토록 오랜 동안 편지도 없으신가요?"

난 하마터면 마구 웃음을 터뜨릴 뻔했어. '뭐? 당신의 사랑! 와, 진짜 웃기네. 장대처럼 큰 키에 주먹은 돌처럼 단단하고, 몸무게는 또 얼마나 무거워. 거기다 평생 굴뚝 속에서만 살아서 세수라곤 한 번도 안 한 것처럼 새까만 얼굴을 하고 있는데, 무슨 놈의 내 사랑이야, 내 사랑은?' 난 다시 마음을 가다듬고 그 여자에게 물었지.

"볼레스트가 누굽니까?"

"볼레스예요, 볼레스. 볼레스트가 아니고. 제 애인이에요." 내가 그 남자의 이름을 잘못 알아들어서 화가 났는지 퉁명스런 어투로 그녀가 말했어.

"애인이라구요!"

"왜 그렇게 놀라시죠? 저도 처녀인데, 애인이 있는 게 뭐 그리 이상한가요?"

'처녀라구? 댁이? 글쎄…….' 난 속으로 생각했지.

"오, 아뇨. 뭐 이상할 것 없죠. 그런데 사귄 지는 얼마나 됐습니까?"

"육 년됐어요."

'오호! 그러셔?' 속으로 생각하면서 나는 그 여자에게 말했지.

"자, 편지 계속 쓰죠." 솔직히 말해 난 그 볼레스란 작자와 편지 왕래를 하는 여자가 테레사보다 못한 여자라 해도 테레사만 아니라면 그 작자와 당장이라도 처지를 바꾸고 싶은 심정이었네.

"친절하게 도와주셔서 정말 너무, 너무 감사해요. 저, 답례로 제가 뭣 좀 도와드리고 싶은 데요." 편지를 다 쓰고 나자 그 여자가 정중히 내게 말했네.

"아뇨, 됐습니다. 그럴 필요 없어요."

"아니에요. 저, 혹시 셔츠나 바지 중에 뭐 손볼 것 없어요?"

난 페티코트 차림의 마스토돈(제 3기의 거상(巨象)) 같은 여자 때문에 무안해서 얼굴이 발갛게 달아올랐어. 나는 도움 같은 건 전혀 필요없다고 아주 단호하게 딱 잘라 말했지. 그제서야 내 방에서 나가더군.

그후 일 주일인가 이 주일쯤 지났을 때였어. 저녁때였지. 창가에 앉아 휘파람을 불며, 나 자신으로부터 도망칠 무슨 좋은 수가 없을까 이리저리 머리를 굴리고 있었어. 날씨까지 우중충한 게 아주 따분했거든. 밖에 나가고 싶은 마음도 없고, 그야말로 권태감 속에서 자기 분석과 사색을 되풀이하고 있었네. 그것 역시 따분한 일이긴 마찬가지였지만, 그렇다고 뭐 달리 뾰족하게 하고 싶은 일도 없었어. 그런데 그때 방문이 열렸어. '하나님 감사합니다. 누군가 저를 찾아왔군요!' 속으로 쾌재를 부르면서 고개를 돌려보았지. 그런데 웬걸, 글쎄 테레사였어. 김빠지더군.

"오, 학생 양반. 안녕하세요? 뭐 특별히 바쁜 일 없으시죠?"

"없는데요. 왜 그러세요?"

"저 편지 하나만 더 써주셨으면 해서요."

"좋아요. 이번에도 볼레스한테 보내는 건가요?"

"아뇨. 이번엔 볼레스가 보내는 편지예요."

"뭐라구요?"

"아, 이런! 죄송하지만, 이번 편지는 절 위한 게 아니에요. 저, 그게 어떻게 된 거냐 하면요. 친구는 아니고 제가 아는 어떤 남자가 있는데, 그 남자의 애인이 저처럼 여기에 살아요. 이름도 저랑 똑같죠. 부탁이에요. 제발, 그 테레사한테 보내는 편지도 써주세요."

순간 멍해져서 그 여자를 쳐다보았더니, 그 여잔 곤혹스런 표정을 지으며 손까지 떨고 있더군. 난 처음엔 뭐가 어떻게 돌아가는 건지 몰라 정신이 멍했어. 하지만 곧 상황을 짐작했네. 그래서 정색을 하고 그 여자에게 말했지.

"이봐요, 아가씨. 볼레스도 테레사도 존재하지 않는 사람이죠, 그렇죠? 댁은 저한테 순전히 거짓말만 했어요. 더 이상 몰래 제 방을 기웃거리는 짓 따윈 하지 마세요. 당신과 친하게 지내고 싶은 생각은 조금도 없으니까. 내 말 알아들어요?"

그러자 그 여자는 갑자기 이상할 정도로 점점 더 겁에 질리더니, 선 자리에서 이쪽 저쪽으로 발을 움직이면서 탁탁 침 튀기는 소리를 냈어. 무언가 말을 하고는 싶은데 하지 못하는 것 같더군. 난 그저 상황이 어떻게 끝날지 지켜 보기만 했지. 그러는 사이 난 그녀가 나를 곧고 올바른 길에서 꼬여내려고 그런 것 같다는 내 의심이 엄청난 오해였다는 것을 분명하게 깨달았어. 분명 그녀의 의도는 전혀 다른 것 같았어.

"학생!" 말을 꺼내려다 말고, 그녀는 갑자기 손을 흔들며 문 쪽으로 뛰어가 버렸네. 그렇게 남겨진 나는 내내 기분이 우울했어. 귀를 세우고 들어보니, 그녀의 방문이 쾅 소리를 내며 난폭하게 닫히는 소리가 들리더군. 그 불쌍한 창녀가 대단히 화가 난 모양이라고 생각했지. 그 일을 곰곰이 곱씹어보던 끝에, 난 직접 그녀를 찾아가 보기로 결심했네. 다시 내 방으로 와서 그녀가 쓰고 싶은 대로 편지를 쓰자고 해야 할 것 같았어.

그 여자의 방에 들어가 보니, 그녀는 팔꿈치를 책상 위에 괴고 머리를 파묻은 채 엎드려 있었어.

"저, 제 말씀 좀 들어보세요." 내가 말했지.

이 대목을 얘기할 때마다 난 항상 끔찍할 정도로 어색하고 바보 같은 기분이 든다네. 하여간, 그건 그렇고.

"제 말씀 좀 들어보세요, 네?" 하고 내가 다시 말하자, 그 여자는 벌떡 의자에서 일어나더니 눈을 반짝이며 내 곁으로 다가왔네. 손을 내 어깨 위에 얹더니 그 이상한 저음의 목소리로 속삭이기 시작했어. 아니 오히려 콧노래를 부르는 것처럼 들렸다는 편이 정확할 거야.

"이봐요. 볼레스나 테레사란 사람은 애초부터 없었어요. 하지만 그게 당신하고 무슨 상관이에요? 펜을 꺼내서 종이 위에 무언가를 끄적이는 게 당신한텐 그렇게 어려운 일인가요? 그래요? 아, 그런데, 당신! 금발이 참 아름답군요! 볼레스도 테레사도 아무도 없어요. 오직 저뿐이에요. 저를 가지셔도 돼요. 당신한테 큰 기쁨이 될 거예요!"

"잠깐!" 그 여자의 그런 반응에 소스라치게 놀라 소리쳤지.

"대체 무슨 말입니까? 그러니까 지금, 볼레스란 사람은 애초에 없는 사람이란 말예요?"

"그래요. 실존 인물이 아니에요."

"그럼 테레사도?"

"네, 테레사도 없어요. 테레사는 저예요."

나는 도무지 무슨 영문인지 알 수가 없었네. 그 여자를 뚫어져라 쳐다보면서, 대체 둘 중 누가 제정신이 아닌지를 파악하기 위해 머리를 쥐어짰지. 그 여자는 다시 책상으로 다가가 무언가를 찾아들고 내 옆으로 왔어.

"볼레스한테 편지를 써주는 것이 그렇게 힘들다면, 당신이 써준 편지 여기 있으니까 가져가세요! 다른 사람한테 부탁하면 되니까."

그 여자의 손에는 그 여자를 대신해서 내가 볼레스에게 써준 편지가 쥐어져 있었네. 허, 나 원 참!

"테레사! 대체 어떻게 된 겁니까? 제가 이미 편지를 써주었는데, 왜 다른 사람한테 편지를 써달라고 부탁해야 합니까? 그리고 편지는 왜 안 부치는 거예요?"

"부치긴 어디로 부친단 말예요?"

"그야, 당연히 그 볼레스란 사람한테 부치죠."

"그런 사람은 없다니까요!"

난 정말 죽었다 깨도 이해할 수가 없었어. 그냥 퉤퉤 침 한번 뱉고 돌아서는 것 외엔 달리 도리가 없었지. 그런데 그녀가 아직도 화가 난 듯한 어투로 해명을 하기 시작하더군.

"대체 왜 그래요? 그런 사람은 애초부터 없었다고 말했잖아요." 그러면서 그녀도 왜 자신에겐 그런 사람이 없어야 하는지 이해할 수 없다는 듯이 손바닥을 펴 보이며 말을 계속했어.

"하지만 저도 정말 그런 사람이 있었으면 좋겠어요……. 전 뭐 인간도 아닌가요? 그래요, 그래. 저도 알아요. 잘 안다구요…… 물론…… 하지만 그에게 보내는 편지를 다른 사람한테 써달라고 부탁한다고 해서, 누구에게 해가 되는 건 아니잖아요……."

"잠깐, 잠깐만요. 누구한테 보내는 편지요?"

"물론 볼레스한테죠."

"하지만 그는 존재하지 않는 사람이라고 했잖아요."

"아! 그래요, 그래! 하지만 뭐 존재하지 않는 사람이면 어때요? 그가 존재하지 않는다는 건 사실이지만, 그는 진짜로 존재할 수도 있다구요! 그에게 편지를 쓰면, 마치 그가 실제로 존재하는 사람인 것 같은 느낌이 들어요. 그리고 테레사는…… 그 여자는 바로 저예요. 그가 그 여자에게 답장을 하면, 전 다시 그에게 편지를 쓰죠……"

아! 난 그제야 뭐가 뭔지 깨닫게 되었네. 착잡하고 비참한 게 부끄러운 기분마저 들었지. 내 바로 옆집에, 내 방에서 삼 야드도 떨어지지 않은 곳에, 이 세상에서 자신을 친절하고 따스하게 대해 주는 사람을 단 한 명도 갖지 못한 외로운 인간이 살고 있었던 거야. 결국 그 여자는 자기 스스로 가상의 친구를 만들어냈던 거야!

그 여자가 설명을 계속하더군. "볼레스에게 보내는 편지를 당신이 써주면, 전 그걸 다른 사람에게 부탁해서 읽어 달라고 하죠. 그들이 제게 읽어 주는 편지를 들으면서, 전 볼레스가 실제로 거기 있다고 상상하는 거예요. 그후에 다시 당신에게 볼레스가 테레사에게, 아, 그 테레사는 바로 저예요, 보내는 편지를 써달라고 부탁하는 거죠. 그렇게 제가 부탁해서 쓴 편지를 사람들이 읽어 주는 걸 듣다 보면, 마치 볼레스란 사람이 진짜로 살아 있는 사람이라는 생각이 들거든요. 그 덕택에 산다는 것도 조금은 편안하게 느껴지고요."

'제기랄, 멍청하긴!' 그 얘기를 들으면서 난 속으로 외쳐댔어.

그후부터 난 그녀를 위해 일 주일에 두 번씩 정기적으로 볼레스에게 보내는 편지와 볼레스가 테레사에게 보내는 답장을 써주었네. 아주 그럴싸하게 써주었지……. 그 여자는 내가 읽어 주는 그 편지들을 들으면서 꺽꺽 눈물을 흘리거나 그 저음의 목소리로 깔깔 웃어대곤 했어. 상상 속의 인물인 볼레스가 보내는 그런 진짜 같은 편지로 그녀의 마음을 울려 준 보답으로 그 여자는 내 양말이나 셔츠, 바지 등에 난 구멍을 기워 주었지. 그러다 결국 이런 일을 시작한 지 한 세 달쯤 지났을 때, 그 여자는 무슨 죄목으론지 감옥에 갇히고 말았네. 지금쯤은 아마 죽었을 거야.

여기까지 얘기를 마친 그 사람은 재떨이에 담뱃재를 털면서 착잡한 얼굴로 하늘을 쳐다보더니, 다음과 같은 말로 얘기를 끝맺었다.

글쎄, 무언가 좋은 것들을 점점 더 많이 맛보게 되면서 오히려 인간은 인생의 달콤함에 더욱더 굶주리게 되어 버린 것 같아. 그리고 미덕이란 넝마조각들로 온몸을 둘둘 휘감은 채 자만심이란 뿌연 연막을 치고 타인들을 바라보며 자신의 완벽을 확신하는 우리 같은 사람들은 그런 사실을 깨닫지 못하고 있고.

그 때문에 모든 것들이 정말로 어리석게, 아주 잔인하게 되어 가고 있네. 흔히들 말하는 타락 계층만 해도 그래. 도대체 어떤 사람들이 타락 계층이란 말인가? 정말이지 나도 알고 싶어. 그들도 우리처럼 뼈와 살이 있고 피가 흐르며 정신이 있는 인간이야. 이런 얘기는 오랜 세월 동안 하루도 거르지 않고 이미 수도 없이 들어온 거지. 정말이야. 하지만 세상이 얼마나 끔찍하게 돌아가고 있는지는 악마만이 알고 있네. 휴머니즘의 커다란 설교 소리는 완전히 소멸해 버린 걸까?

사실, 인간들 모두가 타락한 사람들이야. 그것도 굽힐 줄 모르는 자만심과 우월감의 심연 속으로 깊이깊이 추락해 버린 인간들이지. 아! 하지만 말해 무엇하겠나? 그런 상황은 저 산만큼이나 변함없는, 아주 오래 된 사실인걸. 다시 말하는 게 오히려 부끄러울 정도지. 그래, 아주 오래된 사실이야. 정말 문제지!

안톤 체흡

심술궂은 녀석

곱상한 얼굴의 이반 이반이치 라프킨과 살짝 들창코인 소녀 안나 세미오노브나는 가파른 둑을 내려가 작은 벤치 위에 앉았다. 울창한 버드나무 숲으로 폭 둘러싸인 작은 호숫가 벤치였다. 아! 이렇게 아담하고 멋진 장소가 또 있을까! 일단 앉아 있기만 하면, 사람들 눈에 띌 염려는 전혀 없는 그런 곳이었다. 그들을 볼 수 있는 것은 오로지 물 속을 누비고 다니는 물고기들이나 번개처럼 물 위를 달려가는 워터타이거들뿐이었다.

낚시대와 망, 미끼로 쓸 벌레 한 통 등 필요한 낚시 도구들을 철저하게 준비해 온 그 젊은 한 쌍은 자리를 잡고 앉자마자 곧바로 낚시를 시작했다.

"아! 이제야 우리 둘만 있게 되었네. 너무 좋다." 라프킨이 주위를 둘러보며 얘기를 시작했다. "안나, 너한테 하고 싶은 얘기들이 너무 너무 많아…… 정말 무진장 많다구…… 널 처음 봤을 때 말이지…… 어! 고기가 입질했다…… 난 그 순간 깨달았어. 내가 누굴 위해 살아야 하는지, 내 구원의 여인이 어디에 있는지, 누구에게 나의 이 진실되고 열정적인 삶을 바쳐야 하는지, 널 만난 순간 바로 깨달았어…… 무는 걸 보니까 큰 놈인가 본데…… 널 보자마자 난 내 생애 처음으로 사랑에 빠져 버린 거야. 아! 타 죽을 만치 뜨거운 사랑에! ::;…좀더 기다렸다가 잽싸게 홱 잡아당기면 돼…… 좀더 꽉 물도록 내버려 두라구…… 저, 자기야, 진짜 간절하게 얘기하는 건데, 자길 좋아해도 될까? 물론 자기도 그래야 된다는 건 아니야. 난 그럴 만한 자격도 없는 놈인 걸 뭐. 꿈에도 그런 기대는 해본 적 없어. 저, 나 자기 좋아해도 되…… 어, 잡아당겨!"

안나는 낚시대를 들어 올려 홱 끌어당기면서 탄성을 질렀다. 작은 은초록색 물고기가 공중에서 비늘을 반짝이며 파닥거렸다.

"오! 이럴 수가, 농어야, 농어. 어, 어…… 빨리, 빨리! 놓치겠어!"

그러나 농어는 이미 낚시바늘을 끊고, 풀밭 위를 파닥이며 기어가 결국은 물 속으로 풍덩 도망쳐 버렸다.

물고기를 잡기 위해 이리저리 허둥대던 라프킨이 그만 무심코 물고기가 아닌 안나의 손을 잡고 말았다. 그러다 그만 어느 결에 안나의 손을 그의 입술에 갖다 대었고……… 안나는 얼른 손을 뺐지만, 이미 때는 늦어 있었다. 어찌어찌하는 사이 둘의 입술은 이제 하나로 포개어져 있었다. 정말 무심결에, 눈 깜짝할 사이에 일어난 일이었다. 그러나 첫 키스는 또 다른 키스를 불러들였고, 그 다음엔 사랑의 고백과 서약…… 맹세가 이어졌다. 아! 그 얼마나 짜릿한 순간이었는지! 그러나 이 세상에 결코 절대적인 행복이란 없는 법이다. 행복은 대개 그 속에 독약과 같은 것도 함께 품고 오기 마련이며, 외부의 무언가에 의해 깨져 버리기도 한다. 이번에도 결코 예외는 아니었다.

그 젊은 한 쌍이 입을 맞추고 있는데, 갑자기 어디선가 낄낄거리는 웃음소리가 들려온 것이다. 강물 쪽을 곁눈질해 본 그들은 그만 소스라치게 놀라고 말았다. 웬 벌거숭이 소년 하나가 허리 위쪽을 물 위로 드러낸 채 이쪽을 훔쳐보며 서 있었던 것이다. 그 녀석은 바로 안나의 동생 콜리아였다. 물 속에 꼿꼿이 선 채 여전히 둘을 째려보면서 짓궂게 웃고 있던 그 꼬마 녀석이 둘을 놀려댔다. "얼라리 꼴라리…… 키스했대요! 흥, 보통 일은 아니지? 엄마한테 일러야~지!"

"진짜 멋진 사내는 말야, 난 네가, 저, 그러니까…… 몰래 훔쳐보는 건 아주 비열한 짓이야. 그걸 고해바치는 건 더욱 나쁘고 혐오스러운 짓이고……. 넌 진짜 멋지고 훌륭한 사내니까, 난 믿어. 네가……." 얼굴이 홍당무처럼 빨개진 라프킨이 더듬대며 투덜거리자, 그 꼬마 녀석이 말했다.

"일 루불만 주면 안 이를게. 안 그럼 일러바칠 거야!"

라프킨은 하는 수 없이 호주머니에서 일 루불을 꺼내 콜리아에게 바쳤다. 젖은 손으로 그 돈을 꼬깃꼬깃 받아 쥔 콜리아는 휘파람을 불며 다시 물 속으로 헤엄쳐 들어갔다. 그 젊은 한 쌍은 그 자리에서는 더 이상 키스를 하지 않았다.

다음날 라프킨은 시내에서 물감과 공을 사다가 콜리아에게 주었고, 안나는 빈 알약 상자들을 모두 콜리아에게 갖다 바쳤다. 그 이후로도 그들은 콜리아에게 강아지 머리 모습이 새겨져 있는 커프스 단추를 주어야만 했다. 그 못된 녀석은 이런 뇌물들을 거리낌없이 받아 챙겼으며, 더 많은 것들을 챙기기 위해 그들에게서 한시도 눈을 떼지 않았다. 라프킨과 안나가 가는 곳이면 어디든 그 녀석도 함께 따라다녔다. 단 일 분도 그들만 내버려 두는 법이 없었다.

"으이구, 빌어먹을 놈! 어린 녀석이 벌써부터 저런 못된 짓이나 배우고 다니고! 도대체 커서 뭐가 되려고 저러는 거야?" 라프킨이 이를 앙다물며 소리쳤다.

유월 내내 콜리아는 두 젊은 연인을 힘들게 만들었다. 고자질해 버리겠다고 으름장을 놓으면서 일분 일초도 눈을 떼지 않고 그들을 감시했으며, 끊임없이 선물을 요구했다. 그 동안 바친 뇌물로도 부족했는지, 나중에는 호주머니 시계 타령까지 했다. 결국 그들은 시계를 사주겠다고 약속할 수밖에 없었다.

한 번은 저녁 식사 때 이런 일도 있었다. 와플 쿠키가 돌고 있는데, 갑자기 그 못된 녀석이 야릇한 웃음을 짓더니 라프킨을 향해 한쪽 눈을 찡끗하며 약올리는 것이었다. "흥! 확, 불어 버릴까?" 얼굴이 새빨개진 라프킨은 쿠키 대신에 그의 냅킨을 우적우적 씹어대기 시작했고, 안나는 식탁을 박차고 일어나 후다닥 다른 방으로 가버렸다.

그 불쌍한 연인들은 팔월 말, 드디어 라프킨이 안나에게 결혼 신청을 한 바로 그날까지 이런 곤욕을 꾹꾹 참아내야만 했다. 아! 그날, 그들은 얼마나 행복하고 후련했을까! 안나의 부모님께 결혼 얘기를 꺼낸 라프킨은 허락이 떨어지자마자 열일 제쳐 두고 가장 먼저 정원으로 뛰쳐나가 콜리아를 찾기 시작했다. 드디어 그를 발견한 라프킨은 벅찬 기쁨에 흐느끼기까지 하면서 그 못된 녀석의 귀를 잡아당겼다. 역시 콜리아를 찾고 있던 안나도 한 달음에 쫓아와 콜리아의 다른 쪽 귀를 아프게 잡아당겼다.

"오! 제발. 누님! 매부! 오, 두 천사님! 다시는 그런 못된 짓 안 할게요! 제발 용서해 줘요! 네?" 콜리아가 징징 짜면서 애걸 복걸 그들에게 용서를 빌 때, 그 가여운 연인들의 얼굴에 번지던 기쁨의 표정을 독자 여러분도 꼭 한 번 봤어야 하는 건데.

먼훗날, 그들은 그 못된 녀석의 귀를 함께 잡아당기던 순간에 느꼈던 행복감과 숨막히는 기쁨을 그후로는 한 번도, 심지어 그들이 서로 사랑에 빠져 있었던 그 모든 시기 동안에도 결코 다시 경험해 보지 못했다고 고백했다.

어거스트 스트린드베리

헛된 시도

그녀는 여자들이 그저 남편 뒷바라지나 하는 살림꾼으로 키워지는 것에 대해 이미 어린 시절부터 참을 수 없어 했다. 그래서 그녀는 살아가면서 어떤 역경에 처하더라도 스스로를 책임질 수 있도록 일찌감치 조화 만드는 기술을 익혔다.

또한 그도 이전부터 여자들이 자신을 먹여 살리는 남편만을 바라보며 살아가는 것이 못마땅했다. 그래서 그는 스스로 생계를 꾸려 나갈 수 있는 독립적이고 자유로운 여자와 결혼하리라 굳게 결심했다. 단순한 살림꾼이 아니라 인생의 길동무가 되어 줄 수 있는, 자신과 동등한 여성과 말이다.

운명은 그런 그들을 그야말로 운명적으로 만나게 했다. 그는 화가였으며, 그녀는 앞에서 말한 대로 조화를 만들었다. 그리고 결혼 생각을 품게 되었을 즈음 둘은 모두 파리에서 살고 있었다.

그들의 결혼 생활엔 특별한 양식이 있었다. 우선 방이 세 개 딸린

집을 얻어, 가운데 방은 작업실로 그 오른쪽은 그의 방, 왼쪽은 그녀의 방으로 꾸몄다. 그리고 나니 부부 침실이나 더블 침대 같은 것은 자연히 사라지게 되었다. 그래도 뭐, 괜찮았다. 동물 세계에선 찾아볼 수 없는 그런 혐오스런 것들은 그들이 보기에 무지막지한 방탕과 부도덕의 온상에 불과했으니까. 게다가 방을 그런 식으로 꾸며 놓으면 한방에서 옷을 입고 벗어야 하는 불편함도 없지 않은가! 두 부부가 따로따로 각자의 방을 갖고 있으며, 작업실을 중립적인 만남의 장소로 이용한다는 것이 훨씬 더 좋은 생각인 것 같았다.

그들에겐 식모도 필요없었다. 요리야 각자 스스로 하면 되고, 다른 허드렛일은 아침 저녁으로 파출부 아줌마를 부르면 그만이었다. 머리를 짜내고 짜낸 끝에 세운 이 계획은 이론상으로도 퍽 훌륭했다. 물론 그들의 이런 생각을 회의적으로 받아들이는 사람들도 있었다.

"그런데, 아이를 갖게 되면 어떡하지?"

"말도 안 되는 소리, 아이를 갖긴 어떻게 가져!"

그러나 그들의 계획은 착착 잘 진행되어 갔다. 그는 아침에 일어나 시장을 봐서 식사를 준비하고, 커피를 끓였다. 그 사이 그녀는 잠자리를 개고 방 청소를 했다. 그리고 아침을 먹고 나면, 둘이 함께 앉아 일을 시작했다.

일을 하다 지겨워지면, 서로 조언을 해주거나 잡담을 나누며 깔깔 웃어댔다. 아! 이보다 더 즐거운 생활이 또 있을까!

열두 시가 되면, 그는 주방에서 불을 지핀 다음 고기를 익혔다. 그 사이 그녀는 길 건너 식료품점까지 뛰어가 야채를 사 온 뒤 샐러드를 만들었다. 그런 다음 그녀가 식탁을 차리면 그는 정성스레 요리를 담아냈다.

물론 그들 역시 다른 남편과 아내들처럼 서로를 사랑했다. 밤이면 서로에게 잘 자라는 인사를 한 후 각자의 방으로 들어갔다. 그러나 그가 그녀의 방문을 두드릴 때, 그를 못 들어오게 하고 밖에 세워 둘 수 있는 잠금장치 같은 것은 달려 있지 않았다. 하지만 침실이 워낙 비좁았기 때문에, 아침이 되면 그들은 다시 각자의 구역에서 눈을 떴다. 그런 아침이면, 그가 먼저 벽을 두드리면서 인사를 했다.

"우리 귀여운 아가씨, 잘 잤나? 오늘 기분은 어때?"

"응, 캡이야. 자기는?"

아침 식탁을 마주 한 그들의 만남은 언제나 생전 처음 하는 경험처럼 전혀 따분하지가 않았다.

가끔가다 밤이면 그들은 함께 외출을 나가 친구들을 만나기도 했다. 그녀는 담배 냄새에도 전혀 개의치 않았기 때문에, 그를 성가시게 만들거나 방해가 되지도 않았다. 모두들 그들이 아주 이상적인 결혼 생활을 하고 있다고 생각했다. 누구도 그들만큼 행복한 부부를 본 적이 없다고 말할 정도였으니까.

그런데 시부모님이 문제였다. 멀리 떨어져 살고 계신 시부모님은 시시때때로 편지를 쓰거나 전화를 걸어서, 시시콜콜 온갖 곤란한 질문들을 퍼부었다. 하루라도 빨리 손주 녀석을 안아 보고 싶은 바램 때문이었다. 그녀는 결혼이라는 제도가 부모가 아닌 아이들을 위해 존재하는 것이라는 사실을 다시금 뼈저리게 절감했다.

그녀는 시부모님들의 그런 생각은 낡은 사고방식에 불과하다고 항변했다. 그러자 시어머니는 그런 새로운 생각만 고집하다간 결과적으로 인류가 멸종해 버리지 않겠느냐고 맞받아치셨다. 그래도 그녀는 한 번도 아이 문제를 그런 관점에서 생각해 보지 않았으며, 시어머니의 주장엔 터럭만큼도 신경쓰지 않았다. 아! 그녀와 남편 모두 행복하기만 한데, 그 행복한 한 쌍의 알콩달콩 사는 모습을 드디어 세상이 시샘하기 시작한 것일까?

그렇지만 그들의 생활은 여전히 즐거웠다. 둘 중 어느 쪽도 상대방

위에 군림하려 들지 않았으며, 생활비도 동등하게 부담했다. 때로는 그가, 때론 그녀가 돈을 더 많이 벌어들여도, 각자가 공동생활비 명목으로 내는 돈은 언제나 똑같았다.

드디어 그녀의 생일이 다가왔다. 생일날 아침 그녀는 꽃 한 다발과 이쁜 꽃 편지 한 통을 들고 들어온 파출부 아줌마 때문에 잠에서 깨어났다. 편지 속에는 다음과 같은 메모가 적혀 있었다.

꽃망울처럼 아름다운 그대에게, 당신의 화가 남편이
생일을 축하하며, 조촐하지만 특별한 아침 식사를 함께 할 수 있는
영광을 내려 주시길. 지금 즉시 왕림하여 주시옵길.

그녀는 곧 그의 방문을 노크했다. 그리곤 침대 위에서, 바로 그의 침대 위에서 함께 아침을 먹었다. 그날은 특별히 파출부 아줌마를 하루 종일 고용해서 집안일을 몽땅 떠넘겼다. 아! 이보다 더 황홀한 생일날이 또 있을까!

그들의 행복은 전혀 시들 줄 몰랐다. 그렇게 어느덧 이 년이 흘렀고, 모든 사람들의 예언은 보기 좋게 빗나갔다. 그야말로 모범적인 결혼 생활이었다.

그러나 이 년이 지났을 때, 그녀의 몸이 시름시름 아파오기 시작했다. 그녀는 벽지 속에 낀 독성 때문일 거라고 생각했고, 그는 뭔지 모를 병원균 때문일 거라고 추측했다. 그래, 분명 어떤 병원균 때문일 거야. 그런데 무언가 좀 이상했다. 증세가 이상하지 않은가! 틀림없이 감기에 걸린 것처럼 보였는데, 그녀의 몸이 점점 뚱뚱해지기 시작한 것이다. 몸 속에서 종양이 자라나고 있는 것은 아닐까? 정말 그런 거면 어떡하지? 불안감이 눈덩이처럼 커졌다.

진찰을 받으러 갔던 그녀가 펑펑 울면서 집으로 돌아왔다. 정말로

몸 속에서 무언가 자라긴 자라고 있었는데, 종양은 아니었다. 때가 되면 세상에 나와 한 송이 꽃으로 피어나 열매를 맺게 될 그런 것이었다.

남편은 결코 울지 않았다. 대신에 그런 와중에서도 빠져 나갈 구멍을 찾은 얄미운 남편은 술집으로 뛰어가 친구들에게 아내의 임신 사실을 자랑스레 떠벌렸다. 그러나 아내는 여전히 울기만 했다. 이제 내 처지는 어떻게 되는 거지? 곧 돈도 못 벌게 될 텐데, 그럼 남편이 벌어다 주는 돈만 바라보고 살아야 된단 말인가? 집안일을 해주는 사람도 써야 할 텐데? 아! 어쩜 좋아! 나 어떡해!

그들의 주도면밀하고 세심하며 신중한 모든 계획이 어쩔 수 없는 단단한 바위에 부딪혀 산산이 깨져 버린 것이다.

그러나 시어머니는 멀리서 기쁨에 들뜬 편지를 써보냈다. 결혼제도란 하나님께서 아이들을 보호하기 위해 만드신 것이므로, 부모들의 쾌락은 그리 중요한 것이 아니라는 내용을 강조하고 또 강조하는 그런 편지였다.

남편은 아내에게 애원했다. 제발 앞으로는 돈을 한 푼도 벌지 못하게 되리라는 생각 따위는 잊어버리라고. 아이를 잘 키우는 게 곧 그녀가 할 몫의 일을 충분히 해내는 것 아니냐고. 그게 돈 버는 일 못지 않게 중요한 일 아니냐고. 정확히 말해, 돈을 번다는 것은 곧 일을 하는 것이니까, 그녀가 할 몫을 충분히 해내게 되는 것이라고.

그녀는 남편이 자신을 먹여 살려야 한다는 사실을 오랜 동안 받아들이지 못했다. 그러나 아이가 태어나는 순간, 그런 문제 따위는 깡그리 잊어버렸다. 그녀는 이전과 변함없이 그의 아내이자 친구였으며, 거기다 이젠 그의 사랑스런 아들의 어머니까지 되었다. 그리고 그도 이런 모든 것이 그 무엇보다도 소중한 것임을 깨닫게 되었다.

콜레뜨

남편의 전처

"두 분이세요? 이쪽으로 오시죠. 해안 경치가 좋으시다면, 창가 자리가 아직 하나 남아 있습니다."

웨이터가 안내하는 대로 따라가면서 앨리스가 말했다.

"오, 좋아요. 마크, 물 위에 떠 있는 보트 위에서 식사를 하는 기분이겠죠?"

그러자 마크가 아내의 겨드랑이 밑에 팔을 넣어 붙잡으면서 말했다.

"저쪽이 더 좋을 것 같은데."

"저기요? 사람들 한가운데 있는 자리 말예요? 거기보단……."

"앨리스, 제발."

겨드랑이 밑을 잡고 있는 손에 마크가 무언가 예사롭지 않게 힘을 꽉 주자, 앨리스가 고개를 돌리면서 물었다.

"왜 그래요?"

"쉬……"

그가 낮게 대답했다. 그리곤 앨리스의 눈을 뚫어져라 바라보면서 그녀를 한가운데에 있는 식탁으로 데리고 갔다.

"마크, 무슨 일이에요?"

"말해 줄게. 우선 주문부터 하자구. 새우 요리 어때? 아니면 달걀과 고기 젤리?"

"알아서 시키세요. 잘 알잖아요."

그들은 과로에다 일종의 신경성 두통으로 괴로워하고 있는 웨이터의 귀중한 시간을 앗아가는 것도 아랑곳 않고, 서로 은근한 미소를 주고받았다. 웨이터는 식은땀을 흘리며 그들 옆에 서 있었다.

"새우 요리하고, 달걀과 베이컨 주시오. 상치 샐러드를 곁들인 차가운 치킨도 주고. 크림 치즈? 이 집의 특별 요린가? 그것도 주세요. 진한 커피도 두 잔 주고. 내 기사도 점심 식사를 해야 할 거요. 우린 두 시에 나갈 겁니다. 사과술 약간 하라구요? 아뇨. 그건 싫고, 쌉쌀한 샴페인으로 주시오."

주문을 끝낸 마크가 마치 커다란 옷장이라도 옮기고 난 것처럼 한숨을 푹 내쉬었다. 그리곤 한낮의 무미건조한 바다와 진주처럼 하얀 하늘을 바라보다가 드디어 아내에게로 눈길을 돌렸다. 커다란 베일이 드리워져 있는 모자를 쓰고 있는 아내의 모습이 사랑스러워 보였다.

"자기, 아주 좋아 보이는데. 이 파란 바다 때문에 눈빛이 더욱 생생해 보여. 정말 멋지다구! 그리고 여행하면서 몸이 좀 불은 것 같은데, 딱 보기 좋아. 하지만 그 이상은 안 돼!"

그녀는 탱탱하고 동그란 가슴을 자랑스러운 듯 앞으로 내밀면서 식탁 위로 상체를 구부렸다.

"그런데 왜 창가 자리에 못 앉게 한 거예요?"

마크는 거짓말을 할 생각이 전혀 없었다.

"내가 아는 사람이 그 옆자리에 앉아 있어서."

"저도 아는 사람인가요?"

"어, 저기…… 내 전처야."

그녀는 뭐라고 할 말이 생각나지 않아 그냥 그 파란 두 눈을 크게 떠 보이기만 했다.

"자기, 왜 그래? 어쩌다 만날 수도 있는 거지. 별 중요한 일도 아니잖아."

그러나 그 말에 더욱 궁금해진 앨리스가 회피할 수 없는 질문들을 던지기 시작했다.

"그 여자도 당신 봤어요? 당신이 알아본 걸 그 여자도 알아요? 누군지 좀 가리켜 볼래요?"

"제발, 지금은 쳐다보지 마. 아마 우릴 보고 있을 거야 ……. 갈색 머리에 모자 안 쓴 여자야. 분명 이 호텔에 묵고 있을 거야. 저기 혼자 앉아 있는 여자야, 저 붉은색 옷 입은 애들 뒤쪽에……."

"아, 보여요."

앨리스는 차양이 넓은 비치 모자로 얼굴을 가린 채 불과 일 년 삼 개월 전만 해도 남편의 아내였던 여자를 훑어보았다.

"너무 달랐어. 정말이지 완전히 달랐다구! 하지만 우린 아주 점잖게 이혼했어. 친구처럼 조용히, 아주 신속하게 말야. 그후 당신과 사랑에 빠진 거지. 당신은 진짜로 나와 함께 행복을 누리고 싶어했어. 어느 한쪽 죄책감을 느끼거나 희생하지도 않으면서 둘 다 행복해질 수 있다니, 우린 정말 운이 억세게 좋은 거야."

하얀색 옷차림에 윤이 좌르르 흐르는 부드러운 머릿결을 가진 그 여자는 눈을 반쯤 감은 채 담배를 피우고 있었다. 앨리스는 다시 남편 쪽으로 고개를 돌리고, 새우 요리와 버터를 약간 입에 댔다. 아무 말 없이 담담하게. 잠시의 침묵을 깨고, 그녀가 다시 물었다.

"당신 전처의 눈빛도 파란색이었다는 건 왜 얘기해 주지 않았죠?"

"글쎄, 그런 생각은 한 번도 못 해봤어!"

빵 바구니를 잡으러 내민 그녀의 손에 그가 허겁지겁 키스를 하자, 그녀의 얼굴이 기쁨으로 달아올랐다. 거무스름한 피부와 통통한 몸매 때문에 다소 투박해 보일 수도 있었지만, 시시각각 변하는 그 파란 눈과 구불구불한 금발 덕택에 그녀는 아주 연약하고 감성적인 여자처럼 보였다. 그녀는 남편에게 지나칠 정도로 감사의 표시를 했다.

스스로 의식하진 못하겠지만, 거리낌없는 그녀의 태도 속에는 말할 수 없이 행복하다는 것을 지나치게 과시하는 듯한 흔적이 역력했다.

그들은 넉넉하게 먹고 마셨다. 둘 다 상대방이 그 하얀 옷을 입은 여자의 존재를 잊었으리라 생각했다. 그러나 앨리스는 이따금씩 지나치게 큰 소리로 웃었으며, 마크는 가슴을 펴고 머리를 꼿꼿이 치켜드는 등 앉은 자세에 유달리 신경을 썼다.

그들은 꽤 오랜 동안 침묵을 지키며 커피가 오기만을 기다렸다. 눈부신 태양 아래서 여기저기로 빛을 쏘아대고 있는 강물은 바다를 가르며 빠르게 흘러가고 있었다.

"그 여자 아직 거기 있죠?" 앨리스가 낮은 목소리로 속삭였다.

"그 여자 때문에 불편해? 그럼 커피는 다른 데 가서 마실까?"

"오! 아니에요, 전혀! 불편한 건 그 여자겠죠! 게다가, 당신도 보고 있다면…… 알겠지만, 그렇게 즐거운 시간을 보내고 있는 것 같지도 않고."

"보지 않아도, 그 여자 표정은 내가 잘 알아."

"저런, 그 여자 표정이 정말 그래요?"

그는 콧구멍으로 담배 연기를 내뿜으면서 이맛살을 찌푸렸다.

"정말 그러냐구? 그런 건 아냐. 솔직히, 그녀는 나와 살면서 행복하지 못했어."

"오, 그래요? 그럼 지금은 어때요?"

"오, 자기야. 자긴 정말 날 즐겁게 해……. 정말 끝내 주지……. 자긴 천사 같애……. 날 사랑하고…… 자기 그 두 눈을 보고 있으면 난 정말 당당해지는 느낌이 들어. 그래, 그 눈…… 그런데 그 여잔…… 난 그 여자를 어떻게 하면 행복하게 해줄 수 있는지 정말 몰랐어. 그게 전부야. 어떻게 해야 할지 몰랐다구!"

"아주 힘든 여자였군요!"

앨리스는 신경질적으로 부채질을 해대며 그 하얀 옷의 여자를 힐끔거렸다. 그 여잔 대나무로 된 등받이 의자에 머리를 기댄 채 나른한 권태감을 즐기며 반쯤 눈을 감은 상태로 담배를 피우고 있었다.

마크가 어깨를 으쓱거리며 조심스럽게 대답했다.

"그래, 그 말이 맞아. 어떻게 하겠어? 결코 만족할 줄 모르는 사람을, 딱하게 여길 수밖에. 하지만 우린 서로 만족하잖아. 안 그래, 자기?"

그러나 앨리스는 아무 대답도 하지 않았다. 그녀는 눈치 못 채게 남편의 그 혈색 좋고 균형 잡힌 얼굴을, 군데군데 은발이 뒤섞인 굵은 머리칼과 잘 다듬어진 짧은 손가락을 세심히 뜯어보았다. 그러면서 처음으로 의심스럽게 자문해 보았다. '저 여잔 도대체 그에게서 뭘 더 바란 거지?'

식당을 나서며 그가 청구서를 지불하고 기사를 부른 뒤 노선에 대해 이것저것 묻는 동안, 그녀는 질투와 호기심 가득한 눈으로 그 하얀 옷의 여자를 계속 쳐다보았다. 그 만족할 줄 모르며, 다루기 힘들고, 그런데도 묘하게 자신보다 더 나은 것만 같은 그 여자를.

지오반니 베르가

늑대 여인

그녀는 키가 크고 호리호리한 데다 이미 시들해진 나이인데도 검은 머리칼을 가진 여인답게 탱탱하고 풍만한 가슴을 갖고 있었다. 안색은 마치 오랜 동안 말라리아를 앓은 사람처럼 창백했는데, 그런 창백함 때문에 차갑게 꼭 다문 붉은 입술과 퀭하니 커다란 두 눈이 보는 사람을 더욱 오금 저리게 만들었다.

마을 사람들은 그런 그녀를 '늑대'라고 불렀다. 채워도 채워도 채워지지 않을, 아주 탐욕적인 여자처럼 보였기 때문이다. 그래도 그녀는 마을 사람들이 쳐다보건 말건, 굶주린 늑대처럼 조심스런 발걸음으로 느릿느릿 그들을 지나쳐 갔다. 성질이 까탈스런 암컷처럼 홀로 유유히.

그녀는 그 선홍빛 붉은 입술만으로도 눈 깜짝할 사이에 마을 아낙네들로부터 그들의 아들과 남편을 채갈 수 있는 그런 여자였다. 그 악마 같은 눈으로 한 번 슬쩍 흘겨보기만 해도, 그들은 아마 그녀의 치맛자락을 졸졸 쫓아다니게 될 것이다. 때문에 그 늑대 같은 여자가 예배를 드리기 위해, 또는 고해성사를 하기 위해, 심지어는 부활절이나 크리스마스에도 성당에 얼굴을 내밀지 않는다는 것은 마을 아낙네들에겐 천만다행한 일이었다. 하나님의 충직한 종인 성모 마리아 성당의 안지올리노 신부님조차도 그 여자 때문에 영혼을 잃어버렸을 정도이니까 말이다.

그 늑대 같은 여자에게도 마리치아라는 착하고 얌전한 딸이 하나 있었다. 그러나 불쌍하게도 그녀는 남몰래 눈물짓는 날이 많았다. 서랍 깊숙이 값비싼 장신구들을 쌓아 두고 있고 햇볕 잘 드는 비옥한 땅을 마을의 다른 처녀들 못지않게 많이 갖고 있는데도, 그 늑대 같은 여자의 딸이라는 이유 때문에 누구 하나 청혼을 하는 총각이 없었기 때문이다.

그런데 그 늑대 여인이 이제 군에서 갓 돌아온 어느 잘생긴 젊은이를 사랑하게 되었다. 그 마을 공증인의 목장에서 함께 건초를 베던 내니라는 총각이었다. 그녀의 사랑이 어찌나 열렬했던지, 그녀는 면속옷 아래서 살갗이 활활 타오르는 것만 같았다. 그의 눈을 들여다볼 때면, 열기가 가장 뜨거운 계곡 어느 골짜기에서 오뉴월 땡볕을 맞고 있을 때처럼 목이 바싹바싹 타올랐다. 그러나 그 총각은 그녀에게는 눈길 한번 주지 않고 그저 묵묵히 풀베기에만 열중했다. 어쩌다 건네는 말도 "피나 아주머니, 괜찮으세요?" 정도가 고작이었다.

목초지는 아득히 넓기만 한데, 따가운 태양볕은 머리 위에서 쨍쨍 내리쪼이고, 들리는 소리라곤 매앰매 날아다니는 매미 소리뿐이었다. 그 늑대 여인은 한숨 돌리거나 시원한 물로 목을 축이기 위해 잠시 허리를 펴는 일도 없이, 한 웅큼 한 웅큼 한 다발 한 다발, 지칠 줄도 모르고 열심히 건초를 베어 나갔다. 묵묵히 건초를 베고 또 베면서 가끔 "피나 아줌마, 왜 그러세요?" 하고 묻는 내니의 뒤를 놓치지 않으려는 그 일념 하나로.

그러던 어느 날 밤, 드디어 그녀가 그에게 사랑을 고백했다. 내니는 낮 동안의 고된 노동 탓에 탈곡장 마당 한 켠에서 꾸벅꾸벅 졸고 있었다. 어둠에 휩싸인 드넓은 들판 여기저기에선 개 짖는 소리가 들려왔다.

"널 원해. 넌 태양처럼 눈부시고, 꿀처럼 달콤해. 정말이지 널 미칠 정도로 갖고 싶어!" 그러나 내니는 묘한 미소를 지으며 이렇게 대답했다.

"그래요? 난, 난 아줌마 딸이 갖고 싶은데요!"

그러자 늑대 여인은 손으로 머리칼을 쥐어뜯으며 아무 말 없이 어둠 속으로 사라졌다. 그후 그녀는 탈곡장엔 더 이상 모습을 드러내지 않았다.

그녀는 올리브유를 짜는 시월에 가서야 내니를 다시 만나게 되었다. 그가 일하는 곳이 그녀의 집 바로 근처였기 때문이다. 비명을 지르는 듯한 착유기의 날카로운 기계음 소리에 그녀는 도저히 잠을 이룰 수가 없었다.

"올리브 자루 들고 날 따라오너라." 그녀가 딸에게 말했다.

내니는 노새가 계속해서 움직이도록 연신 "이려!" 하고 외쳐대면서 분쇄기 아래서 분주하게 삽질을 하고 있었다.

"자네, 내 딸 마리치아와 결혼하겠나?" 하고 그녀가 묻자, 내니가 대답했다.

"마리치아와 함께 무얼 주실 건데요?"

"개 아버지가 물려준 게 전부 다 마리치아 것이야. 거기다 내 집까지 얹어 주지. 난 부엌 한구석에 담요를 깔 수 있을 정도의 공간만 내주면 족해."

"그렇다면, 크리스마스에는 이사를 할 수 있겠네요." 내니가 말했다.

내니는 기름과 반쯤 발효된 올리브유로 온몸이 미끌미끌 기름투성이인 데다가 꾀죄죄한 몰골이었다. 당연히 마리치아는 어떤 조건을 내건다 해도 그를 받아들이지 않으려 했다. 그러자 그 늑대 같은 여자는 딸의 머리채를 휘어잡고 난롯가로 데려가 이를 악다물며 쏘아붙였다.

"이년, 내니와 결혼하지 않으면, 죽여 버리고 말겠어!"

그후 그 늑대 여인은 시름시름 앓았다. 그러자 마을 사람들은 그 악마 같은 계집이 나이가 들더니 집 안에만 틀어박혀 있는가 보다고 수군거렸다. 한동안 그녀가 돌아다니는 모습을 볼 수가 없었다. 그녀의 집 문 앞에 앉아 그 맹렬하게 빨아들이는 듯한 눈빛으로 주위를 힐끔거리는 모습도 보이지 않았다.

혹여 그녀가 내니의 얼굴을 뚫어져라 들여다볼라치면, 내니는 코웃음을 치면서 부적처럼 지니고 다니는 성모 마리아의 옷 조각(시실리아 지방의 성당에서는 성모 마리아상의 화려한 드레스를 갈아 입힐 때마다 그 낡은 옷 조각들을 교구민들에게 나누어 주어 부적처럼 몸에 지니고 다니게 한다)을 꺼내 만지작거리다가 그것으로 성호를 그어 보였다.

그렇게 세월이 흐른 후, 마리치아는 집에서 살림을 하며 아이들을 키웠고, 다시 기력을 되찾은 늑대 여인은 예전처럼 들판으로 나가 억센 남자들과 함께 일을 했다. 칼끝처럼 매서운 겨울 찬바람이 불어올 때도, 노새도 목을 축 늘어뜨리고 장정들조차 시원한 그늘을 찾아 고개를 떨구고 낮잠을 즐기게 만드는 팔월의 그 숨막히는 더위 속에서도 그녀는 잡초를 뽑고, 밭을 갈며, 가축을 먹이고 포도 넝쿨의 가지를 쳤다.

한낮의 따가운 태양과 오후의 후끈후끈한 열기가 기승을 부리는 시간, 보통 여자라면 감히 걸어다닐 엄두도 내지 못할 그런 시간에도 시골 들판을 돌아다니는 사람이라곤 오로지 그 늑대 같은 피나의 모습밖에 보이지 않았다. 뜨겁게 달구어진 자갈길을 지나 저 멀리 아른아른 시야가 흐려지는 곳, 하늘이 지평선 위로 무겁게 내려앉아 있는, 연기 자욱한 에트나 화산까지 뻗어 있는 그 광활한 들판, 여기저기 새까맣게 타 죽은 나무 그루터기들이 널부러져 있는 그 들판을 가로지르는 그녀의 모습뿐이었다.

"일어나!" 울타리가 지저분하게 둘러쳐져 있는 도랑 안에서 머리를 양팔로 감싼 채 잠들어 있는 내니를 피나가 깨웠다. "일어나! 목 좀 축이라고 와인 가져왔어." 깜짝 놀란 내니가 앞에 버티고 서 있는 그녀를 잠이 덜 깬 눈으로 노려보았다. 백짓장처럼 창백한 안색에 석탄처럼 까만 눈, 그리고 팽팽하게 곤추선 두 가슴, 그는 자신도 모르게 그녀를 향해 두 손을 내밀었다.

"아냐, 아냐, 안 돼! 얌전한 여잔 결코 한낮부터 해가 지기 전까진 돌아다니지 않아!" 내니는 손가락으로 머리카락을 쥐어뜯다가 도랑 바닥의 마른 풀섶에다 얼굴을 문지르면서 씩씩 숨을 몰아쉬었다. "가 버려, 꺼지란 말야! 탈곡장엔 다신 나타나지 마!"

그러자 피나는 그 당당한 머리채를 다시 매만지면서 석탄처럼 까만 눈을 똑바로 앞을 향해 치켜뜬 채 뜨거운 나무 그루터기들을 넘어 멀리 사라져 갔다.

그러나 그녀는 몇 번이고 계속해서 탈곡장을 찾아왔고, 내니도 더 이상은 그녀를 거부하지 않게 되었다. 이제는 행여 그녀의 도착 시간이 늦어지기라도 하면, 내니가 먼저 이마에 땀을 뻘뻘 흘리면서 인적 없는 하얀 오솔길 초입까지 뛰어가 그녀를 기다리곤 했다. 한낮의 태양과 오후의 열기가 숨을 턱턱 막히게 하는 그 시간에. 그렇게 그녀를 만나고 난 후에는 매번 똑같이 손가락을 머리카락 속에 묻고,

"가, 꺼져 버려! 다신 탈곡장에 나타나지 마!" 하고 소리치곤 했다.

마리치아는 밤낮없이 눈물로 세월을 보냈다. 창백한 얼굴로 소리 없이 들판에서 돌아오는 어머니와 마주칠 때면, 눈물로 뒤범벅이 된 채 이글이글 타오르는 눈으로 어머니를 뚫어져라 노려보았다. 한 마리 새끼 늑대처럼.

"사악한 짐승 같으니라구! 어쩜 그럴 수가 있어!" 마리치아가 내뱉었다.

"그 주둥아리 닥치지 못해!"

"도둑이야, 도둑! 화냥년! 내 남편을 어떻게⋯⋯."

"입 닥치라니깐!"

"경찰에 고소해 버리고 말 거야! 꼭 한다구!"

"그래, 좋아! 해볼 테면 해봐!"

마리치아는 정말로 경찰서를 향해 집을 나섰다. 무서울 것 하나 없다는 냉정한 얼굴로 아이들까지 다 데리고. 기름과 반쯤 발효된 올리브유로 온몸이 미끌미끌 지저분하던 그 남편을, 울며 겨자 먹기로 결혼해 얻은 그 남편을 이제는 진짜로 사랑하게 된 것이다.

마침내 경찰관이 내니를 소환해 갔다. 그는 내니에게 유치장 신세를 지거나 교수형감이라고 으름장을 놓았다. 내니는 아무런 변명도 부인도 하지 않고 그저 머리를 쥐어뜯으며 흐느껴 울었다.

"유혹에 넘어간 겁니다! 그 망할 년의 꼬임에!" 그는 경찰관의 발치에 몸을 던지면서 제발 감옥에 처넣어 달라고 애원했다.

"제발, 제발, 저를 이 지옥 같은 곳에서 빼내 주세요! 교수형에 처하든 감옥에 집어넣든 다 좋습니다. 하지만 다시는, 다시는 그녀를 보지 않도록 해주세요!"

그러나 늑대 여인은 경찰서를 찾아가 경찰관에게 말했다. "딸 애지참금으로 제 집을 그에게 줄 때, 부엌 한구석은 제 몫으로 약속을 했습니다. 그 집은 제 집입니다. 전 떠나지 않을 거예요!"

그후 얼마 지나지 않아 내니가 노새의 발에 가슴을 채였다. 곧 죽을 것만 같은데도, 신부님은 그 늑대 같은 여자가 집을 나가지 않는 한 성서를 갖고 내니를 찾아볼 수 없다고 했다. 그러자 늑대 여인은 곧 집을 떠났고, 내니도 세상을 떠날 준비를 했다. 기독교인이라면 으레 그렇듯이 그도 회개를 하고 깊이깊이 자신의 죄를 뉘우쳤다. 회개하는 모습이 어찌나 절절했던지 호기심에 찾아왔던 이웃 사람들 모두 그의 병상 옆에서 눈물을 흘렸다. 그날 그렇게 죽었더라면 차라리 좋았을 텐데. 그러나 그는 죽지 않았다.

그가 회복되고 나자, 그 악마 같은 여자는 다시 찾아와 그의 몸과 영혼 속으로 들어가기 위해 또다시 그를 유혹했다. 내니는 그 늑대 같은 여자에게 애원했다.

"제발, 날 내버려 둬, 평화롭게 살도록 내버려 두란 말이야! 난 죽음이 내 얼굴을 빤히 노려다보는 걸 봤어. 불쌍한 마리치아는 절망 속에 빠져 있어. 이젠 우리 관계를 모르는 사람이 하나도 없다구! 다시는 보지 않는 게 당신이나 날 위해 더 좋아."

내니는 늑대 같은 그녀의 눈을, 그의 몸과 영혼을 잃게 만든 그녀의 탐욕스런 눈을 다시는 보지 않기 위해서라면 자신의 눈알이라도 빼버리고 싶었다. 그러나 그에겐 더 이상 그녀의 유혹으로부터 벗어날 방법이 없었다. 그는 연옥에 빠진 영혼을 위해 미사를 드려달라고 헌금을 했으며, 경사와 신부에게 도움을 구하기도 했다. 부활절 날 고해성사를 하러 가서는, 사람들이 보는 앞에서 교회 앞마당을 기어다니고 속죄의 뜻으로 손바닥 여섯 개 넓이의 조약돌을 입으로 핥기도 했다. 그후 늑대 여인이 다시 찾아와 유혹했을 때, 그는 단호하게 말했다.

"잘 들어. 다시는 탈곡장에 찾아오지 마. 다시 한 번만 더 날 쫓아왔다간 하나님께 맹세코 당신을 죽여 버리고 말 거야." 그러자 그녀가 대답했다.

"차라리 날 죽여. 죽는 거, 하나도 겁 안 나. 당신 없이는 살고 싶지도 않아."

그후 먼발치로 짙푸른 옥수수밭을 가로질러 오는 그녀의 모습이 다시 보이자, 포도 과수원에서 가지를 치고 있던 그는 일손을 멈추고 느릅나무 아래로 달려가 도끼를 집어들었다. 그 여자도 가까이 다가오는 그의 모습을 보았다. 시퍼렇게 날이 선 도끼를 움켜쥐고 다가오는 그의 창백한 얼굴과 핏발선 두 눈을. 그러나 그녀는 눈을 내리깔지도, 멈칫거리며 뒤로 물러서지도 않고 계속 그에게 다가갔다. 한손 가득 진홍빛 양귀비꽃을 꺾어 든 채 새까만 두 눈으로 그를 집어삼킬 듯 쳐다보면서.

"아, 이 저주받을 영혼이여!" 숨을 집어삼키며 내니가 말했다.

프로스퍼 메리메

톨레도의 진주

동틀녘의 태양빛이 더 아름다운지 황혼녘의 태양빛이 더 아름다운지 그 누가 알겠는가? 올리브 나무가 더 아름다운지 아몬드 나무가 더 아름다운지 그 누가 알겠는가? 안달루시아의 기사가 더 용맹한지 아니면 발렌시아 태생의 기사가 더 용맹한지 그 누가 알겠는가? 세상에서 가장 아름다운 여인이 누구인지 그 누가 알겠는가? 그러나 난 말할 수 있다. 세상에서 가장 아름다운 여인이 누구인지를. 그녀는 바로 톨레도의 진주, 오로라 데 베가이다.

스위디 스자니는 시종에게 창과 방패를 가져오라는 명령을 내렸다. 오른손으로 창을 꽉 움켜쥐고 방패는 목에 걸었다. 그런 다음 마구간으로 가서, 사십 필이나 되는 그의 날쌘 군마들을 한 마리 한 마리 세심하게 검사했다.

"베르자란 놈이 가장 날렵하고 충직해 보이는군. 내 기필코 톨레도의 진주를 데려오고 말 테다. 반드시 그녀를 내 것으로 만들어서 데

려올 거야. 그렇게 하지 못할 경우에는, 내 알라신께 맹세하건대, 코르도바에선 영원히 내 모습을 볼 수 없게 되고 말 것이다."

드디어 말에 올라탄 그는 길을 떠났다. 오랜 시간을 달린 끝에 마침내 톨레도에 당도한 그는 시종의 소개로 한 노인을 만났다.

"이 편지를 돈 구티에라 드 살다나에게 전해 주시오. 그가 진정한 사나이라면, 알마니 연못으로 와서 나와 기꺼이 결투를 할 것이오. 톨레도의 진주는 우리 둘 중 한 사람만이 차지할 수 있으니까."

노인은 그 편지를 살다나 궁정으로 가져갔다. 구티에라는 톨레도의 진주와 함께 체스를 두고 있었다. 시종이 편지를 읽어 주자, 그는 불끈 쥔 주먹으로 탁자를 쾅 내리쳤다. 어찌나 세게 내리쳤던지 탁자 위에 있던 체스 말들이 모조리 바닥으로 굴러 떨어졌다. 그는 결연한 표정으로 벌떡 의자에서 일어나 창과 방패를 찾았다. 모두들 두려움에 벌벌 떨었다. 그가 결투를 하러 가리라는 것을 알아차린 톨레도의 진주 역시 의자에서 일어나 간곡하게 그를 만류했다.

"구티에라님, 제발 가지 마세요. 그냥 여기서 저와 함께 체스를 두세요. 제발 부탁입니다."

"체스는 더 이상 둘 수 없소. 난 알마니 연못에서 창시합을 벌일 것이오."

눈물로 호소해도 아무런 소용이 없자, 톨레도의 진주도 망토를 걸친 다음 노새를 타고 알마니 연못을 향해 출발했다.

그러나 알마니 연못 주변은 벌써 온통 핏빛으로 물들어 있었다. 연못 주변의 풀들은 물론 연못물까지 시뻘겠다. 한구석엔 거무스름한 안색의 스자니가 얼굴을 하늘로 향한 채 누워 있었다. 돈 구티에라의 창이 그의 가슴에 꽂혀 있었고, 상처에선 검붉은 피가 콸콸 솟구쳐 오르고 있었다. 그의 충직한 군마 베르자는 주인의 상처를 치료해 줄 수 없는 슬픔에 그저 주인을 내려다보며 눈물만 뚝뚝 흘리고 있었다.

톨레도의 진주는 급히 노새에서 내려 스자니에게로 다가갔다. "안심하세요, 기사님. 상처도 아물고 곧 아리따운 아가씨와 결혼도 하실 수 있을 겁니다. 제 손에는 저의 기사님 때문에 생긴 상처를 치료해 줄 수 있는 힘이 있거든요."

"오, 톨레도의 진주여! 이렇게 곱고 이렇게 아름다울 수가! 제 가슴을 찢고 있는 이 창을 좀 뽑아 주십시오. 차가운 창날의 감촉이 온몸을 오싹거리게 합니다. 가슴이 얼어붙는 것 같아요."

톨레도의 진주는 안심하고, 창을 뽑아 주기 위해 그에게로 다가갔다. 그러나 그는 마지막 남아 있는 모든 힘을 모아 아름답고 부드러운 진주의 얼굴 깊이, 그의 날카로운 기병도를 꽂아 버렸다.

애드가 앨런 포우

타원형의 초상화

타원형의 초상화

심하게 다친 내게 차마 한뎃잠을 재울 수가 없었던지, 나의 시종이 위험을 무릅쓰고 어느 대저택에 무단침입을 했다. 웅장하면서도 음울한 기운이 감도는 그런 건물이었다. 어느 모로 보나, 아주 최근에 일시적으로 집을 비우게 된 것 같았다. 우리는 가장 작고 검소하게 꾸며진 방을 하나 골라 여장을 풀었다. 저택의 후미진 곳에 위치한 작은 탑 안에 있는 방이었다. 방 안의 장식물들은 화려했으나, 여기저기 너덜너덜해진 게 아주 오래된 것 같았다. 벽에는 색색의 실로 수놓은 장식용 비단이 걸려 있었으며, 가문의 문장이 새겨진 갖가지 모양의 다양한 트로피들로 장식되어 있었다. 거기다 금박의 아라베스크식 액자에 들어 있는 아주 활기찬 느낌의 현대적 그림들도 숱하게 걸려 있었다. 넓고 평평한 주벽(主壁)은 물론, 그 저택의 괴상한 건축양식 때문에 어쩔 수 없이 생겨나게 된 벽의 움푹 패인 곳에까지 걸려 있는 그림들을 황홀하게 구경하던 나는 차츰 그림들에 더욱 깊은 호기심을 품게 되었다. 그래서 나는 이미 밤도 다 되고 해서, 시종 페드로에게 그 육중한 덧문들을 모두 내린 다음, 침대 머리맡에 세워져 있는 키 큰 촛대에 불을 밝히고 침대를 가리고 있는 프릴 장식의 검은 벨벳 커텐을 활짝 옆으로 제끼라고 말했다. 혹시 잠이 오지 않을 경우, 아예 잠자기를 포기하고 대신에 그림들을 꼼꼼히 감상하면서 베개 위에 놓여 있는 얇은 두께의 책을 읽을 요량이었다. 그 책 속에는 그림들에 대한 비평과 설명이 담겨 있었다.

간간이 눈을 들어 완전히 몰입한 상태로 아주 주의 깊게 그림들을 응시하면서, 나는 오래오래 책을 읽었다. 그러는 사이 시간은 쏜살같이 흘러, 어느덧 한밤중이 되었다. 촛불의 위치가 맘에 안 들었지만, 곤히 자고 있는 시종을 깨우기는 싫었다. 참다 못해 나는 팔을 뻗을 수 있는 한 힘껏 쭉 뻗어 촛대를 쥔 다음 책을 더 밝게 비출 수 있는 곳으로 옮겨 놓았다.

그 바람에 내가 전혀 예상치도 못했던 의외의 일이 벌어졌다. 촛대를 옮겨 놓고 나자, 이제까지 침대 기둥이 만들어내는 그림자로 어둡게 가려져 있던 곳까지 수많은 촛불들이(그 촛대에는 촛불이 여러 개 꽂혀 있었다) 환히 비추게 된 것이다. 그리고 그 환한 촛불 속에서 이제껏 그곳에 있는지도 몰랐던 그림 한 점이 눈에 들어왔다. 이제 막한 여인으로 무르익어 가고 있는 어느 소녀의 초상화였다. 그러나 흘깃 그 초상화를 본 순간, 나는 그만 두 눈을 감아 버렸다. 내가 왜 그랬는지 처음엔 나도 이해할 수 없었다. 그러나 그처럼 두 눈꺼풀을 굳게 닫고 있는 동안, 나는 내 마음속에서 그렇게 급히 두 눈을 감을 수밖에 없었던 이유를 찾아냈다. 그것은 차분히 생각해 볼 시간을 벌기 위한, 내 눈이 잘못된 것이 아니라는 확신을 갖기 위한, 환영을 잠재운 뒤 좀더 냉정한 눈으로 정확하게 보기 위한 나의 거의 본능적인 반응이었던 것이다. 잠시 후 난 다시 눈을 뜨고 그림을 유심히 들여다보았다.

이제는 내가 그림을 정확히 보고 있다는 것을 의심할 수도 없고 의심하지도 말아야 했다. 촛불의 번쩍이는 섬광이 그림을 비춘 순간, 나의 의식 속에 엄습해 있던 몽상적이고 혼미한 기운이 순식간에 사라지고, 동시에 나는 깜짝 놀라면서 퍼뜩 정신을 차렸기 때문이다.

앞에서 얘기한 대로 그 그림은 어느 소녀를 그린 초상화였다. 머리에서 어깨까지만 그려져 있는 상반신 초상화였는데, 전문적인 용어로 말하자면 배경을 흐리게 그리는 상반신 초상화 기법 즉, 비네트 (vignette) 형식을 띠고 있었다. 팔과 가슴, 빛나는 머리칼까지도 전체 그림의 배경을 이루고 있는 희미하지만 깊은 어둠 속으로 뿌옇게 녹아들고 있었다. 액자는 타원형으로 금박이 입혀져 있었으며 무어식으로 가늘게 줄세공이 되어 있었다. 하나의 예술 작품으로 놓고 볼 때, 그 그림보다 더 훌륭한 것은 없을 것 같았다. 그러나 그렇게 급작스럽게, 그렇게 격렬히 나를 사로잡은 것은 거의 완벽에 가까운 그림 솜씨도, 그렇다고 그림 속의 얼굴이 갖고 있는 그 불멸의 아름다움도 아니었다. 부시시 선잠에서 깨어난 나의 의식이 그림의 얼굴을 살아 있는 사람의 얼굴처럼 착각했기 때문은 더더욱 절대 아니었다. 그림의 구도와 비네트 스타일, 그리고 액자가 갖는 독특함이 오히려 그런 착각을 즉각 몰아내 버렸을 것이다. 잠시나마 그런 착각에 빠져 보는 것조차 허용하지 않았을 것이다. 이런 생각을 하면서 나는 반은 앉고 반은 기댄 엉거주춤한 자세로 약 한 시간 동안 그림에 두 눈을 못박고 있었다. 그러다가 드디어 나를 그토록 격렬하게 사로잡은 그림의 비밀을 찾아낸 나는 홀가분한 마음으로 침대에 벌렁 드러누웠다. 진짜로 살아 있는 것 같은 얼굴 표정에서 그 그림의 마력을 발견해낸 것이다. 처음엔 그저 깜짝 놀랄 뿐이었는데, 차츰 뒤죽박죽 혼란스러워지더니 그 혼란이 잠잠해지면서 나중엔 오싹한 느낌마저 들었다.

난 깊은 경외감을 느끼며 촛대를 다시 이전의 위치로 옮겨 놓았다. 그러자 내 마음속에 깊은 동요를 불러일으켰던 그 그림은 이제 내 눈에 보이지 않게 되었다. 나는 방 안에 걸려 있는 그림들의 유래를 담고 있는 책을 얼른 집어들었다. 책장을 넘겨 타원형의 초상화에 대한 부분을 찾아보니, 거기엔 희미하고 기묘한 글씨체로 다음과 같은 내용이 적혀 있었다.

그녀는 보기 드물게 아름다운 처녀로, 지성적이거나 사랑스럽다기보다는 그저 쾌활함에 넘치는 그런 아가씨였다. 그런데 그 화가를 만나 사랑에 빠져 결혼을 하게 되면서, 불행이 시작되었다. 그 화가는 열정적이고 꼼꼼한 데다 가혹한 면이 있었으며, 이미 자신의 예술과 결혼을 해버린 상태였다. 보기 드문 미인이긴 했지만, 지성적이기보다는 명랑하기만 했던 그녀는 미소를 머금은 채 어린 새끼 사슴마냥 요란스럽게 장난을 치며 돌아다녔다. 그리고 다른 모든 것들은 아끼고 사랑하면서도, 그녀의 경쟁자인 그의 예술만은 증오했다. 그의 팔레트와 붓은 물론 그녀에게서 연인의 애정어린 눈길을 빼앗아가 버리는 다른 모든 귀찮은 화구들을 두려워했다. 그래서 화가가 그녀의 초상화를 그리고 싶다는 욕망을 털어놓았을 때, 그녀는 무척이나 괴로웠다. 그러나 겸손하고 순종적이었던 그녀는 머리 위쪽에서 빼꼼히 비춰드는 한 줄기 햇빛 말고는 다른 어떤 불빛 하나 들어오지 않는 어두운 옥탑방에서 몇 주 동안이고 얌전히 그를 위해 모델을 서주었다. 화가는 희열에 들떠 열정적으로 그림에 몰두했으며, 그의 그런 상태는 몇 시간이고 몇 날 며칠이고 계속되었다. 열광적인 데다 우울한 성격이었던 화가는 차츰 몽상 속으로 빠져 들어, 나중에는 쓸쓸한 옥탑방에 유령처럼 떨어지던 희미한 빛조차 보지 않으려고 했다. 자연히 그녀의 건강과 활기는 차츰차츰 눈에 띄게 시들어 갔다.

그렇게 파리해져만 가는 그녀의 안색을 다른 사람들은 확실히 느낄 수 있었지만, 화가의 눈에는 아무것도 들어오지 않았다. 그러나 그녀는 불평 한마디 없이 계속해서 미소를 지어 보였다. 화가로서 널리 명성을 떨치고 있던 남편이 흥분과 희열에 들뜬 상태로 자신의 모습을 화폭에 담기 위해 밤이고 낮이고 열심히 그림에 몰두했기 때문이다. 그러나 그녀는 날이 갈수록 창백해지고 의기소침해졌다.

어느 날 작업실에 들렀다가 그림을 본 누군가는 그녀의 실물을 그대로 담아내고 있는 그림에 감탄을 하기도 했다. 그는 그림이 대단히 놀라울 정도로 훌륭하며, 화가의 능력은 물론 그녀를 그토록 훌륭하게 묘사해낸 화가의 그녀에 대한 깊은 사랑을 입증해 주는 것이라고 말했다.

그림이 거의 완성되어 갈 무렵이 되자, 화가는 그 누구도 옥탑방에 발을 들여놓지 못하도록 했다. 작업에 대한 열정으로 완전히 그림에 빠져 버린 것이다. 화가는 화폭에서 거의 눈을 떼지 않았다. 고개를 돌려 아내의 얼굴을 보는 일도 없었다. 자신이 화폭에 칠해 놓은 색깔이 자기의 옆에 앉아 있는 아내의 뺨 색깔과 같은지 확인해 보려고도 하지 않았다. 그렇게 여러 주가 흘렀고, 이제는 입에 붓질을 한 번 더 하고 눈에 색을 입히기만 하면 작업은 끝나게 되었다. 그러나 그녀의 기력은 이제 램프 속의 불빛처럼 가물가물 위태롭게 깜빡이고 있었다.

드디어 화가는 입에 붓질을 하고 마지막으로 눈에 색을 칠했다. 그리고는 잠시 동안 자신이 완성한 그림 앞에 도취된 채로 서 있었다. 이윽고 그림을 보고 있던 그의 몸이 점점 떨려왔다. 소스라치게 놀란 그는 창백해진 얼굴로, "이건 정말 생명 그 자체야!" 하고 외치면서 사랑하는 아내의 얼굴을 보기 위해 고개를 휙 돌렸다. 그러나 그녀는 이미 싸늘한 시체로 변해 있었다.

안톤 체홉

연극이 끝난 후

나디야 젤리닌은 어머니와 함께 『예프게니 오네긴(Eugene Onegin)』을 관람하고 이제 막 집으로 돌아왔다. 자기 방으로 들어가 대충대충 겉옷을 벗고 머리를 풀어헤친 나디야는 속치마에 하얀 코르셋 차림으로 급히 책상머리에 앉았다. 극중의 타티야나처럼 편지를 쓰고 싶었던 것이다.

'전 당신을 사랑해요. 그런데, 그런데 당신은 절 사랑하지 않는군요. 절 사랑하지 않아요!'

이렇게 적고 난 후 나디야는 흐뭇한 듯 미소를 지었다.

이제 겨우 열여섯인 나디야는 아직까지 누굴 사랑해 본 적이 없다. 군장교인 고르니와 대학생인 그루즈예브가 동시에 자신을 사랑하고 있다는 것을 눈치채고는 있었지만 말이다. 그러나 오페라를 보고 난 지금, 그녀는 그들의 사랑을 의심하고 싶어졌다. '사랑받지 못하는 비참한 여인이라! 아, 너무 매력적이야!' B라는 사람은 A한테 전혀 눈길도 안 주는데, A는 B를 열렬히 사랑한다? 무언가 아름답고도 낭만적인 느낌이 들었다. 오네긴의 매력은 상대방을 전혀 사랑하지 않는다는 데에 있었으며, 반면에 타티야나는 미칠 듯이 연인을 사랑했기 때문에 더욱 매혹적으로 보였다. 그 둘이 서로를 똑같이 사랑해서 결혼하게 되었다면, 굉장히 따분해 보였을 것 같았다.

'저에게 더 이상 사랑한다는 말일랑 하지 마세요. 전 당신을 믿지 않아요.' 나디야는 고르니를 생각하면서 계속 편지를 써나갔다. '당신은 아주 지적이고 교육도 잘 받은 분이죠. 굉장히 진지하고 명석한 분입니다. 눈부신 미래가 보장되어 있는 분이란 말이에요. 하지만 전, 전 별 볼일 없는 따분한 계집애에 불과해요. 당신도 이미 잘 알고 계시겠지만, 전 당신한테 짐만 될 거예요. 저도 알아요, 당신이 저한테 폭 빠지셨다는 걸. 아마 그토록 꿈꾸던 이상형의 여인을 드디어 찾았다고 생각하실 거예요. 하지만 그건 착각일 뿐이에요. 어쩜 당신은 벌써 왜 하필 저 같은 여자를 만나게 되었을까 하며 미칠 듯이 괴로워하고 계실지도 모르죠. 단지 당신의 훌륭한 인격 때문에 그런 사실을 인정하지 못하고 있는 것일지도.'

이렇게 쓰고 나자 나디야는 갑자기 자신이 가엾게 여겨져 눈물을 터뜨렸다.

'전 도저히 제 어머니와 형제들 곁을 떠날 수가 없어요. 그래야 한다면 전 차라리 수녀가 되어 멀리 떠나 버리는 게 좋아요. 그러면 당신도 보다 자유롭게 다른 여인을 사랑할 수 있을 테니까요. 오, 차라리 콱 죽어 버렸으면!'

마치 프리즘을 통해 보는 것 같은 무지개 빛이 탁자와 마루, 천장을 반짝반짝 비추고 있는 사이 눈물이 방울방울 떨어져 편지에 얼룩이 번졌다. 더 이상 편지를 쓸 수 없게 되자, 그녀는 안락의자에 몸을 폭 기대고 고르니에 대해 생각하기 시작했다.

'아, 너무나 매력적이고 유혹적인 나의 신!' 나디야는 사람들과 음악에 대해 토론할 때면 고르니의 표정이 얼마나 아름다운지, 얼굴에 번지는 애절하면서도 부드럽고 연약한 표정을, 목소리의 열정적인 울림을 드러내지 않기 위해 그가 얼마나 많은 노력을 기울이는지를 떠올려 보았다.

냉정함과 거만, 태연함을 뼈대 있는 가문 출신으로서 매너가 훌륭하다는 것을 나타내는 표시처럼 여기는 사회에서는 자신의 열정을 꼭꼭 숨겨야만 한다. 그 역시 그런 열정을 감추기 위해 애쓰고 있었지만, 별로 성공적이지는 못한 것 같았다. 때문에 그가 음악에 미쳐 있다는 것은 이미 누구나 다 아는 사실이었다. 음악에 대한 끝없는 논쟁과 무식한 사람들의 경솔한 의견들……. 그런 것들이 계속 그를 놀라서 흥분하다가 결국엔 소심해져서 침묵을 지키도록 만들었다. 그는 직업적인 피아니스트만큼이나 피아노를 멋지게 연주했다. 군인이 되지 않았다면, 분명 그는 유명한 음악가가 되었을 것이다.

어느새 눈물도 말라 버렸다. 나디야는 고르니가 자신에게 사랑을 맹세하던 때를 떠올려 보았다. 한 번은 교향곡 연주회장에서였고, 그 다음은 온 사방에서 바람이 휘몰아치던 날에 극장 일층의 코트걸이 옆에서였다.

"제 친구인 그루즈예브를 드디어 만나셨다니 반갑군요. 그는 아주 총명한 사람이랍니다. 당신도 분명 그를 좋아하시게 될 거예요. 어제는 그가 저희 집에 와서 오후 두 시까지 놀다 갔어요. 아주 즐거웠답니다. 당신이 함께 하지 못해서 조금 아쉬웠지만요. 그가 귀담아들을 만한 얘기를 아주 많이 들려주었지요."

나디야는 두 손을 탁자 위에 얹고 그 위에 머리를 기대었다. 쏟아져 내린 머리칼이 편지지를 뒤덮어 버렸다. 순간 그루즈예브 또한 자신을 무척이나 사랑하고 있다는 생각이 들었다. 그도 고르니만큼이나 편지를 받을 자격이 있지? 차라리 그루즈예브에게 편지를 쓰는 것이 더 낫지 않을까?

그런 생각을 하자 갑자기 자신이 행복하다는 느낌이 가슴속에서 용솟음쳤다. 작은 고무공처럼 조용히 맴돌던 그 느낌은 차츰 커다랗게 부풀어올라 나중엔 거센 파도처럼 일렁대기 시작했다. 이제 나디야는 고르니고 그루즈예브고 까맣게 잊어버렸다. 마음은 갈피를 못 잡고 뒤죽박죽 엉켜 버렸지만, 그 어느 때보다도 커다란 기쁨이 솟아났다. 가슴에서 팔, 다리…… 온몸으로 그런 기쁨이 퍼져 나가면서, 마치 가볍고 상쾌한 산들바람이 머리카락을 살랑거리게 만들고 머릿속까지 시원하게 부채질하고 있는 것 같은 느낌이 들었다. 소리 없는 웃음에 탁자와 램프의 등피까지 흔들릴 정도로 그녀의 어깨가 심하게 들썩거렸다. 하도 웃어서 눈물이 날 지경이었다. 편지지 위로 눈물 방울이 흩뿌려졌다. 도저히 웃음을 멈출 수가 없자, 그녀는 자신이 실없이 웃고 있는 게 아니라는 것을 입증하기라도 하려는 듯이 무언가 우스운 일을 생각해내려고 애썼다.

"정말 웃긴 푸들이었어!" 웃다가 질식해 버릴지도 모르겠다는 생각을 하면서 그녀가 소리쳤다. "정말, 아휴 정말 웃겼어!" 어제 차를 마시고 난 후 맥심이라는 푸들 강아지와 장난을 치며 놀던 그루즈예브가 어느 집 마당에서 까마귀를 쫓던 아주 영리한 푸들에 대한 이야기를 들려주던 때가 떠오른 것이다. 그루즈예브는 쫓아오는 푸들을 돌아다보면서 까마귀가 이렇게 말했다고 흉내를 냈다. "아유, 이 지독한 강아지 새끼!" 그러자 맥심은 그것이 까마귀가 한 말을 그대로 흉내낸 것인 줄도 모르고, 갑자기 꼬리를 축 늘어뜨리고 주춤주춤 물러서면서 짖어대기 시작한 것이다.

'그래, 그루즈예브 쪽을 사랑하는 것이 낫겠어.' 쓰고 있던 편지지를 찢어 버리며 나디야는 이렇게 결심했다.

나디야는 이제 그루즈예브와 그녀에 대한 그의 사랑, 그에 대한 그녀의 사랑에 대해 생각하기 시작했다. 그러나 결국엔 머릿속이 어질어질해질 뿐이었다. 한꺼번에 너무나 많은 것들을, 엄마와 거리와 연필, 그리고 피아노 등등…… 그 모든 것들을 한꺼번에 생각하려 했기 때문이다.

다시 편안하게 생각하자, 모든 것들이 그저 멋지게만 느껴졌다. 그러나 이것은 시작에 불과했다. 행복이 그녀의 귀에 대고 속삭이기 시작했다. 머지않아 모든 것들이 훨씬 더 좋아질 거라고. 곧 봄이 오고 다시 여름이 오면, 어머니와 함께 고르비키에 갈 테고, 고르니도 휴가를 얻어 그녀와 함께 정원을 산책하겠지. 당연히 그루즈예브도 올 테니, 함께 크로켓을 치며 즐겁게 놀 수 있을 거야. 그루즈예브는 여전히 우습거나 신기한 얘기들을 들려주고…… 아름다운 정원과 낭만적인 밤, 맑은 하늘과 반짝이는 별들……. 아! 그런 것들이 갑자기 미치도록 그리워졌다. 다시 한 번 나디야의 어깨가 웃음으로 들썩였다.

그녀는 침대로 걸어가 그 위에 걸터앉았다. 어깨를 무겁게 내리누르는 그 무한한 행복감을 어떻게 해야 할지 몰라, 그녀는 침대 머리맡에 걸려 있는 성상을 바라보면서 혼자 중얼거렸다.

"주님, 정말이지 너무 멋진 세상이에요!"

3부
사랑은 저 강물 위에서 더욱 빛나고

신은 우리가 행복하게 살도록
우리들의 마음에 행복에의 욕구를 심어 놓았다.
그러나 신은 개개인의 행복이 아닌 우리들 전체의
행복을 바라기 때문에 우리들 마음에 사랑의 씨앗을 심어 놓았다.
따라서 모든 사람이 서로가 사랑하는 경우에만
우리들은 진정으로 행복할 수 있다.
— 톨스토이

피란델로(1867~1936)
Luigi Pirandello

이탈리아의 극작가, 소설가. 시칠리아 태생으로 1889년 처녀시집 『말 지오콘도』를 발표했다. 로마 본 대학에서 언어학을 전공, 괴테의 『로마애가』를 번역하기도 했다. 귀국 후 소설 창작에 몰두해 『떠돌이』『돌아간 마티아 파스칼』을 포함한 7편의 장편과 체홉, 모파상의 작품에 버금가는 단편 365편을 발표했다. 그후 극작가로 전향하여 30편 이상의 극작품을 발표했는데, 『작가를 찾는 6인의 등장인물』과 『엔리코』가 특히 유명하며, 1934년 노벨문학상을 수상했다.

하인리히 뵐(1917~1985)
Heinrich Boll

독일의 작가. 2차 세계대전 중 미군의 포로가 되어 종전 때까지 프랑스에 억류되어 있었다. 귀국 후 「열차는 정확하다」로 문단에 데뷔, 간결한 문체와 풍자를 섞어 전쟁의 무위를 보여주는 작품들을 발표했다. '47 그룹의 핵심 멤버로 고발문학의 세계적인 대가로 알려져 있다. 서독 펜클럽 회장과 국제 펜클럽 회장을 역임했으며, 1972년 노벨문학상을 수상했다. 소설 『방랑자여 슈파로 오라』『아홉 시 반의 당구』『그리고 아무 말도 하지 않았다』『어느 광대의 고백』 등이 있다.

셔우드 앤더슨(1876~1941)
Sherwood Anderson

미국의 소설가이자 출판인. 여러 직업을 거쳐 마침내 성공을 거두게 된 40세의 나이에 모든 것을 버리고 창작 활동을 시작했다. 처녀작 『거친 멕퍼슨의 아들』 이후 소도시의 일상을 치밀하게 그린 『윈즈버그 오하이오』로 유명해졌다. 형식과 주제 모두에서 포크너와 헤밍웨이, 울프, 스타인백 같은 이후의 젊은 작가들에게 많은 영향을 미쳤는데, 실제로 헤밍웨이와 포크너의 첫 작품집 발표를 주선해 주기도 했다. 소설 『나아가는 사람들』『불쌍한 백인들』『말과 사람』『달걀의 승리』『여러 번의 결혼』『욕망의 저편』 등이 있다.

모파상(1850~1893)
Henri Rene Albert Guy de Maupassant

프랑스의 자연주의 소설가. 파리에서 관리로 있으면서 소시민들의 생활을
면밀하게 관찰하는 한편, 플로베르에게서 창작수업을 받았으며 졸라 등과
친분이 두터웠다. 「비계 덩어리」로 문단에 데뷔한 그는 과장된 표현을 멀리
하는 객관적이고 건조한 문체로 인생의 어둡고 허무적인 면을 잘 그려냈다.
말년에 염세적인 성향이 더욱 강해져 정신병 발작으로 사망했다. 단편소설
의 완성자라는 평가를 받고 있는 대표적인 근대 자연주의 작가이다. 소설
『벨아미』 『여자의 일생』 『낮과 밤의 이야기』 『피에르와 장』 『죽음처럼 강하
다』 『왼손』 등이 있다.

제로미 웨이드만(1913~1998)
Jerome Weidman

미국의 소설가이자 극작가. 자신이 태어난 뉴욕에서의 일상과 정치, 경제 등
을 주요 소재로 설정, 22편의 소설과 여러 편의 희곡, 시나리오 등을 썼다.
1960년 조지 애보트와 함께 「피오렐로!」로 드라마 부문 퓰리처상과 전미
드라마 비평가협회상을 수상했다. 주요 작품으로 『도매』 『너에게 다 줄 수
있어』 『그곳엔 더 이상 가지 않을 거야』 『잠자는 미녀』 『당신의 딸은 이리스
와 같아』 등이 있다.

월터 드 라 메어(1873~1953)
Walter de la Mare

워즈워드와 코울리지의 전통을 잇고 있는 영국의 시인이자 소설가. 중산층
가정에서 태어나 런던에서 교육받은 뒤 정유회사에 다니던 중에 작품 활동
을 시작했다. 1902년 처녀시집 『아이들의 노래』로 데뷔, 『듣는 사람들』로
시인으로서 인정받기 시작했다. 주로 바다나 영국의 해변 풍경, 자연의 숨겨
진 매력 등을 읊은 시들과 어린 시절의 추억과 환상, 일상적인 사건 등을 신
비적이면서도 음울하고 괴기한 분위기로 묘사한 소설들을 발표했다. 시집
『귀향』 『피콕 파이』, 소설 『난장이의 추억』 『벼랑에서』 『이리로 오라』 등이
있다.

조아오 귀마레스 로사 (1908~1967)
Joao Guimaraes Rosa

브라질의 소설가이자 외교관. 의과대학을 나온 뒤 시골에서 개업의로 있으
면서 그 지방의 민담들을 수집, 작품 활동을 시작했다. 소설 『오지에서 숭배
하는 악마』 등이 있다.

루이기 피란델로

부드러운 풀밭의 감촉

커다란 의자에 몸을 파묻은 채 자고 있는데, 관 뚜껑을 닫기 전에 마지막으로 아내 얼굴을 한 번 더 보지 않겠느냐고 사람들이 그에게 와서 물었다. 그러자 파르디 씨가 물었다.

"좀 어두운 것 같은데, 지금 몇 시지?"

아침 아홉 시 반이나 되었는데도, 잔뜩 흐린 날씨 탓인지 방 안은 여전히 어둠침침했다. 장례식은 열 시 정각에 치러질 예정이었다.

파르디 씨가 게슴츠레한 눈으로 사람들을 둘러보았다. 간밤 내내 잠을 제대로 못 잔 것 같은 얼굴이었다. 밀려오는 졸음과 요 며칠 동안의 슬픔 탓으로 아직 멍한 상태였기 때문에 그는 희미한 불빛 속에서 그의 의자 주위로 몰려드는 이웃들의 얼굴을 보지 않기 위해 두 손으로 얼굴을 가리고 싶었다. 그러나 쏟아지는 잠 때문에 몸이 마치 납덩이처럼 무거웠다. 일어나야 한다는 생각에 발뒤꿈치가 근질거렸으나, 이내 그럴 기운도 사라져 버렸다. 아직도 비탄에 잠겨 있어야 한단 말인가?

어쩌다 그가 큰 소리로 말했다. "항상……." 그러나 그의 말은 마치 다시 이불을 고쳐 덮고 잠 속으로 빠져 드는 사람이 하는 말 같았다. 사람들 모두 대체 무슨 말이냐는 얼굴로 그를 쳐다보았다. 항상, 뭐? 항상 뭐가 어쨌다는 거지?

'항상 어둡단 말야. 낮에도 그래.' 그가 하려던 말은 바로 그것이었다. 그러나 그 얼마나 말도 안 되는 소리란 말인가! 아내를 잃은 이 마당에, 그것도 아내의 장례식이 있는 바로 그날, 아내의 시체가 아직도 옆방에 버젓이 누워 있는데, 한갓 그 희미한 빛과 아쉬운 잠, 창문 따위나 생각하고 있다니. 그가 말을 이었다.

"창문은?"

그랬다. 창문들 역시 여전히 닫혀 있었다. 간밤에도 창문은 한 번도 열린 적이 없었다. 따스한 빛을 던져 주며 촛농을 뚝뚝 흘리고 있는 그 커다란 양초들 역시 지난밤부터 계속 지루하게 타들어 가고 있었다. 침대는 이미 치워져 있었고, 아내는 저기 저 푹신한 관 속, 크림색 새틴 천 위에 잿빛으로 뻣뻣하게 굳은 몸을 누인 채 잠들어 있었다.

'아니, 됐어. 충분히 봤는데, 뭘.' 그랬다. 그는 이미 아내 얼굴을 충분히 봐두었다.

요 며칠 동안 얼마나 울었는지 눈이 심하게 따끔거려 그는 슬며시 두 눈을 감았다. '그래 그만하면 됐지, 뭐.' 한숨 자고 나니, 잠과 함께 모든 것들이 말끔히 씻겨져 나간 느낌이었다. 쓸쓸하고 허허로운 마음은 여전했지만, 이젠 조금 편안해진 듯도 했다. '어서 관 뚜껑을 닫고 내가도록 해야지. 아내와 함께 했던 과거의 모든 삶도 함께 말야. 하지만 아내는 아직 저기 저렇게 누워 있는데…….'

그가 벌떡 일어나 비틀비틀 걸음을 옮기자, 사람들이 허겁지겁 달려와 그를 부축해 주었다. 여전히 두 눈을 감은 채, 그는 사람들이 부축해 주는 대로 아직 뚜껑을 닫지 않은 관을 향해 다가갔다. 두 눈을 떠 아내의 얼굴을 본 순간, 자신도 모르게 그의 입에서는 나지막이 아내의 이름이 흘러나왔다. 오로지 그만을 위해 존재했던, 함께 했던 모든 시간 동안 그녀를 부르고 그녀를 알게 해주었던 그 사랑스런 이름이.

그는 뻣뻣한 몸으로 가만히 누워 있는 아내의 얼굴을 들여다보고 있는 다른 사람들을 성난 표정으로 노려보았다. '도대체 네깟 것들이 내 아내에 대해 뭘 안다구 그래?' 아내를 잃은 것이 그에게 얼마나 큰 상처인지, 그들은 감히 상상도 못 할 것이다. 마구 울부짖고 싶다는 생각이 복받쳐올랐다. 그런 기색이 겉으로 드러났는지, 아들이 황급히 달려와서는 그를 관 옆에서 멀리 떼어놓았다. 아들의 이런 행동이 무얼 의미하는지 그는 금세 알아차렸다. '남사스럽게 왜 그러세요! 밤새 잘 주무시고 났으면서, 마지막까지 그렇게 창피하게 구실 거예요?' 발가벗겨졌을 때처럼 오싹한 한기가 등줄기를 타고 흘러내렸다. 이젠 관을 교회까지 운반해 주러 온 친구들이 더 이상 기다리지 않도록 급히 서둘러야만 했다.

"아버지, 이리 앉으세요. 제발 진정 좀 하시고요."

잔뜩 화가 난 파르디 씨는 비참한 표정으로 천천히 그의 커다란 의자로 되돌아갔다. '진정 좀 하라구? 그래, 복받쳐오르는 이 아픔, 이 슬픔을 소리내 울어본들 무슨 소용이 있겠어? 어떤 말이나 어떤 행동으로도 표현할 수 없는 것을.'

아직도 아내가 필요한 나이에 홀아비가 되어 버린 남편의 그 상실감을 어느 날 갑자기, 까놓고 말해 아주 적절한 시기에 어미를 잃어버린 아들의 상실감과 견줄 수 있을까? 적절한 시기라니, 도대체 무슨 말이냐구? 이제 막 결혼을 목전에 두고 있던 아들은 분명 삼 개월

간의 애도 기간이 끝나기가 무섭게 결혼식을 올릴 것이다. 남자 둘만 남겨진 상황에서는 집안일을 돌볼 여자를 들이는 것이 둘 모두를 위해 꼭 필요한 일이라는 아주 그럴 듯한 핑계거리까지 생긴 마당이니까. 결혼식을 미룰 이유가 전혀 없게 되어 버린 거다.

"파르디! 파르디!" 무엇 때문인지 사람들이 현관에서 아들을 소리쳐 불렀다. 사람들이 자기를 제쳐 두고 아들을 찾는 소릴 듣는 순간, 그는 더욱 오싹한 한기를 느꼈다. '이제부터 파르디란 성을 대표하는 사람은 내가 아니라 아들이구나! 으, 그런데도 바보처럼 관 옆에서 아내 이름을 목놓아 부르다니! 부끄러운 줄 알아야지! 그래, 이젠 다 소용없어, 다 쓸데없는 생각이야.' 긴 잠과 함께 모든 것들을 말끔히 씻어내고 난 이후에야 비로소 깨달은 것이었다.

이제 그를 지탱시켜 주는 유일한 관심거리는 그의 새로운 보금자리를 어디에다 꾸며야 할까 하는 것이었다. 앞으론 어디에서 잠을 청해야 할지 말이다. 그와 아내가 쓰던 커다란 더블 침대는 이미 치워지고 없었다. '그럼 이젠 작은 침대를 쓰게 되는 건가? 그래, 아마 아들놈이 쓰던 싱글 침대를 쓰게 되겠지?' 아들은 곧 커다란 더블 침대에서 아내에게 팔베개를 해준 채 잠을 자게 될 거고, 그는 혼자 쓸쓸히 작은 침대에 누워 잠을 청하게 될 것이다. 답답한 심정으로 허공을 향해 두 팔을 쭉 뻗은 채. 자기 내부는 물론 주변을 가득 채우고 있는 공허감에 당황하다 못해, 그는 머릿속이 텅 비어 버린 듯한 느낌마저 들었다. 의자에 너무 오래 앉아 있은 탓에 이젠 몸까지 마비되어 버린 것 같았다. 하지만 지금 당장 의자에서 일어난다 해도, 모든 삶이 무의미하게 되어 버린 지금엔 공허감으로 인해 오히려 새털처럼 가볍게 일어날 수 있을 것만 같았다. 그러나 네 다리를 굳건히 방바닥에 딛고 서 있는 그 커다란 의자와는 달리, 그는 더 이상 자신의 팔다리가 어디에 있는지 두 손으론 무엇을 해야 하는지 알 수가 없었다. 도대체 앞으로의 인생에 무슨 관심이나 있겠는가? 그렇다고 다른 사람들의 삶에 관심이 있는 것도 아니고. 하지만 목숨이 붙어 있는 한은 어떻게든 계속 살아내게 될 것이다. '그래 다시 시작하는 거야. 아직까지 꿈꾸지 못했던 무언가 다른 삶, 이런 큰 변화가 생기지 않았더라면 결코 생각조차 해보지 못했을 그런 삶을. 늙지도, 그렇다고 더 이상 젊은 나이도 아닌 지금, 이렇게 갑자기 쇠락해 버리긴 했지만……'

그는 미소를 머금고 어깨를 으쓱거려 보았다. 아들에게 그는 갑자기 어린애 같은 존재가 되어 버렸다. 그러나 세속적인 야망으로 꽉 차 있고, 그 영향력 면에서 이미 아버지를 보기 좋게 능가해 버린 세상의 모든 아들들에게 아버지는 결국 어린애 같은 존재일 수밖에 없지 않은가? 누구나 알고 있듯이, 아들들은 자신들이 어렸을 적에 받은 모든 것들을 보상해 주기 위해 아버지를 유유자적하면서 편히 지낼 수 있도록 모신다. 그러면 아버지들은 그 덕에 다시 어린 시절로 돌아갈 수 있게 되는 것이다. 그 싱글 침대 같은…….

그러나 아들 내외는 아들이 쓰던 작은 방조차 그에게 내주지 않았다. 대신에 거의 눈에 띄지도 않는, 마당 한 켠의 다른 작은 방을 내주었다. 그 방을 쓰면 더욱더 독립적이고 자유롭게 지낼 수 있을 거라고, 하고 싶은 것들을 보다 자유롭게 마음대로 할 수 있게 될 거라고 말하면서. 그리곤 나름대로는 보기 좋게 방을 다시 꾸며 주었다. 덕택에 그 방이 한때는 하인이 쓰던 방이었다는 사실을 그 누구도 짐작할 수 없게 되었다.

아들은 결혼을 하면서 중요한 방들은 호화롭게 새로 꾸몄으며 가구들도 새것으로 바꾸었다. 심지어는 카페트까지 새로 깔았다. 어느 한구석, 이전의 정취를 느끼게 하는 것은 하나도 찾아볼 수 없게 되었다.

집안의 중심을 차지하고 들어앉은 젊은 아들 부부의 시야에서 벗어나, 그가 쓰던 헌 가구들과 함께 어둡고 작은 방으로 물러나 앉았는데도, 그는 별로 마음이 편치 않았다. 참 이상한 일이지만, 그렇다고 해서 낡은 가구들처럼 자신이 무시당하고 있다는 사실에 화가 나지도 않았다. 아버지로서 그 새로운 방들과 아들의 성공이 오히려 대견하게 느껴졌기 때문이다.

그러나 아직까지 분명하게 겉으로 드러난 것은 아니지만, 진짜 깊은 이유는 다른 데에 있었다. 지나간 삶의 기억들을 말끔히 씻어 줄 무언가 다채롭고 빛나는 삶에 대한 희망이 그것이었다. 그는 자신에게 새로운 삶이 열릴지 모른다는 은밀한 기대감까지 품게 되었다. 무의식적으로 그는 자신의 등 뒤에 빛나는 문이 열려 있음을 느꼈다. 성가시게 굴 사람이 아무도 없는 지금, 언제 어느 때든 금방이라도 쉽게 나갈 수 있는 문, 마치 주일날 자기만의 작은 성소 안에 있을 때처럼 그에게 자신이 하고 싶은 모든 것들을 허용해 주는 그런 문이. 그는 공기보다도 더 가벼워지는 느낌이 들었다. 그의 눈은 반짝반짝 빛나기 시작했으며, 눈에 보이는 모든 것들도 그저 신기하고 새롭고 아름답게만 느껴졌다. 정말로 다시 어린 아이로 되돌아간 것만 같았다. 이제야 비로소 어린 아이의 눈을 되찾은 것이다. 아직 보지 못한 세상을 향해 활짝 열려 있는 생기 있는 눈을.

그에겐 삶이 지속되는 한 영원히 계속될 것만 같은 그만의 휴일을 즐기기 위해 매일 아침마다 일찍 집을 나서는 버릇이 생겼다. 모든 책임감에서 벗어난 그는 자신이 받는 연금 중에서 생활비 명목으로 매달 약간씩의 돈을 아들에게 주기로 합의했다. 그러나 그 액수는 아주 적은 것이었다. 그에겐 필요한 것이 정말 아무것도 없었지만, 혹시라도 갑자기 돈 쓸 곳이 생길지도 모르니까 얼마간의 돈은 항상 지니고 다녀야 한다고 아들이 우겨댔기 때문이다. 하지만 도대체 돈이 어디에 필요하단 말인가? 망연히 삶을 구경하는 것만으로도 이젠 충분히 만족할 수 있는데.

경험의 무게를 떨쳐 버렸기 때문인지 그는 이제 나이 든 사람들과 어울리는 게 힘들었다. 그래서 노인들은 일부러 피해 다녔다. 하지만 나이 어린 사람들의 눈에는 또 그가 너무 늙어 보였다. 결국 아이들이 뛰어노는 공원 외에 그에겐 달리 갈 곳도 없게 되었다.

그렇게 그는 새로운 삶을 시작했다. 공원 잔디밭에서 뛰어노는 아이들 속에 뒤섞여. 아! 그 향기로운 풀밭의 향기라니! 쑥쑥 자라난 풀이 무성하게 우거진 곳에서는 그 향기가 더욱더 진하게 퍼졌다. 아이들은 그곳에서 숨바꼭질 놀이를 했다. 나뭇잎들이 와삭대는 소리에 섞여 땅 밑으로 졸졸졸 시냇물 흐르는 소리도 들렸다. 숨바꼭질 놀이를 하던 아이들은 신발과 양말을 벗어제꼈다. 맨발로 새록새록 돋아나는 그 부드럽고 상큼한 풀밭을 디딛는 느낌은 얼마나 감미롭고 상쾌할까?

작은 소녀 하나가 그의 눈앞에 나타났을 때, 그 역시 신발 한 짝을 벗고 이제 막 다른 쪽 신발까지 벗으려 하고 있었다. 그런데 글쎄 그 조그만 소녀가 빨갛게 상기된 얼굴로 "이 돼지야!" 하고 소리치며 눈물을 글썽이는 게 아닌가! 그러더니 소녀는 앞쪽 덤불 위에 걸쳐 두었던 옷을 집어들어 얼른 두 다리를 가렸다. 땅바닥에 앉아 있던 그가 그녀를 올려다보았기 때문이다.

그는 어안이 벙벙해졌다. '도대체 무슨 상상을 했길래 저러지?' 그러나 소녀는 어느새 자취를 감추고 없었다. 아이들의 천진스런 기쁨을 함께 느껴 보고 싶었을 뿐인데. 그는 허리를 굽혀 두 손으로 자신의 딱딱하게 굳은 두 발을 감쌌다. '그 계집애가 대체 뭘 잘못 보고 그랬을까? 아이들처럼 맨발로 풀밭을 뛰어다니는 기쁨을 만끽하기

130

에는 내가 너무 늙어 버린 걸까? 사람이 늙으면 사악해진다는 거야, 뭐야? 아!' 꼭 그래야만 한다면, 그는 언제든 눈 깜짝할 사이에 어린 아이에서 다시 늙은 남자로 돌아갈 수도 있었다. 결국 그가 늙은 남자인 것은 틀림없는 사실이니까. 그러나 그는 그런 것에 대해 생각하고 싶지 않았다. 아니 생각하기를 거부했다. 그가 신발을 벗은 것은 정말로 어린 아이 같은 생각에서였다. '그런 식으로 날 모욕하다니! 못된 계집애 같으니라구!' 철퍼덕 주저앉은 그는 풀밭 위에 얼굴을 묻었다. 어처구니없게도 타인에게 비열하고 사악하게 비춰졌다는 것에 대한 슬픔과 상실감, 그리고 일상의 외로움이 밀물처럼 몰려들었기 때문이었다. 혐오감과 분노로 속이 메스꺼워졌다. '멍청한 계집 같으니라구!' 정말로 그런 못된 짓거리를 원했다면, 쳇! 그런 욕구를 충족시키기에 필요한 돈은 그의 호주머니 속에 얼마든지 들어 있었다.

분노로 치를 떨며 그는 다시 몸을 일으켰다. 그리곤 수치심으로 손을 부들부들 떨면서 신발을 챙겨 신었다. 온몸의 피가 거꾸로 치솟아 이젠 심장마저 그의 눈 뒤에서 뛰고 있는 것 같은 느낌이었다. 그래, 이럴 땐 어디로 가야 하는지 그는 너무도 분명하게 잘 알고 있었다.

조금 진정이 되자, 그는 일어나 집으로 돌아갔다. 방 안으로 들어간 그는 거기에 줄지어 서 있는 가구들이 자신을 미쳐 버리게 할지도 모른다는 생각을 했다. 그는 우중충한 가구들을 지나 그 틈바구니에 끼어 있는 싱글 침대 위로 몸을 내던져 버렸다. 그리곤 힘없이 벽을 향해 돌아누웠다.

하인리히 뵐

웃음팔이

뜬금 없이 하는 일이 뭐냐는 질문을 받으면 난 정말 당황스럽다. 얼굴이 화끈화끈 달아오르는 게 말까지 더듬거릴 지경이다. 다른 면에서는 그래도 침착하단 소릴 듣는 편인데……. 그래선지 내겐 막일꾼이든 회계사든, 아니면 이발사건 소설가건 자신의 직업을 한마디로 자신 있게 말할 수 있는 사람들이 무척이나 부럽다. 장황하게 구구한 설명을 늘어놓지 않아도 자신이 하는 일을 쉽게 납득시킬 수 있기 때문이다.

나 같은 경우 직업을 물으면 하는 수 없이 웃음팔이라고 대답하는데, 그러면 사람들은 하나 같이 꼭 같은 질문을 던진다. "웃음으로 먹고 산단 말씀이세요?" 물론이다. 난 내 웃음으로 돈을 벌어 먹고 산다. 그것도 아주 많은 돈을. 상업적으로 내 웃음에 대한 수요는 굉장하니까. 요컨대 난 아주 쓸 만한 웃음팔이다. 수준급의 노련한 웃음팔이. 그 어디에도 나처럼 웃을 수 있는, 나만큼 세련된 웃음 기술들을 자유자재로 구사할 수 있는 사람은 없다.

이런 자질구레한 설명이 피곤해서 한동안은 스스로를 배우로 소개하며 다니기도 했었다. 그러나 몸짓이나 발성 면에서 난 영 꽝이기 때문에 그건 진실과는 전혀 거리가 먼 얘기였다. 결국, 난 다시 내 직업을 웃음팔이로 소개하기 시작했다. 그게 진실이니까. 하물며 난 진실을 사랑하는 사람이 아니던가!

웃음팔이라고 했는데, 그렇다고 내 직업이 광대나 코미디언이라는 얘기는 아니다. 사람들을 웃게 만드는 것이 아니라 웃음을 묘사하는 것이 내 일이다. 로마 황제의 웃음이든, 감수성 예민한 사춘기 소년의 웃음이든, 19세기식 웃음이건, 17세기식 웃음이건 간에 난 어떤 식으로든 그럴싸하게 웃어 줄 수 있다. 그때 그때의 요구에 따라 어떤 시대, 어떤 계급, 어느 나이 또래의 웃음이든 능수 능란하게 보여 줄 수 있다는 말이다. 웃음도 내겐 그저 하나의 습득 가능한 기술에 불과할 뿐인 것이다. 구두 수선 기술이나 뭐 그런 것 같은……. 가슴 속에 미국인의 웃음과 아프리카인의 웃음, 백인과 흑인, 황인종의 웃음 등등 갖가지 다양한 웃음들을 품고 다니다가, 적당한 대가가 약속되면 연출자의 요구에 따라 쏟아내는 그런 기술.

차츰 차츰 난 인정받는 웃음팔이가 되어 갔다. 덕택에 이젠 라디오나 텔레비전 방송국은 물론 음반 녹음실에서도 내 웃음을 필요로 한다. 특히 텔레비전 연출자들은 날 아주 깍듯하게 대우해 준다. 애절하거나 히스테리컬하게, 또는 소리 없이 다소곳하게, 버스 운전사처럼이든, 야채 가게 점원처럼이든, 아침이나 저녁이냐에 따라, 밤이면 황혼녘이냐 한밤중이냐에 따라 온갖 웃음들을 훌륭하게 웃어 주기 때문이다. 어디서, 누가, 언제, 어떤 웃음을 요구해 오든…….

말할 필요도 없겠지만 이런 류의 직업 역시 사람을 아주 지치게 만든다. 특히 전염성이 짙은 웃음법까지—이것 역시 내 전문 분야이다—갈고 닦아야 할 때는 더욱 피곤하다. 그러나 이런 기술 덕택에 난 삼사류급 코미디언들에게도 아주 긴요한 존재가 되었다. 이들 코미디언들은 대개 너무나 얼어붙은 나머지 가장 결정적인 순간에서 관객들의 웃음을 끌어내지 못하고 만다. 덕분에 난 거의 매일 밤마다 나이트 클럽에서 일종의 박수부대 일을 하게 되었다. 프로그램이 재미없어질 즈음에 맞춰 마음에서 우러나는 것 같은 격렬한 웃음을 한바탕 웃어 주는 것이 내 역할이다. 이런 일은 타이밍을 아주 잘 맞춰야 한다. 너무 빠르지도 너무 늦지도 않게, 딱 그 순간에 맞춰서 웃음을 터뜨려 주어야 한다. 이런 식으로 미리 계획한 순간에 한바탕 웃음을 던져 주고 나면 관객들 전체가 내 웃음에 전염되어 따라 웃기 시작한다. 그렇게 되면 삼류 코미디언의 썰렁한 농담도 진짜 유머로 살아나는 것이다.

하지만 정작 그 일이 끝나고 나면 난 완전히 녹초가 되고 만다. 지친 몸을 이끌고 분장실로 가 얼른 외투를 걸쳐 입는다. 뭐라 말할 수 없이 홀가분한 순간이다. 드디어 일에서 해방되었기 때문이다. 하지만 그렇게 집으로 돌아와 보면 또 다른 급한 전보들이 날 기다리고 있다. '귀하의 웃음 긴급 요망. 목요일 녹음.' 몇 시간 후, 난 내키지 않는 발걸음으로 다시 후덥지근한 급행 열차에 몸을 싣는다. 내 운명을 한탄하면서…….

당연한 얘기겠지만, 난 일이 없을 때나 휴가중일 땐 좀처럼 웃는 법이 없다. 목동이나 벽돌공이 소나 회반죽판에서 해방되었을 때에야 비로소 행복감을 느끼듯, 목수의 집에는 으레 망가진 문이나 잘 열리지 않는 서랍이 한두 개쯤 있게 마련이듯, 과자 장사가 오히려 시디신 피클을, 정육점 주인은 머핀 과자를, 제빵사는 빵보다 소시지를 더 좋아하듯, 투우사들이 취미로 비둘기를 기르듯, 복싱 선수들도 막상 제 자식 코가 깨지면 얼굴이 하얗게 질리듯……. 이런 일들 모두 극히 자연스런 일이라고 난 생각한다. 나 역시 일에서 벗어났을 땐 결코 웃는 일이 없으니까.

그래선가? 내 표정은 항상 엄숙해 보인다. 사람들은 그런 나를 가리켜 염세주의자라고 한다. 잘은 모르겠지만, 맞는 말인 것 같다. 결혼 초창기에 아내는 그런 내게 종종 "좀 웃어봐요!" 하며 보챘다. 하지만 아내도 곧 내가 죽어도 그 바램만은 들어줄 수 없다는 것을 깨닫게 되었다.

내게 정말로 행복한 순간은 엄숙할 정도의 깊은 침묵 속에서 빳빳하게 긴장되어 있는 얼굴 근육을 풀고 너덜너덜 헤진 신경을 편안히 쉬게 만들 때이다. 이럴 땐 사실 다른 사람의 웃음소리도 귀에 거슬린다. 내 직업을 다시 일깨워 주기 때문이다. 그래서 아내와 난 언제나 조용하고 평화로운 분위기 속에서 생활한다. 아내 역시 웃는 법을 잊어버렸기 때문이다. 물론 가끔가다 아내의 얼굴에 미소가 번지면 더불어 나도 미소를 보내 주긴 한다.

우린 얘기할 때도 아주 작은 목소리로 소곤소곤거린다. 나이트 클럽의 그 시끄러운 굉음에, 녹음실을 가득 채우고 있는 그 째질 듯한 소리들에 염증이 났기 때문이다. 그 때문일까? 나를 잘 모르는 사람들은 나를 과묵한 사람으로 생각한다. 맞는 말인지도 모른다. 웃어 주기 위해 입을 너무 자주 벌려야 하는 나니까.

이제껏 난 감정이 없는 탈색된 웃음으로 내 모든 삶을 꾸려 왔다. 간혹 나도 모르게 부드러운 미소를 짓게 될 때면 문득 궁금해진다. '지금까지 정말 단 한 번이라도 진실로 웃어 본 적이 있었던가?' 한 번도 없는 것 같다. 내 누이와 형들도 언제부턴가 날 아주 심각한 사람으로만 생각하고 있다.

그처럼 온갖 우스운 방식으로 사람들을 웃겨 주었건만, 정작 내 자신의 웃음소리는 한 번도 들어본 적이 없다니…….

서우드 앤더슨

종이공

닥터 리피는 수염이 하얗게 세고, 코와 손이 유달리 큼지막한 노인
이었다. 그는 마을 사람들이 그를 알게 되기 훨씬 이전부터 의사였는
데, 야위고 노쇠한 말을 타고 윈즈버그 시내를 돌아다니며 집집마다
방문하고 다녔다. 나중에 그는 키가 크고 조용하며 약간 우울해 보이
는 어느 처녀와 결혼을 했다. 그녀에겐 돌아가신 아버지에게서 물려
받은 아주 비옥한 농장이 하나 있었다.

윈즈버그 사람들은 하나같이 도대체 그녀가 하필이면 왜 그 의사
와 결혼을 했을까 하고 의아하게 여겼다. 그러나 결혼한 지 채 일 년
도 못 돼서 그녀는 세상을 떠나고 말았다.

그 의사의 손마디는 유별나게 굵었다. 주먹이라도 쥐면, 그의 손은
마치 색을 입히지 않은 나무공 다발처럼 보였다. 철사줄로 줄줄이 엮
어 놓은 호두 알맹이들만큼이나 큰 나무공 다발.

아내가 죽은 뒤부터, 그는 개암나무로 만든 파이프를 입에 물고 하

루 종일 거미줄투성이인 그의 텅 빈 사무실 창가에 앉아 있었다. 결코 창문을 여는 법이 없었다. 팔월의 어느 무더운 날 창문을 열려고 시도해 본 적이 있긴 했지만, 너무나 단단하게 고정되어 있어서 도대체 열리지가 않았다. 결국 그후론 창문을 열어야겠다는 생각도 잊어버렸다. 그러는 사이 그 늙은 의사의 존재는 윈즈버그 사람들의 기억 속에서 까맣게 잊혀져 갔다.

그러나 닥터 리피의 마음속에서는 무언가 아주 멋진 씨앗이 자라나고 있었다. 파리 포목상 위층에 있는 그의 곰팡내 나는 사무실에 홀로 앉아, 그는 끊임없이 무언가를 쌓아올렸다 부셔 버리곤 했다. 작은 진리의 피라미드를 쌓아올리다가 그것이 다 완성되면, 다른 피라미드를 쌓아올릴 수 있도록 그것을 다시 허물어 버렸다.

닥터 리피는 십 년 내내 같은 옷만 입었다. 소맷자락 끝은 다 닳아버리고 무릎과 팔꿈치 부분엔 작은 구멍까지 났다. 사무실에 있을 때에는 그 옷 위에 커다란 주머니가 달린 린넨 가운을 걸쳐 입었는데, 그는 호주머니 안에다 끊임없이 종이 조각들을 쑤셔 넣었다. 몇 주가 지나면, 종이 조각들은 호주머니 안에서 단단하고 작은 종이공처럼 뭉쳐졌다. 그런 작은 종이공들로 호주머니가 불룩해지면, 그는 그것들을 사무실 바닥에다 쏟아 버렸다.

십 년 동안 그의 말벗이 되어 준 친구라곤 종묘원을 운영하는 존 스패니어드라는 노인밖에 없었다. 가끔 장난기가 돌 때면, 늙은 닥터 리피는 호주머니에서 종이공들을 한 뭉치 꺼내 존의 얼굴을 향해 던져대곤 했다. 그리곤 "허튼 소리나 지껄이는 이 늙은 감상주의자, 이건 너에 대한 저주다!" 하고 소리치며 배꼽을 쥐고 웃곤 했다.

닥터 리피와 키 크고 우울한 처녀, 그의 아내가 되었다가 그에게 많은 돈을 남겨 주고 죽은 그 처녀의 연애담은 호기심을 끌기에 충분한 화젯거리였다. 윈즈버그의 과수원에서 볼 수 있는 비틀린 작은 사과만큼이나 흥미로운 이야기였다.

밤새 내린 서리로 땅이 딱딱하게 굳어지는 가을철이 되면, 사람들은 과수원으로 사과를 따러 갔다. 사람들의 손에 의해 나무에서 떨어진 사과들은 바구니에 담겨 온 시내로 퍼져 나갔다. 그리곤 책과 잡지들, 가구와 사람들로 빽빽이 들어 찬 아파트에서 사람들의 입 속으로 들어갔다. 그러고 나면 이제 사과나무에는 사과 따는 사람들로부터 거부당한 울퉁불퉁한 사과 몇 알만 남게 되었다. 옹이 박힌 못난 사과들은 마치 닥터 리피의 주먹 같은 모양을 하고 있었다. 그러나 살짝 그 사과를 한 입 베어먹어 보면, 맛은 그런 대로 괜찮았다. 다시 비교적 둥글고 매끄러운 부분을 한 입 크게 베어물면, 그땐 달콤한 맛이 입 안 가득 퍼져 나갔다. 그래서 하얗게 서리가 내리고 나면, 이 나무에서 저 나무로 옮겨다니며 울퉁불퉁하고 못생긴 사과들을 호주머니 한 가득 따 모으는 사람들을 과수원에서 가끔 볼 수 있었다. 하지만 그 못생긴 사과의 달콤함을 아는 사람은 그리 많지 않았다.

그 처녀와 닥터 리피의 만남은 어느 여름날 오후에 시작되었다. 당시 그는 마흔다섯이었는데, 호주머니 속에 종이 조각들을 가득 쑤셔 넣었다가 그것들이 딱딱한 공처럼 굳어지면 바닥에 내버리는 버릇도 그때부터 시작된 것이었다. 빼빼 마른 하얀 말이 끄는 마차를 타고 시골길을 천천히 달리는 중에 말이다. 종이 조각들 위에는 여러 가지 잡다한 사색의 편린들이, 그의 모든 사색의 시작과 끝이 적혀 있었다. 하나씩하나씩 닥터 리피의 마음속에서 생겨난 그런 생각들은 대부분 다시 그의 마음속에서 거인처럼 커다랗게 솟아나는 진리를 만들어냈다. 그러나 그런 진리는 세상에 대한 그의 생각을 어둡게 만들었다. 처음부터 끔찍하게 여겨졌던 그런 생각들은 다음 순간 희미하게 사라져 버렸고, 그 뒤엔 다시 새로운 생각들이 닥터 리피의 마음속에서 솟아났다.

키 크고 우울한 그 처녀가 닥터 리피를 찾았을 때, 그녀는 어쩌다 한 임신으로 크게 겁을 먹은 상태였다. 그녀를 그런 상태로 몰고 간 일련의 상황들 역시 대단히 흥미로운 것이었다.,

부모님들이 모두 돌아가시고 난 뒤, 그녀는 상당히 많은 양의 땅을 물려받았다. 그것을 노린 것인지 그녀의 뒤로 줄줄이 구혼자들의 행렬이 늘어섰다. 이 년 동안 그녀는 거의 매일 밤마다 구혼자들을 만나야 했다. 그러나 단 두 명의 총각을 빼곤, 모두가 다 거기서 거기였다. 그들 모두 그녀에 대한 자신들의 열정을 고백했지만, 그들의 목소리와 그녀를 바라보는 그들의 눈빛 속에서는 일부러 꾸민 듯한 거짓된 열정밖에 찾아볼 수 없었다.

그런 총각들과는 사뭇 달랐던 두 사내는 서로간에도 영 딴판이었다. 둘 중 한 명은 윈즈버그에 있는 보석상집 아들이었는데, 날씬한 몸매에 손이 유달리 하얗던 그는 자나깨나 순결 얘기만 했다. 그녀와 함께 있을 때 그 얘기를 하지 않은 적이 한 번도 없을 정도였다. 검은 머리칼에 귀가 아주 컸던 다른 총각은 말은 한마디도 안 하고 언제나 그녀를 어두컴컴한 구석으로 끌고 가 키스를 퍼부을 궁리만 했다.

한동안 그 처녀는 그냥 보석상집 아들과 결혼을 해버릴까도 생각했었다. 그러나 몇 시간 동안 아무 말도 않고 그가 하는 말을 가만히 듣고 있다 보면, 무언가 두려워지기 시작했다. 순결에 대한 그의 얘기 이면에서, 오히려 다른 사람들보다 더욱 집요한 욕망이 들끓고 있다는 생각이 들기 시작한 것이다.

그의 얘기를 듣다 보면, 가끔 그가 손으로 그녀의 몸을 꽉 움켜잡고 있는 것 같은 느낌이 들기도 했다. 그 하얀 손으로 그녀의 몸을 천천히 돌리면서 은밀하게 온몸을 샅샅이 훑고 있는 것 같았다. 그런 느낌을 받은 날 밤엔, 그녀의 몸을 갈갈이 물어뜯은 그의 입에서 붉은 피가 뚝뚝 떨어지는 꿈을 꾸었다.

그와 똑같은 꿈을 세 번 연거푸 꾸고 난 후, 그녀는 말은 한마디도 않고 있다가 자기 감정을 주체할 수 없을 지경이 되면 그녀의 어깨를 사정없이 애무해서 며칠 동안 이빨 자국을 남기고 마는 그 남자의 아기를 배었다.

닥터 리피를 만나고 난 후, 그녀는 그의 곁을 다시는 떠나고 싶지 않다는 생각을 갖게 되었다. 어느 날 아침 닥터 리피의 사무실을 찾아갔을 때, 그녀를 보자마자 닥터 리피는 그녀에게 무슨 일이 일어났는지 금방 알아차린 것 같았기 때문이다. 그녀가 아무 말도 하지 않았는데 말이다.

그날 그의 사무실에는 윈즈버그에 있는 서점 주인의 부인이 먼저 와 있었다. 닥터 리피는 다른 구닥다리 시골 의사들과 같은 방식으로 그 부인의 이를 뽑아 주었고, 이를 뽑고 나자 그녀는 손수건을 입에 대고 신음했다. 그녀의 남편도 함께 와 있었는데, 이를 다 뽑고 나자 둘 모두 비명을 질러댔다. 붉은 피가 그녀의 하얀 드레스 위로 흘러내렸기 때문이다. 그러나 그 처녀는 전혀 신경쓰지 않았다. 그 부인이 남편과 함께 진료실을 나서자, 닥터 리피가 미소를 지으며 말했다. "같이 시골길 드라이브나 하지 않을래요?"

몇 주 동안 키 크고 우울한 그 처녀와 의사는 거의 매일을 함께 보냈다. 그녀의 상태도 한차례 병치레를 겪고 나면서 좋아졌다. 그리고 일그러진 사과의 달콤함을 알게 되면서 그녀는 이제 더 이상 도심의 아파트 속에서 사람들의 입 속으로 들어가는 완벽하고 둥근 사과에 집착하지 않게 되었다.

여름에 만난 그들은 가을에 결혼식을 올렸는데, 그 이듬해 봄에 그녀는 그만 세상을 떠났다. 그 겨울 내내 그는 그녀에게 종이 조각 위에 휘갈겨 쓴 자신의 잡다한 생각들을 모조리 읽어 주었다. 그렇게 읽어 주고 난 후, 그는 껄껄걸 웃으면서 종이 조각들을 호주머니 안에 쑤셔 넣고, 그것들이 딱딱한 종이공처럼 뭉쳐질 때까지 그대로 버려 두었다.

기 드 모파상

어느 노인

어느 날 일간지란 일간지에 일제히 다음과 같은 기사가 실렸다.

론델리스 지역에 새로 개장한 온천장에선 장기 휴양이나 영구 체
류에 필요한 모든 편의를 제공하고 있다. 혈액 속의 모든 불순물들을
제거시켜 주는 것으로 이미 세계적으로 정평이 나 있는 이 온천 휴양
지의 광천수 속에는 인간의 수명을 연장시켜 주는 아주 특별한 성분
까지 함유되어 있는 것으로 알려져 있다. 이러한 놀라운 효능의 한
가지 원인은 이 작은 마을의 독특한 지리적 여건에 있는 것 같다. 산
악 지대에 위치한 이 마을은 사방이 전나무 숲으로 둘러싸여 있으며,
수 세기 전부터 희귀한 장수 마을로 그 명성을 떨치고 있다.

이런 기사가 실리고 나자 사람들이 우루루 그 마을로 몰려들었다.
어느 날 아침, 온천수를 관리하는 의사가 마을에 새로 들어온 다른

씨라는 사람으로부터 방문 요청을 받았다. 며칠 전 마을을 찾은 그는 숲 가장자리에 있는 아름다운 빌라에 세 들어 살고 있었다. 그는 왜소한 체격에 여든여섯이나 먹은 노인이었지만, 자신의 나이를 숨기기 위해 무진장 노력하는 그런 타입의 사람이라서 그런지 여전히 혈기왕성하고 강단이 있는 데다 건강하고 활동적으로 보였다.

의사에게 자리를 권하자마자 그 노인은 단도직입적으로 용건을 말하기 시작했다.

"의사 선생님, 제 건강이 그런 대로 쓸 만하다면, 그건 신중한 제 생활태도 덕분입니다. 뭐, 그렇게 늙은 것은 아니지만, 저도 대접받으며 살 만큼은 나이를 먹었거든요. 하지만 아직 잔병에 걸리거나 몸이 찌뿌드드해지는 일 같은 건 없습니다. 여기저기 몸이 결리거나 하는 일도 없어요. 신중하고 규칙적인 생활 덕분입니다.

여기 기후가 건강에 아주 좋다는 얘길 들었는데, 에, 저도 그 말을 믿고 싶어요. 하지만 여기 눌러앉기 전에, 정말 그런지 증거가 필요합니다. 그래서 부탁드리는 건데, 일 주일에 한 번씩 화요일마다 제 집에 오셔서 다음 사항에 관한 정보들을 상세히 일러주시면 고맙겠습니다.

우선, 이 마을은 물론 근방에 사는 사람들 중에서 여든이 넘은 노인들이 몇 명이나 되는지 그 명단을 하나도 빠짐없이, 단 한 명이라도 빠지면 안 됩니다, 죄다 알고 싶어요. 그들 각자에 대한 신체적 생리학적 세부 사항들도 알고 싶습니다. 직업은 뭐고, 생활 방식과 습관은 어떤지 등도 말입니다. 물론 그들 중에서 죽는 사람이 생기면, 그때마다 제게 알려주셔야 해요. 정확히 무엇 때문에 죽었는지 그 원인을 세세히 알려주셔야 합니다."

일사천리로 말을 마친 노인은 정중하게 한마디 덧붙이면서 쪼글쪼글한 손을 내밀었다. "의사 선생, 우리 좋은 친구처럼 지냅시다." 의

사는 있는 힘껏 돕겠다고 약속하면서 그 노인의 손을 잡았다.

다론 씨는 언제나 죽음에 대해 거의 강박적인 두려움을 안고 지냈다. 그 때문에 이 세상에서 누릴 수 있는 쾌락이란 쾌락은 거의 전부 스스로 차단시켜 버렸다. 단지 몸에 해롭다는 이유 하나만으로. 모처럼 친구들과 즐기는 자리에서도 그가 황홀하면서도 유쾌한 감정을 불러일으키는 묘약인 포도주마저 거부하는 것을 보고 친구들이 놀랍다는 반응을 보이면, 그는 두려운 기색이 역력한 목소리로 대답하곤 했다. "난 나의 인생을 소중하게 생각하네." 마치 그의 인생과 다른 사람들의 인생엔 엄청난 차이가 있다는 듯이 '나의'란 말에 힘을 주면서. 그 말에 어찌나 힘을 주면서 말하는지, 듣고 있자면 그만 말문이 막혀 버릴 정도였다.

좀더 자세히 얘기하자면, 그는 자신의 몸은 물론 자신이 소유하고 있는 물건들을 가리킬 때조차 소유격 대명사를 유난히 강조해서 말하는 아주 묘한 버릇이 있었다. 그래서인지 그가 '내 눈'이나 '내 다리' '내 팔' '내 손' 하는 식으로 말하는 것을 듣고 있으면, 마치 그의 신체기관들은 다른 사람들의 것과는 완전히 다른 특별한 것이라는 생각마저 들었다. 그러나 이런 느낌이 가장 확실하게 드는 경우는, 그가 그의 의사를 가리킬 때였다. 그가 '나의 의사 선생님' 하고 말하는 것을 듣다 보면, 마치 그 의사는 다른 사람들은 모두 제쳐놓고 오로지 그에게만 소속되어 그만을 위해 일하고, 다른 일엔 관심도 없이 오직 그의 병을 치료하는 데에만 전념하는 그만의 의사이며, 이 세상의 그 어떤 의사보다도 뛰어난 의사라는 생각이 들었다.

그 노인은 다른 사람들을 그저 텅 빈 세상을 채워 주는 인형 같은 존재로 여길 뿐, 다른 식으로는 전혀 생각해 본 적이 없었다. 그에게 자신 이외의 다른 사람들은 모두 딱 두 가지로 나뉘어졌다. 어떤 일을 계기로 연락을 취하게 되었기 때문에 반겨서 맞이해야 하는 사람과 그럴 필요가 없는 사람. 하지만 두 부류 모두 그에게 별로 중요하지 않기는 마찬가지였다.

그러나 론델리스 마을의 그 의사가 마을 사람들 중에서 여든이 넘은 노인 열일곱 명의 명단을 갖다 준 날부터, 그 노인의 마음속에서는 전혀 낯선 새로운 감정이 움트기 시작했다. 언젠가는 길가에 쓰러져 죽게 될지도 모를 그 노인들에 대한 염려의 마음이었다. 그렇다고 그들과 얼굴을 트고 지낼 마음은 추호도 없었다. 그저 그들의 건강 상태를 정확하게 기억해 두었다가, 매주 화요일 의사와 저녁을 함께할 때마다 그들의 근황을 물어보았다.

"저, 그런데 그 조셉 포인코트 씨는 요즘 좀 어떻던가요? 지난주에는 좀 안 좋은 것 같다고 하더니만?" 그리곤 의사가 그 사람의 건강 진단서를 보여주면, 다른 씨는 그 사람의 식단이나 치료방법 등을 한번 바꿔 보라고 이런저런 제안을 하기도 했다. 효과가 있을 경우 나중에 자신에게도 그 방법을 써먹을 수 있도록 말이다. 결국 다른 씨에겐 열일곱 명의 노인들도 자신의 건강을 유지하는 데 필요한 새로운 사실들을 얻게 해주는 실험 대상과 같은 존재들인 것이다.

어느 화요일 저녁, 의사가 들어오면서 놀라운 소식을 알려주었다.

"로살리 터넬 할머니가 돌아가셨습니다." 그러자 노인이 깜짝 놀라면서 물었다.

"원인이 뭡니까?"

"오한 때문이죠."

그제야 작달막한 노인은 안도의 한숨을 내쉬었다. "그 할멈은 너무 뚱뚱했어. 몸이 너무 무거웠어. 나도 그 나이가 되면(사실 그는 로살리 할머니보다 두 살이나 위였는데도, 굳이 칠십밖에 안 먹었다고 우겨댔다) 몸무게에 좀더 신경을 써야지."

몇 달 후, 이번에는 앙리 브리소트 씨가 세상을 떴다. 지난번과 달리 다롱 씨는 굉장히 심란해 했다. 같은 남자인 데다 나이에 비해 호리호리하고, 거기다 자신과 생일이 세 달 차이밖에 안 나며 꽤나 건강에 신경을 쓰던 사람이 죽었기 때문이다. 다롱 씨는 감히 뭐라고 물어볼 엄두도 못 내고, 그저 불안한 마음으로 의사가 자세히 얘기해 주기만을 기다렸다.

　"아, 그분은 정말 황당하게 돌아가셨어요. 갑자기 말입니다."

　의사의 말이 떨어지자마자, 노인이 황급히 물었다.

　"하지만 지난주까지만 해도 아주 건강하다고 하지 않았습니까? 무언가 어리석은 짓을 했던 게 틀림없어요. 안 그렇습니까?"

　한창 음식을 씹고 있던 의사가 입을 우물거리며 대답했다.

　"그런 것 같지는 않아요. 자식들 말이, 평소처럼 아주 조심조심 지내셨다고 하던데요."

　그러자 더 이상 참을 수 없게 된 다롱 씨가 거의 공포에 사로잡힌 목소리로 물었다. "그…… 그럼, 대체 뭣 때문에 죽은 겁니까? 원인이 있을 거 아뇨, 원인이!"

　"늑막염 때문이에요." 그러자 노인은 바싹 메마른 두 손으로 손뼉까지 치면서 기쁨에 들뜬 목소리로 말했다.

　"그럼 그렇지! 뭔가 바보 같은 짓을 했을 거라고 내 말하지 않았소. 늑막염이 거저 걸릴 턱이 없지. 아마 저녁 먹고 바람 쐬러 나갔다가 감기에 걸렸는데, 그 감기 기운이 가슴까지 침투했던 걸 거요. 캬! 늑막염이라! 그건 병이 아니라 사고요, 사고. 얼간이들이나 늑막염으로 죽지."

　그는 아직 살아 있는 노인들에 관해 이런저런 얘기를 하면서, 아주 맛있게 저녁을 먹었다.

　"그럼 이제 열다섯 명이 남았군요. 하지만 그들은 다 아직 정정하지요, 안 그렇습니까? 인생사란 게 그래요. 가장 골골한 사람이 가장 먼저 가죠. 서른을 넘기면 예순 넘어서까지 살 가능성이 충분하고, 또 예순을 넘기는 사람들은 대개 여든도 넘깁니다. 여든을 넘기면 거의 모두 백 살까지도 너끈히 살구요. 누구보다도 강하고 튼튼하며 현명한 사람들이기 때문입니다."

그 해에 다시 두 명의 노인이 밥술을 놓았다. 한 명은 이질로, 다른 한 명은 갑작스런 심장 발작으로 죽었다. 설사병으로 죽은 사람의 소식을 들은 다른 씨는 굉장히 재미있어 했다. 전날 무언가 자극적인 음식을 먹었던 게 틀림없다고 결론지었다.

"설사병은 칠칠치 못한 사람들이나 걸리는 겁니다. 쯧쯧, 의사 선생님도 그렇지. 그의 식습관에 대해서 미리 주의를 주셨어야죠."

그러나 갑자기 숨을 못 쉬게 되어 죽은 사람의 경우엔 지금까지 겉으로 드러나지 않던 심장의 이상 때문이었다.

또 다른 어느 화요일 저녁, 의사가 파울 티모넷 씨의 죽음 소식을 알려주었다. 그는 근력이 아주 좋은 노인이었기 때문에 사람들은 그가 너끈히 백 살을 넘긴 뒤 온천장을 위해 광고를 해주리라 기대하고 있었다.

"무슨 이유로 돌아가신 겁니까?" 이전처럼 다른 씨가 질문을 던지자, 의사가 대답했다. "아, 저도 정말 모르겠습니다."

"모른다니, 무슨 말입니까? 의사면 당연히 알아야죠. 신체 기관에 어떤 이상 같은 건 없었습니까?"

고개를 가로저으며 의사가 대답했다. "아뇨, 전혀요."

"간이나 신장 감염에 걸렸던 것은 아니구요?"

"아뇨, 아무런 이상도 없었습니다."

"위는 제대로 기능하고 있는지 체크해 보셨습니까? 왜, 소화불량 때문에 갑자기 경련을 일으키는 경우도 종종 있잖아요."

"경련 같은 건 없었습니다."

너무나 당황한 다론 씨가 흥분을 감추지 못하고 소리쳤다.

"이봐요, 죽었으면 왜 죽었는지 원인이 있을 거 아닙니까? 그 원인이 대체 뭐라고 생각하느냔 말입니다, 내 말은!"

의사가 이젠 정말 지쳤다는 듯 두 손바닥을 들어 보이며 대답했다.

"모르겠어요, 정말 전 모르겠습니다. 죽었으니까 죽었다는 것뿐이에요. 그게 답니다."

그러자 다론 씨가 잔뜩 화가 난 목소리로 물었다.

"기억이 안 나서 그러는데, 그 노인은 정확히 몇 살이었죠?"

"여든아홉요."

순간 다론 씨는 믿을 수 없다는 듯 그러면서도 안심했다는 듯 큰 소리로 외쳐댔다.

"뭐, 여든아홉이라구요……! 그래도, 어쨌든 그렇게 많은 나이는 아닌데……"

제로미 웨이드만

아버지 어둠 속에 앉아 계신다

아버지에겐 좀 별난 버릇이 있다. 홀로, 어둠 속에 앉아 있기를 좋아하신다.

가끔가다 난 아주 늦게서야 집에 들어간다. 집 안은 온통 칠흑처럼 어둡다. 어머니가 깨지 않게 조용조용 문을 따고 들어간다. 잠귀가 아주 밝으신 분이기 때문이다. 발끝으로 살금살금 방에 들어가 불도 켜지 않은 채 옷을 갈아 입고, 목을 축이러 부엌으로 간다. 발자국 소리 하나 들리지 않게, 맨발로 조심조심.

부엌으로 들어서는 순간, 자칫 아버지한테 걸려 넘어질 뻔하고 만다. 거기 부엌 의자에 파자마 바람으로 파이프 담배를 피우시며 아버지가 앉아 계셨던 것이다.

"아버지, 저예요."

"응, 너구나."

"왜 안 주무세요?"

"음, 자야지."

그러나 아버지는 꿈쩍도 않고 그 자리 그대로 앉아 계신다. 내가 잠들고 난 한참 뒤까지도 분명 아버지는 담배를 피시며 그곳 그 자리에 그대로 앉아 계실 것이다.

밤이면 난 흔히 내 방에서 책을 읽는다. 어머니가 집 안팎을 문단속하는 소리가 들리고, 어린 남동생이 잠자리에 드는 소리도 들린다. 늦게 들어온 누나가 달그락달그락 소리를 내며 세수를 하고 머리를 빗는다. 그런 누나의 소리도 이내 잠잠해진다. 누나도 이젠 잠이 든 것일까? 잠시 후, 어머니가 아버지에게 잘 자라고 인사하는 소리가 들리고 난 계속 책을 읽는다.

목이 칼칼해져 부엌엘 간다. 이번에도 그만 아버지에게 걸려 넘어질 뻔하고 만다. 그렇게 놀란 적이 한두 번이 아니다. 아버지가 거기 계시리라는 걸 까맣게 잊고 있었는데……. 아버지는 오늘도 변함없이 그곳에 앉아 계셨던 것이다. 담배를 무신 채 생각에 잠겨…….

"아버지, 주무시지 그러세요?"

"그래, 그래야지."

하지만 아버지는 손끝 하나 움직이지 않으신다. 그냥 그 자리 그대로 앉아 담배를 피우며 무언가를 생각하신다. 자꾸만 신경이 쓰인다. 정말이지 이해할 수가 없다. 도대체 무얼 생각하고 계신 걸까? 언젠가 용기를 내서 아버지께 그 이유를 물어보았다.

"아버지, 무얼 생각하시는 거예요?"

"아무것도 아니란다."

난 그런 아버지를 뒤에 남겨둔 채 혼자서 잠자리에 들 수밖에 없었다. 몇 시간 뒤인가 잠이 깬 나는 목이 말라 부엌엘 갔다. 그런데, 이런! 아버지께선 여전히 그곳에 앉아 계신 게 아닌가! 파이프 담뱃불도 다 타 버렸는데……. 아버진 멍하니 부엌 한 귀퉁이에 시선을 고정시킨 채 미동도 없이 그곳에 앉아 계셨다.

어둠에 눈이 익자 나는 물을 찾아 마셨다. 그래도 아버지는 꼼짝도 않고 앉아 어둠을 응시하고 계셨다. 눈 한 번 깜빡이지 않고. 내가 거기 있다는 사실조차 알아채지 못하시는 것 같았다. 문득, 두려운 생각이 들었다.

"아버지, 왜 안 주무세요?"

"음, 잘 거야. 기다리지 말고 가 자거라."

"벌써 여러 시간째 여기 계셨잖아요. 뭐 걱정거리 있으세요? 뭘 그렇게 생각하시는 거예요?"

"아무 일도 아니란다, 얘야. 아무것도 아냐. 그냥 편안해서 그래. 그게 다야."

말씀하시는 폼이 정말 그런 것 같았다. 근심거리가 있으신 것 같지는 않았다. 언제나처럼 목소리도 차분하고 기분좋게 들렸다. 그래도 이해가 안 갔다. '깜깜한 밤중에 혼자 늦게까지 딱딱한 의자에 앉아서 멍하니 앞만 바라보고 있는 게 대체 뭐가 좋다고 저러실까?'

무엇 때문일까?

모든 가능성들을 하나하나 꼽아 보았다. 장담컨대 돈 때문일 리는 없다. 우리 집에 돈이 많아서가 아니다. 단지 돈 문제로 고민스러울 때 아버진 결코 그걸 숨기시는 법이 없기 때문이다. 그렇다고 당신 건강 때문도 아닐 것이다. 그 문제 역시 아버지는 침묵하시는 분이 아니다. 가족 중에 누군가 병에 걸린 것도 아니다. 돈에 약간 쪼들리기는 하지만, 식구들 모두 건강에는 자신이 있다. 그렇담 진짜 무엇 때문일까? 정말 알 수가 없다. 걱정스런 마음이 가시질 않는다.

고국에 있는 아버지 형제들을 생각하고 계신 걸까? 아니면 친어머니와 두 분 의붓어머니? 아님 할아버지? 그분들은 이미 다 돌아가셨는데…… . 그분들 때문에 그처럼 마음 앓을 아버지도 아니시잖아?

마음을 앓는다고 했는데, 이건 정말 사실이 아니다. 아버지는 무언가를 곰곰이 생각하시는 게 아니다. 아니 아예 생각이란 걸 하고 계신 것 같지도 않다. 행복에 겨운 얼굴은 아니지만, 무언가를 골똘히 생각하고 있다고 보기에는 너무나도, 정말 너무도 평화로워 보이신다. 그렇다면 아버지 말씀이 진짜 사실일까? 그저 편안해서일 뿐이라는? 하지만 그런 것 같지는 않다. 그게 나를 괴롭게 만든다.

아버지가 무얼 생각하고 계신지 알 수만 있다면. 정말 생각을 하긴 하고 계신 건지만이라도……. 물론 그렇더라도 아버지를 도울 수 없을지도 모른다. 아니, 그런 도움이 아예 필요치 않을지도 모른다. 아버지 말씀이 사실일 수도 있으니까. 그냥 편안해서일 뿐이라는. 그게 정말이라면 이렇게 걱정스럽지는 않을 텐데…….

아버진 왜, 거기 그 어둠 속에 마냥 앉아 계신 걸까? 도대체 무엇 때문에! 정신이 쇠약해지고 있는 건가? 아니, 그럴 리 없지. 이제 쉰셋밖에 안 되셨는데.

아버지의 총기는 예나 지금이나 맑고 또렷하다. 정말이지 모든 면에서 달라지신 게 없다. 여전히 쇠고기 수프를 좋아하시고, 타임지를 볼 땐 둘째 면 기사를 가장 먼저 읽으신다. 게다가 요즘도 윙칼라 셔츠를 즐겨 입으신다. 어디 그뿐인가? 지금도 뎁스(Eugene Victor Debs, 미국의 사회주의 노동운동 지도자로 1920년도 사회당 대통령 후보로까지 지명되었다)라면 조국을 구할 수 있었을 것이라고, 테오도르 루스벨트는 재계의 앞잡이였다고 믿고 계신다. 어디를 봐도 달라진 점을 찾을 수 없다. 오 년 전에 비해 더 늙어 보이지도 않는다. 모두들 그렇게 얘기한다. 나이보다 젊어 보이신다고.

하지만 아버지는 여전히 어둠 속에 앉아 계신다. 홀로 담배를 피시며 새벽 두세 시 넘어까지 눈도 깜빡거리지 않고 저기 저 어둠 속 허공에 시선을 꽂은 채.

아버지 말씀이 정말 진실이라면, 그리고 계신 게 정말 편안해서일 뿐이라면……. 나도 더 이상은 속태우지 않을 것이다. 하지만 그게 아니라면? 내가 모르는 무언가가 있다면? 아버지에게 도움이 필요할지도 모를 일 아닌가? 왜 속 시원하게 털어놓지 않으시는 걸까? 얼굴을 찌푸리시든지, 아니면 허허 웃어 버리시거나 소리라도 치실 일이지. 왜 아무 내색도 않으시는 걸까? 왜 마냥 저렇게 앉아 계시기만 하는 걸까?

급기야는 화가 치밀어 오르기 시작했다. 그저 채워지지 않는 내 호기심 때문이었을지도 모른다. 아니면 정말로 아버지가 걱정스러웠기 때문일지도……. 어쨌든 난 정말로 화가 났다.

"아버지, 뭐 근심 있으세요?"

"아냐, 뭐 특별한 건 없단다."

하지만 이번엔 나도 물러서지 않기로 단단히 각오했다. 정말로 화가 났으니까.

"그런데 늦게까지 여기서 뭐 하시는 거예요?"

"이게 편해서 그래. 그냥 좋아서."

결국 오늘도 무엇 하나 알아내지 못했다. '내일도 아버지는 여기 이렇게 변함없이 앉아 계시겠지? 난 또다시 갈피를 못 잡다가 근심에 휩싸일 테고? 지금 물러나서는 안 되지. 암 안 되고 말고.' 화가 머리끝까지 치솟았다.

"그럼, 아버지, 도대체 뭘 생각하시는 거예요? 왜 맥 놓고 여기 앉아 계시냔 말예요. 근심거리가 뭐예요? 뭣 때문에 고민하시는 거예요?"

"근심거리 같은 거 없단다. 난 아주 좋아. 그저 이러고 있는 게 편안해서 그래. 그게 다야. 어서 가 자라니깐 그러는구나."

화는 가셨지만, 걱정스런 마음은 떠날 줄 모른다. 대답을 들어야 하는데……. 정말이지 알 수가 없다. 왜 아들인 나한테도 말씀해 주시지 않는 걸까? 대답을 듣지 못하면 미쳐 버릴지도 모른다는 엉뚱한 생각까지 든다. 다시 한 번 끈질기게 아버지를 추궁해 본다.

"아버지, 그럼 대체 뭘 그렇게 생각하시는 거예요? 네?"

"아무것도 아니란다. 뭐 이런저런 거. 특별한 건 없어. 그냥 이것저것."

아무런 해답도 얻을 수 없었다.

밤이 깊었다. 거리도 집 안도 적막하니 어둠에 싸여 있다. 소리 안 나게, 삐걱이는 계단을 건너뛰며 이층으로 올라간다. 열쇠로 문을 따고 들어가 옷을 갈아 입는다. 그러다 갈증을 삭이러 맨발로 부엌엘 간다. 부엌은 저기지만 아버지가 그곳에 계시리라는 것을 난 이미 알고 있다.

아버지의 꾸부정한 모습이 더욱 짙게 도드라져 보인다. 똑같은 의자에 똑같은 자세로 앉아 어둠을 향하고 계신 아버지. 무릎에 팔을 괴고, 불꺼진 차가운 파이프를 입에 문 채 눈 한 번 깜빡이지 않고 어둠 속 어딘가를 바라보고 계신다. 내가 거기 있다는 것도 모르시는 모양이다. 아무 기척도 내지 않고, 문 앞에 서서 가만히 그런 아버지를 바라본다.

모든 것이 숨을 죽이고 있어도 밤은 자그마한 소리들로 가득하다. 꼼짝도 않고 문 앞에 서 있다 보니 어느새 그런 소리들이 귀에 들어오기 시작한다. 똑딱똑딱, 아이스박스 위에 있는 알람시계 소리. 여러 블록 떨어진 곳에서 자동차가 윙윙대며 지나가는 소리. 길거리에 널려 있는 종이 조각들이 산들바람에 서로 부대끼는 소리. 낮은 숨소리처럼, 와삭와삭 커졌다 잦아지는 작은 소리들. 이상하게도 그런 소리들이 기분 나쁘게 들리지 않는다.

목에서 느껴지는 깔깔함에 난 퍼뜩 정신을 차리고 씩씩하게 부엌으로 들어선다.

"아빠, 안녕."

"그래."

꿈꾸는 듯 작은 목소리이다. 아버지는 자세를 바꾸거나 시선을 돌리시지도 않는다.

수도꼭지가 보이질 않는다. 창문을 통해 들어오는 거리의 희미한 가로등 불빛 그늘이 부엌 안을 더욱 어둡게 만들고 있기 때문이다. 방 한가운데에 있는 짧은 전등줄을 잡아당긴다. 찰카닥 하고 불이 켜진다.

아버지가 누구한테 얻어맞기라도 한 것처럼 갑자기 몸을 움찔하며 허리를 펴신다.

"아버지, 왜 그러세요?"

"응, 아무것도 아냐. 그냥 불빛이 싫어서 그래."

"불빛이 왜요? 뭐가 잘못됐나요?"

"아냐, 아무것도. 그냥 싫을 뿐이란다."

나는 다시 불을 끄고 천천히 물을 마시며 생각한다. '침착해. 오늘은 꼭 끝장을 보고 말 거야.'

"왜 안 주무세요? 이 늦은 시각에 왜 이렇게 어두운 데에 앉아 계세요?"

"그냥 그게 좋단다. 불빛에는 영 익숙해질 수가 없어. 아버지 어렸을 적엔 전깃불이란 게 아예 없었거든."

쿵쾅쿵쾅 갑자기 가슴이 뛰기 시작한다. 애써 숨을 다독인다. 이제야 뭔가 알게 될 것 같다는 느낌이 들기 시작한 거다. 오스트리아에서 보낸 아버지의 어린 시절 이야기들이 떠오른다. 카운터 안쪽엔 할아버지가 계시고, 불빛이 넓게 번지는 등이 홀을 비추고 있다. 밤늦은 시각, 손님들도 다 돌아가고, 할아버지는 꾸벅꾸벅 졸고 계신다.

석탄 난로가 있는 방 안, 활활 타오르던 난롯불도 꺼질 듯 꺼질 듯 사위어들고 있다. 방 안은 이미 어둑어둑하고, 어둠은 점점 더 짙어만 간다. 조그마한 소년이 보인다. 초롱초롱한 눈망울로 다 타고 꺼져버린 회색빛 잿더미를 바라보고 있는 조그마한 소년. 그 소년은 바로 나의 아버지이다. 부엌 문 앞에서 조용히 아버지를 바라보고 있는 동안 느꼈던 그 짧은 순간의 행복감이 되살아난다.

"아무 문제도 없단 말씀이시죠, 아버지? 정말 그냥 좋아서 이러고 계신 거죠?"

제 흥에 겨워 목소리가 점점 높아지는 것을 나도 어쩌지 못한다.

"그래 그래. 불이 켜 있으면 아빠 생각을 할 수가 없거든."

"안녕히 주무세요, 아빠."

물컵을 내려놓고 방을 향해 돌아서려는 순간, 퍼뜩 정신이 들었다. 다시 되돌아서 아버지에게 묻는다.

"아빠, 그런데 무슨 생각을 하고 계신 거예요?"

저 아득히 먼 곳으로부터 들려오는 것 같은 아버지의 목소리.

"아무것도 아니란다."

주위는 그저 적막하니 평화롭기만 하다. 그런 어둠을 타고 아버지의 목소리가 다시 부드럽게 흘러나온다.

"뭐, 특별한 생각은 없어."

월터 드 라 메어

수수께끼

어찌어찌해서 앤과 마틸다, 제임스와 윌리엄, 헨리와 해리엇, 그리고 도로시아 이렇게 일곱 명의 아이들은 할머니와 함께 살게 되었다. 할머니가 어릴 적부터 살던 집은 조지 왕조 시대에 지어진 건물이다. 그다지 아름다운 편은 아니었지만 아주 널찍하고 튼튼했으며 반듯했다. 커다란 느릅나무 한 그루는 창문까지 가지를 뻗고 있었다.

아이들은 택시에서 내리자마자(다섯 명은 뒷좌석에, 두 명은 운전석 옆에 앉아 왔다) 할머니가 계신 곳으로 안내되었다. 아이들은 활 모양의 베란다 같은 창문가에 앉아 있는 할머니 앞에 마치 작은 구름처럼 떼지어 모여 섰다. 할머니는 한명 한명 손주들의 이름을 물어본 뒤, 노인들 특유의 떨리는 음성으로 이름을 되뇌어 보았다. 그런 다음 손주들 모두에게 일일이 공구 박스나 잭나이프, 알록달록 색이 칠해진 공 등 나이에 맞게 선물들을 나누어 주고는, 가장 나이 어린 손주 녀석에게까지 한명 한명 입을 맞춰 주었다.

"아이쿠, 내 강아지들. 모두들 이 할미 집에서 신나고 재미있게 잘 지내 주길 바란다. 할미는 나이가 들어서 너희들이랑 같이 뛰어놀아 줄 수 없지만, 앤과 펜 부인이 너희들을 돌봐 줄 거다. 그래도 매일 아침 저녁으로 너희들 모두 밝은 얼굴로 이 할미를 찾아와 문안 인사를 해야 한다. 내 아들 해리의 모습을 떠올릴 수 있도록 말이다. 하지만 학교가 끝난 뒤 나머지 시간엔 너희들 하고 싶은 대로 해도 돼. 그리고 한 가지 미리 얘기해 둘 게 있는데, 지붕 위로 창문이 나 있는 커다란 손님용 침실 한구석에 오래된 떡갈나무 궤짝이 하나 있단다. 이 할미의 할미보다도 더 오래된, 아주아주 오래된 것이지. 다른 곳에서는 마음대로 뛰어놀아도 되지만, 절대로 그곳엔 가지 말아야 한다. 알겠지?" 할머니가 미소를 지어 보이며 따스한 목소리로 손주들에게 말씀하셨다. 그러나 연세가 너무 많이 든 탓에 할머니의 두 눈은 이 세상의 것은 아무것도 보고 있지 않은 것 같았다.

처음엔 낯을 가리는지 그저 시무룩해 하기만 하던 아이들도 곧 그 커다란 집에 익숙해져 즐겁게 뛰어놀기 시작했다. 그 집에는 신기하고 재미있는 것들이 참 많았다. 모든 것들이 그저 새롭기만 했다. 하루에 두 번, 아침과 저녁으로 할머니를 만나러 갔는데, 할머니는 하루하루 점점 더 쇠약해지고 있는 것 같았다. 할머니는 자신의 어머니며 어린 시절 얘기를 들려주다가, 손주들 손에 알사탕을 쥐어 주곤 하셨다. 그렇게 여러 주가 금세 지나갔다.

그런데 어느 해질 무렵, 혼자서 몰래 이층으로 올라간 헨리의 눈에 그 떡갈나무 궤짝이 들어왔다. 헨리는 나무 위에 새겨져 있는 과일과 꽃무늬들을 만져 보다가, 뚜껑 한구석에서 미소짓고 있는 어두운 얼굴 모양의 문양에게 말을 걸었다. 그리곤 슬쩍슬쩍 뒤를 돌아다보면서 궤짝 뚜껑을 열고 안을 들여다보았다. 그러나 궤짝 안에는 금딱지 같은 진기한 보물도 신기한 장난감 같은 것도 없었다. 눈을 휘둥그렇게 만들 만한 것은 하나도 찾아볼 수 없었다. 실크로 만든 오래된 장미꽃들이 바닥에 깔려 있을 뿐, 궤짝 안은 텅 비어 있었던 것이다. 희부연 어둠 속에서 그 장미꽃들은 더욱 어둡게 보였는데, 거기에서 달콤한 뽀뿌리 향이 풍겨 났다. 이렇게 궤짝 안을 들여다보고 있는 사이 아래층 아이들 방에서 부드러운 웃음소리와 달그락거리며 컵 부딪히는 소리들이 들려왔다. 창문 밖을 보니, 날은 점점 어두워지고 있었다. 그런데 그런 소리를 들으며 창 밖 풍경을 보고 있자, 이상하게도 헨리의 마음속에서 어머니에 대한 추억이 떠올랐다. 황혼녘이면 반짝이는 하얀 드레스를 입고 그에게 책을 읽어 주시던 어머니의 모습이. 헨리는 궤짝 안으로 들어가 조용히 뚜껑을 닫았다.

노는 데 싫증이 나자, 나머지 여섯 명의 아이들은 평상시처럼 할머니에게 문안 인사를 드리고 알사탕을 얻어먹기 위해 할머니 방으로 우루루 몰려갔다. 할머니는 무언가 불안한 생각이 드신다는 듯 촛불 너머로 아이들의 얼굴을 유심히 들여다보았다.

그 다음날 앤이 걱정스러운 얼굴로 할머니에게 달려가 헨리가 보이지 않는다고 얘기하자, 할머니는 별일 아니라는 듯 "쯧쯧, 잠시 어디 간 거겠지" 하고 말씀하셨다. 그리곤 잠시 아무 말도 없으시다가, "다시 한 번 얘기하는데, 너희들 모두 쓸데없이 그 떡갈나무 궤짝에 손을 대서는 안 된다, 알았지?" 하고 당부하셨다.

그러나 마틸다는 오빠 헨리 생각을 지워 버릴 수가 없었다. 헨리 없이 혼자 노는 게 하나도 재미가 없었다. 마틸다는 오빠가 도대체 어디에 숨은 것일까 생각하면서 집 안을 어슬렁거렸다. 그러다간 작은 나무 인형을 맨팔로 끌어안고, 아주 작은 목소리로 오빠에 대한 기억들을 노래로 불렀다. 화사하게 아침 햇살이 퍼지기 시작할 때, 마틸다는 이층방으로 올라가 떡갈나무 궤짝을 훔쳐보았다. 너무나 향기롭고 은밀한 느낌이 들어, 마틸다는 인형을 데리고 그 안으로 들어갔다. 오빠 헨리가 그랬던 것과 꼭 같이.

　그렇게 해서 이제는 앤과 제임스, 윌리엄과 해리엇, 도로시아만 집에 남게 되었다. 할머니는 손주들에게 그저 이렇게만 말씀하셨다. "언젠가는 다시 너희들 곁으로 꼭 돌아올 거야. 아니면 너희들이 그 애들 곁으로 가게 되거나. 어쨌든 내가 한 말은 꼭 명심해야 한다."

　이제 해리엇과 윌리엄은 애인 흉내를 내면서 아주 친하게 놀게 되었고, 제임스와 도로시아는 사냥이나 낚시, 전쟁 놀이 같은 거친 놀이를 하면서 뛰어놀았다.

　시월의 어느 조용한 오후, 해리엇과 윌리엄이 지붕 위로 삐죽이 나온 창문을 통해 풀밭을 바라보며 조용조용 얘기를 나누고 있는데, 방 한구석에서 생쥐들이 찍찍거리며 돌아다니는 소리가 들렸다. 둘은 생쥐들이 드나드는 조그맣고 어두운 구멍을 찾아 방 안을 뒤지고 다녔다. 쥐구멍을 찾지 못하자, 그들은 그만 포기하고 그 궤짝 위에 새겨져 있는 무늬들을 만져 보았다. 헨리가 그랬던 것처럼 그들도 어둡게 미소짓고 있는 얼굴들에게 이름을 붙여 주기 시작했다. 그러다 윌리엄이 소리쳤다. "좋아! 해리엇, 넌 잠자는 숲 속의 미녀가 되고, 난 가시덤불을 뚫고 미녀를 찾아가는 왕자가 되는 거야. 어때?" 해리엇은 이상하다는 얼굴로 오빠를 쳐다보더니, 곧 궤짝 안으로 들어가 깊은 잠 속에 빠진 척 누웠다. 그러자 윌리엄은 잠자는 미녀의 잠을 깨우기 위해 자신이 들어가 키스를 해주어야 할 곳이 얼마나 넓고 깊은지, 발끝을 들고 궤짝 안을 들여다보았다. 잠시 후 궤짝 뚜껑이 천천히 소리 없이 닫혔다.

　이제 책 속에 빠져 있는 앤을 일깨워 주는 것은 간간히 들려오는 제임스와 도로시아의 시끄러운 장난 소리뿐이었다. 할머니는 기력이 몰라보게 떨어져, 눈도 침침했으며 귀도 심하게 먹어 있었다.

　고요한 대기를 가르며 지붕 위로 소리 없이 눈이 내리고 있었다.

도로시아는 떡갈나무 궤짝 안에서 물고기 노릇을 하고 있었고, 제임스는 얼음 구멍 속을 들여다보듯 궤짝 안으로 몸을 굽히고 나무 지팡이를 작살 삼아 휘둘러대면서 에스키모인 흉내를 내고 있었다. 도로시아의 얼굴은 붉게 상기되어 있었으며, 헝클어진 머리카락 사이로 흥분에 들뜬 두 눈이 반짝반짝 빛을 내고 있었다. 제임스의 뺨에는 갈고리 모양으로 할퀸 자국이 나 있었다.

"도로시아, 빨리 버둥거려야지. 그래야 내가 물 속으로 뛰어들어가서 너를 꺼내오지. 빨리, 빨리 버둥거리란 말야." 제임스가 재미있어 죽겠다는 듯 소리치며 궤짝 안으로 뛰어들었다. 그러자 전에도 그랬던 것처럼, 궤짝 뚜껑이 소리 없이 부드럽게 닫혀 버렸다.

혼자 남겨진 앤은 알사탕을 좋아하기에는 나이가 너무 많이 들어 있었지만, 그래도 혼자 할머니를 찾아가 문안 인사를 드리곤 했다. 그러면 할머니는 마디 굵은 손으로 앤의 손을 꽉 움켜쥔 채 체머리를 흔들면서 안경 너머, 무언가 생각에 잠긴 듯한 눈으로 앤의 얼굴을 들여다보았다. "아! 너나 내나 참 외로운 사람들이로구나!" 그러면 앤은 할머니의 축 늘어진 뺨에 입을 맞춰 주곤 방을 나섰다. 할머니는 두 손을 무릎 위에 모은 채 의자에 푹 몸을 기대고 앉아 비스듬히 고개를 돌려 방을 나가는 앤의 뒷모습을 바라보았다.

잠들기 전에 앤은 무릎을 세운 위에 책을 올려놓고 촛불 밑에서 책을 읽곤 했다. 주로 동화책이나 격언집들이었다. 이야기 속에 나오는 부드러운 달빛이 책장을 환하게 비추는 것 같았으며, 소곤대는 요정들의 목소리가 귓전에 울리는 것만 같았다. 빈 방이 여러 개 달린 커다란 집은 여전히 고요하기만 했으며, 이야기 속 요정들의 말은 달콤하게 흘러드는 것 같았다. 이내 촛불을 끈 앤은 혼란스럽게 귓전을 울리는 숱한 목소리들과 눈앞에 아른거리는 아름답고 희미한 영상들과 씨름하다가 곧 잠 속에 빠져 들었다.

한밤중이 되자 앤은 몽롱한 상태에서 눈을 크게 뜨고 침대에서 벌떡 일어났다. 그러나 눈앞에는 아무것도 보이지 않았다. 앤은 텅 빈 집을 배회하기 시작했다. 간간히 코 고는 소리를 내며 깊은 잠 속에 빠져 있는 할머니가 누워 있는 방을 지나, 사뿐사뿐 그 넓은 계단을 따라 내려갔다. 멀리서 반짝이고 있는 직녀성이 지붕 위로 삐죽이 나와 있는 창문을 굽어보고 있었다. 다시 안으로 들어간 앤은 그 이상한 방 안으로 들어갔다. 어떤 알 수 없는 손이 잡아끌기라도 하는 것처럼 천천히 떡갈나무 궤짝을 향해 다가갔다. 그리곤 그것이 마치 자신의 침대라도 되는 듯 궤짝 안으로 들어가 달콤한 장미 향기가 풍기는 곳에 몸을 뉘었다. 그러나 방 안이 너무 어두웠기 때문에 뚜껑이 움직이는 모양은 전혀 눈에 띄지 않았다.

혼자 남은 할머니는 하루 종일 활처럼 튀어나온 창문가에 앉아 있었다. 입을 꾹 다문 채, 호기심어린 침침한 눈으로 거리를 지나가는 사람들과 마차들을 유심히 바라보았다. 저녁이 되자, 그녀는 이층으로 올라가 그 커다란 손님용 침실 문 앞에 섰다. 층계를 올라온 탓에 숨이 가빴다. 돋보기를 코에 걸친 채 문기둥에 기대어 서서 희미한 어둠 속에서 반짝이고 있는 창문을 바라보았다. 그러나 눈이 안 좋은 데다 햇빛도 거의 없었기 때문에 그렇게 멀리까지 보이지는 않았다. 낙엽 내음 같은 그 희미한 향기도 느껴지지 않았다. 그러나 그녀의 마음속에서는 실타래처럼 뒤엉킨 추억들이 스멀스멀 떠올랐다. 웃음과 눈물들, 지금은 이미 사라져 버린 아이들, 친구들의 방문과 긴 작별……. 간혹 무어라고 혼자 웅얼거리다가, 그녀는 곧 창가 의자를 향해 다시 내려갔다.

조아오 귀마레스 로사

저기 저 강물 위에

아버지는 정갈하고 책임감도 강하며 솔직하신 분이었다. 몇몇 믿을 만한 사람들에게 물어봐도, 아버지는 사춘기, 아니 아주 어린 시절부터 그런 분이었다고 한다. 내 기억에, 아버진 흔히 볼 수 있는 다른 평범한 아버지들에 비해 더 쾌활하거나 그렇다고 더 우울해 보이는 분도 아니었다. 약간 과묵한 편이기는 했지만. 그래서인지 집안을 다스려 나간 분은 아버지가 아니라 어머니였다. 어머니는 하루도 거르지 않고 누나와 형, 그리고 나 이렇게 셋뿐인 자식들을 꾸짖고 달래셨다. 그런데, 어느 날이었던가? 아버지께서 난데없이 보트를 한 척 주문하셨다.

아버진 지나칠 정도로 그 일에 매달리셨다. 보트는 특별히 아카시아 나무로 된 것이어야 했으며, 이십 년, 아니 삼십 년이라도 너끈히 견딜 수 있을 만큼 튼튼해야 했고, 크기는 딱 한 사람만 탈 수 있을 정도여야 했다. 당연히 어머니는 아버지의 그런 행동에 이성을 잃을 만큼 화를 내셨다. "도대체, 당신 갑자기 고기잡이라도 나설 생각인 거예요, 뭐예요? 아니면, 사냥꾼 노릇이라도 할 심산인가요?" 그러나 아버지는 아무 대꾸도 하지 않으셨다.

우리 집은 강에서 약 일 마일도 못 되는 곳에 떨어져 있었는데, 강이 어찌나 넓은지 그 건너편은 보이지도 않았다. 그 강은 정말 깊고 고요하게 흘렀다.

보트를 처음으로 강물에 띄우던 날은 지금도 잊혀지지 않는다. 아버지는 기쁜 내색도 다른 어떤 감정도 내비치지 않으셨다. 그저 평상시처럼 모자를 집어 쓰시고는 식구들에게 조용히 작별 인사를 하셨다. 먹을 것이나 뭐 다른 잡다한 짐도 챙기지 않으셨다. 고래고래 악다구니를 쓰며 화를 내실 것만 같던 어머니도 그저 담담하기만 했다.

"당신, 떠날 거면 아주 그곳에 눌러 살아요. 다신 돌아올 생각 마세요!" 창백해진 얼굴로 입술을 잘근잘근 씹으며 어머니가 내뱉으신 말은 그게 전부였다.

이번에도 아버진 아무 대꾸가 없으셨다. 대신 따스한 눈빛으로 나를 바라보며 몸짓으로 따라오라는 신호를 보내셨다. 어머니께서 야단치시지 않을까 걱정되긴 했지만, 따라가고 싶은 마음이 간절했다. 결국 난 아버지와 나란히 강을 향해 걸어갔다. 막 신이 나면서 왠지 모를 용기까지 솟구쳐 올랐다. "아버지, 저도 보트 태워 주실 거죠?" 하고 물을 정도였으니.

아버지는 그런 나를 물끄러미 바라보기만 할 뿐, 작별 인사를 한후 내게 몸짓으로 돌아가라 이르셨다. 집으로 돌아가는 척 걸어가다가 아버지가 등을 돌리는 순간, 난 잽싸게 근처의 덤불 속으로 몸을 숨기고 아버지의 뒷모습을 지켜 보았다. 아버지는 보트에 올라타신 후 멀리 노를 저어 갔다. 아버지의 그림자가 소리 없이 길게, 마치 한마리 악어처럼 물 위를 미끄러져 갔다.

아버지는 그러나 돌아오지 않으셨다. 그렇다고 진짜 어디 다른 곳으로 가신 것도 아니었다. 그저 저 멀리 강물 위에 홀로 떠 앉아 노를 저으며 왔다 갔다 하실 뿐이었다. 온 동네 사람들이 깜짝 놀랐다. 한 번도 일어난 적이 없는, 아니 결코 일어날 수도 없는 일이 일어난 것이다. 친척들은 물론 이웃들과 친구들까지 달려와 그 희한한 사건을 놓고 떠들어댔다. 어머니는 말씀도 거의 잃은 채 남부끄러워 고개도 제대로 못 드셨다. 그저 대단한 자제력으로 냉정을 유지하고자 애쓰실 뿐이었다. 결국, 대부분의 사람들은 아버지가 실성한 걸로 여기게 되었다. 그런 생각을 입 밖에 내서 말한 사람은 물론 한 명도 없었지만. 그러나 개중에는 아버지가 하나님이나, 아니면 어느 성자와 맺은 약속을 실행하는 중일지도 모른다고 얘기하는 사람들도 더러 있었다. 아니면 문둥병 같은 끔찍한 병에 걸려서 식구들 곁에 가까이 있고 싶은 마음은 간절하지만, 가족들을 위해 어쩔 수 없이 떠나 있는 것일지도 모른다는 사람들도 있었다.

강을 따라 여행하는 사람들이나 양편 강둑 근처에 사는 사람들이 전해 주는 소식에 의하면, 아버지는 밤이고 낮이고 간에 육지로 올라와 음식을 구해 간 적도 전혀 없다고 했다. 그저 버려진 사람처럼, 아무 목적 없이, 고독하게 홀로 강물 위를 왔다 갔다 하실 뿐이었다.

어머니와 친척들은 아버지가 분명 보트 안 어딘가에다 식량을 숨겨 두었을 것이며, 그 식량이 바닥나면 곧 강에서 나와, 어디 좀더 근사한 다른 곳으로 여행을 떠나시거나 아니면 잘못을 뉘우치고 집으로 돌아오실 거라고 철썩같이 믿고 있었다.

그러나 그 얼마나 턱없는 생각이었던가! 아버지에겐 은밀한 식량 공급원이 따로 있었으니, 그것은 바로 나였다. 나는 매일매일 아버지에게 먹을 것을 훔쳐 날랐다.

아버지가 떠나가신 첫날 밤, 우리 남은 식구들은 모두 강가에 모여 모닥불을 피워 놓고, 아버지를 소리쳐 부르며 기도를 드렸다. 이루 말할 수 없이 깊은 슬픔에 사로잡혀 있던 내게 문득 무언가 다른 대책이 필요하겠다는 생각이 스쳤다. 다음날 아침, 난 옥수수빵 한 덩이와 바나나 한 다발, 약간의 흑설탕을 싸들고 강 아래쪽으로 내려갔다. 그리곤 오래도록, 아주 오랜 시간 동안 안절부절 아버지를 기다렸다. 어느 순간 저 멀리 잔잔한 강물 위에서 거의 눈에 띄지 않을 정도로 천천히 홀로 움직이고 있는 아버지의 보트가 눈에 들어왔다. 아버지는 보트 밑바닥에 앉아 계셨다. 아버지도 분명 나를 알아보셨을 텐데, 아버지는 나를 향해 노를 저어오거나 어떤 신호를 보내지도 않으셨다. 난 멀리서 아버지에게 먹을 것을 들어 보인 후, 동물들이 와서 음식을 먹어치우거나 비나 이슬에 젖지 않도록 그것을 강둑 위 우묵한 바위 안에 놓아 두었다. 그리곤 매일매일 그 일을 되풀이했다. 나중에야 안 일이지만, 놀랍게도 어머니께선 이미 내가 무슨 짓을 하고 돌아다니는지 다 알고 계셨던 터라, 일부러 음식을 내가 훔치기 쉬운 장소에 놓아 두셨다고 한다. 겉으론 내색하지 않으셨지만, 어머닌 속정이 깊은 분이었다.

어머니는 외삼촌을 불러 농사일과 이런저런 사업일을 도와달라고 부탁했다. 그리고 우리들에겐 그 동안 아버지 일로 수업을 빼먹었기 때문인지, 학교 선생님을 모셔다가 집에서 개인 교습을 시키기도 하셨다.

어느 날인가는 어머니의 간청에 못 이긴 목사님이 예복을 차려 입고 강가로 나가 아버지의 몸 속에 들어간 악귀를 쫓아내는 의식을 벌이기도 했다. 목사님은 이제는 그만 사악한 고집을 버려야만 한다고 아버지에게 외쳐댔다. 또 어느 날은 아버지를 을러서 돌아오게 만들기 위해 군인 두 명을 부른 적도 있었다. 그러나 어느 것 하나 소용이 없었다. 아버지는 멀리서 이런 광경을 보고도 그냥 지나쳐 갔고, 때로는 눈에 띄지 않는 곳으로 멀리 도망쳐 버리기도 했다.

아버진 어느 누구에게도 대꾸를 하지 않으셨으며, 그 누구도 가까이 못 오게 하셨다. 한 번은 어느 신문기자가 아버지를 찍으러 온 적이 있었는데, 그때도 아버지는 강 반대편으로 황급히 노를 저어가, 이제는 이미 손바닥을 들여다보듯 훤히 꿰고 있는 습지 속으로 모습을 감추셨다. 다른 사람이라면 아마 그곳에 발을 들여 놓는 순간 길을 잃어버리고 말았을 것이다. 그러나 아버지는 미로처럼 은밀한 아버지만의 은신처, 수 마일에 걸쳐 무성한 나뭇잎들이 하늘을 가리고 있고 울창한 나무숲이 사방을 에워싸고 있는 곳, 그곳에서야 겨우 편안한 휴식을 취하셨던 것이다.

시간이 지나면서, 식구들 모두 아버지가 강물 위를 배회하고 있는 상황을 담담하게 받아들이려고 애썼다. 그러나 우린 그럴 수가 없었다. 그래야 하는 줄 알면서도, 도저히 그렇게 되지가 않았다. 나만의 생각인지 모르겠지만, 아버지가 간절히 원하는 것이 무엇이며 벗어나고 싶은 것이 무엇이었는지 어느 정도 이해하고 있던 사람은 오직 나뿐이었던 같다. 내가 도저히 이해할 수 없었던 것은 오직 하나, 그런 고난을 아버지가 도대체 어떻게 견뎌내셨을까 하는 것이었다. 밤이나 낮이나, 비가 오나 눈이 오나, 푹푹 찌는 한여름이든 이빨이 딱딱 부딪힐 정도로 추운 겨울철이든, 아버지는 집에서 나가실 때의 차림새 그대로 낡은 모자를 머리에 쓰신 채 달이 가고 해가 가도록 그 황폐함과 공허로움을 무심히 받아들이면서 그냥 그렇게 시간을 흘려보내고 계셨다. 육지로 올라와 풀밭에 발을 들여 놓는 일도, 섬이나 본토의 해변가로 올라오시는 일도 전혀 없었다. 물론 가끔 가다가는, 어느 외딴 섬 한 끝자락처럼 당신만 아는 은밀한 장소에 보트를 매어 두고 잠시 눈을 붙이기도 하셨을 것이다. 그러나 아버지는 모닥불을 피우거나 성냥불을 켜는 일도 없었으며, 플래쉬 전등 같은 것도 갖고 있지 않으셨다. 그저 우묵한 바위 속에 내가 갖다 놓은 음식물 중에서 아주 조금씩만, 목숨을 유지하기에도 턱 없이 모자랄 것 같은 아주 적은 양만을 가져가셨다.

그렇게 지내면서, 몸은 괜찮으셨을까? 보트를 움직이기 위해 끊임없이 노를 밀고 당기셔야 했을 텐데, 계속되는 에너지의 고갈을 도대체 어떻게 견뎌내셨을까? 불어 오른 강물이 나뭇가지나 동물들의 시체 같은 온갖 위험스런 것들을 토해내는 장마철, 매년 찾아오던 그 지겨운 장마철엔 어떻게 살아남으신 걸까? 그 흉물스런 것들이 아버지의 작은 보트쯤은 순식간에 부셔 버릴 수도 있었을 텐데.

아버지는 무엇이든 살아 있는 것들에게는 전혀 말을 걸지 않으셨다. 우리도 속으로야 어떻든 아버지에 대한 얘기는 한마디도 입에 올리지 않았다. 그러나 한시도 아버지에 대한 생각을 마음속에서 지워버릴 수 없었다. 잠시라도 그런 때가 있었다면, 그건 아마 폭풍 후의 일시적인 소강 상태 같은 것이었을 것이다. 우린 아버지로 인해 벌어진 그 끔찍한 상황을 뼈저리게 실감하면서 마지못해 현실로 돌아오곤 했다.

그런 와중에서도 누나가 결혼을 했다. 어머니는 결혼 피로연도 원치 않으셨다. 평상시에 못 먹던 맛깔진 음식을 대할 때마다 아버지를 떠올리게 될 텐데, 그렇게 되면 식구들 모두 더욱 큰 슬픔 속으로 빠져 들게 될 것이 뻔한 노릇이었기 때문이다. 폭풍우 몰아치는 으스스한 날 밤 포근한 침대에 누워, 저기 저 추운 한데에서 비바람막이도 없이 홀로 두 손과 바가지만으로 보트 안의 물을 허둥대며 퍼내고 있을 아버지를 떠올릴 때처럼.

간혹 내 얼굴이 날이 갈수록 아버지를 빼닮아 가고 있다고 말하는 사람이 있었다. 그러나 그 즈음이면 이미 아버지의 머리카락과 턱수염은 텁수룩하게 무성해져 있고 손톱도 길게 자라났으리라는 것을 나는 잘 알고 있었다. 나는 빼빼 마른 몸에 핼쑥한 얼굴, 햇빛에 그을린 데다 긴 머리칼 때문에 더욱 거무튀튀해 보이는 모습, 가끔 가다 내가 갖다 놓은 옷가지들이 있는데도 거의 언제나 벌거숭이 몸뚱이로 지내는 아버지의 모습을 그려보곤 했다.

아버진 식구들에겐 전혀 관심도 없으신 것 같았다. 그러나 난 아버지를 사랑했으며 존경하기까지 했다. 무언가 착한 일을 했다고 사람들이 날 칭찬해 줄 때마다 실제로 난 이렇게 말하곤 했다. "우리 아버지가 그렇게 하라고 가르쳐 주셨어요."

정확히 딱 들어맞는 말은 아니었지만, 그래도 그건 어느 정도는 맞는 말이었다. 말했듯이 아버지는 우리들에게 별로 신경쓰지 않는 것 같았으니까. 그런데…… 그런데 말이다. 정말로 그러셨다면, 왜 거기서 맴돌기만 하셨을까? 식구들 눈에 띄거나 식구들을 볼 수 없는 어디 다른 곳으로, 강줄기를 따라 멀리멀리 올라가거나 내려가지도 않고? 그 이유는 아버지만이 알고 계실 것이다.

어느덧 누나가 사내아이를 낳았다. 누나는 아버지에게 꼭 당신 손자를 보여드려야 한다고 고집을 피웠다. 어느 화창한 날, 식구들 모두 강둑을 내려갔다. 눈이 부시도록 하얀 웨딩드레스 차림의 누나는 아기를 높이 번쩍 들어올렸고, 매부는 그 옆에서 양산을 씌워 주었다. 우린 모두 목청껏 아버지를 부른 다음, 잠자코 기다렸다. 그러나 아버지의 모습은 보이지 않았다. 급기야는 누나가 울음을 터뜨렸고, 나머지 식구들도 모두 서로 부둥켜안고 따라 울었다.

그후 누나네 식구들은 멀리 이사를 갔다. 형도 도시로 떠났다. 미처 알아차릴 새도 없이, 세월은 그렇게 빨리 흘러만 갔다. 나중에는 어머니마저 집을 떠났다. 연세가 많이 드신지라 누나와 함께 살러 가신 것이다. 결국 나만 홀로 남겨졌다. 결혼은 꿈도 꾸지 못하고 있던 나는 내 인생의 짐을 고스란히 짊어진 채 그냥 집에 머물렀다. 홀로 쓸쓸히 강물 위를 떠돌고 계신 아버지에게 내가 꼭 필요할 것 같았기 때문이다. 왜 그렇게 지내고 계신지 내게 한마디 일러주신 적도 없었지만, 아버지가 나를 필요로 하신다는 것을 난 잘 알고 있었다.

아버지께서 그러고 계신 이유를 짐짓 퉁명스런 어투로 다른 사람들에게 물어본 적도 있었다. 그들로부터 들은 말은, 보트를 만들어준 사람에게는 아버지께서 그 이유를 설명해 줬다는 게 전부였다. 그러나 그 남자는 이미 죽고 없었다. 결국 그 이유를 알고 있는 사람도, 무엇이든 기억하고 있는 사람도 전혀 없게 되고 만 것이다.

어렴풋한 기억인데, 유난히 비가 억수로 쏟아질 때는 다음과 같은 웃긴 얘기들이 나돈 적도 있었다. 노아만큼이나 현명한 아버지가 또 다른 홍수를 예견하고 미리 배를 주문하신 거라고. 이유가 무엇이었든, 난 아버지가 그러고 계신다는 이유로 아버지를 경멸한 적은 한 번도 없었다. 어느덧 내 머리도 희끗희끗해졌다.

그러나 결국 내겐 슬픈 이야기만 남게 되었다. 아, 내 얼마나 어리석은 짓을 했는지! 얼마나 큰 죄를 저질렀는지!

아버지는 항상 멀리 계셨고, 그런 아버지의 부재는 언제나 나를 따라다녔다. 그 강, 언제나 변함이 없는 그 강, 끊임없이 새로운 모습으로 태어나면서도 언제나 한결같은 그 강처럼. 그러나 나는 노환으로 고통받기 시작했다. 이젠 삶도 그저 유예된 시간을 질질 끌어 나가는 것에 불과했다. 잦은 잔병치레와 불안, 관절염으로 편할 날이 없었다.

그런데, 그런데 아버지는? 아버지는 왜 계속 저러고 계신 걸까? 아버지도 분명 끔찍하게 고통받고 계실 텐데, 그도 이젠 많이 늙었을 텐데. 언젠가 기력이 다 떨어지고 나면, 아버진 보트를 전복시켜 버리시겠지? 아니면 폭포를 만나 들끓는 소용돌이 속으로 떨어져 내릴 때까지 물결 따라 아래로아래로 흘러가도록 그냥 내버려 두실까?

이런저런 생각이 내 가슴을 짓눌러 왔다. 아버지는 여전히 저기 강물 위에 계셨고, 그러는 한 내게 마음의 평화란 영원히 없었다. 상황이 그렇게 되어 버린 이유를 모르는 것은 내 탓일지도 모른다. 그러나 나의 상처는 내 안에서 여전히 아물지 않은 채로 남아 있었다. 상황이 달랐다면, 그 이유를 알 수 있었을까? 도대체 무엇이 문제였는지, 곰곰이 따져 보기 시작했다.

으, 집어치워! 내가 미쳐 버린 것은 아닐까? 안 되지. 우리 집에선 그런 말은 결코 쓰지 않았는데. 평생 그런 적은 없었어. 어느 누구도 다른 식구더러 미쳤다고 한 적이 없었어. 아무도 미친 사람이 없었으니까. 혹시 모두가 다 미쳐 있었는지도 모르지만.

결국 내가 한 일은 고작 강둑으로 나가 아버지 눈에 좀더 쉽게 띄도록 손수건을 흔들어댄 게 전부였다. 내 감정을 충분히 자제하고 있었던 것이다. 그렇게 기다리고 있자니, 드디어 저 멀리서 아버지의 모습이 나타났다. 보트 뒤쪽에 앉아 계신 아버지의 희미한 형체가 눈에 들어왔다. 나는 여러 번 아버지를 소리쳐 부른 뒤, 정말로 하고 싶은 얘기가 있다고, 정중하고 진지하게 드리고 싶은 말씀이 있다고 외쳐댔다. 그리곤 있는 힘껏 가장 큰 목소리로 아버지를 향해 소리쳤다.

"아버지, 거기에서 그 정도 오래 계셨으면 이젠 충분해요. 연세도 많이 드셨잖아요…… 이젠 제발 돌아오세요. 더 이상 그러실 필요 없어요, 아버지. 돌아오세요. 차라리 아버지 대신 제가 그리로 나갈게요. 원하신다면, 지금이라도 당장 그럴 수 있어요. 언제든 상관없어요. 제가 보트를 탈게요. 제가 아버지 자리에 대신 앉겠어요."

이렇게 외칠 때, 내 가슴은 그 어느 때보다도 더욱 힘차게 뛰고 있었다.

아버지는 내 말씀을 들으셨다. 자리에서 일어서시더니 나를 향해 노를 젓기 시작하신 것이다. 아, 내 청을 들어주시다니! 순간 나는 갑자기 온몸 깊숙이 전율을 느꼈다. 아버지가, 아버지가 나를 향해 손까지 흔들어 주신 것이다. 그렇게 오랜, 그토록 긴 세월이 흐른 뒤에 처음으로.

그런데 어쩐 일인지 난, 난 그만…… 두려움에 머리끝이 쭈뼛쭈뼛 곤두서고. 나는 미친 듯이 그 자리에서 도망쳤다. 미친 듯이 달리고 또 달렸다. 아버지의 모습이 마치 다른 세계에서 온 사람 같았기 때문이다. 달리면서, 난 용서를 빌고, 또 빌었다.

죽음 같은 공포로 인한 그런 끔찍한 한기를 경험한 후, 난 몸져눕고 말았다. 그후 다시 아버지를 보거나 아버지에 대한 소식을 들은 사람은 아무도 없었다.

그런 일을 저지르다니 내가 사람이었을까? 이미 너무 늦어 버렸다는 것을 난 잘 알고 있다. 난 아무도 밟은 적이 없는 내 인생의 싸움터, 내 인생의 황무지 위에 남아 있어야 한다. 남은 시간이 단축되는 것을 두려워하면서.

그러나 죽음이 다가오면, 날 데려다 작은 보트 안에 태워, 길다란 강기슭 사이 끊임없이 흘러가는 강물 위에 내 몸을 띄워 주었으면 한다. 그러면 나, 강물 따라 흘러가다, 강물에 잠겨, 강물 속으로…… 강물…… 강물이 되게.

4부
크리스마스 트리에 매달린 사랑

어느 인도의 현인은 말했다.
"어머니가 오직 하나뿐인 귀여운 자식을 보호하고
돌보며 키우듯이 이 세상의 모든 사람들이여,
여러분도 자기 안에 있는 세상에서 가장 귀한 보배—
전인류, 전생물에 대한 사랑—를 양육하고
이것을 귀중하게 보호하라."
이것은 모든 종교가 가르치는 핵심이다.
바라문교, 불교, 유태교, 그리스도교, 마호메트교가
모두 이 한 가지만을 설교한다. 이 세상에서
가장 필요한 것은 사랑하는 기술을 배워 익히는 것이다.
— 톨스토이

오 헨리(1862~1910)
O. Henry

미국의 단편 소설가로 본명은 윌리엄 시드니 포터이다. 온갖 직업을 전전하며 방랑 생활을 하다 옥중에서 단편소설을 쓰기 시작했다. 모파상의 영향을 받아 풍자와 유머, 애수에 찬 화법과 속어로 평범한 미국인들의 생활을 예리하게 그려냈는데, 결말 부분을 특히 감동적으로 처리하는 완벽한 구성력이 그 작품의 특징이다. 소설집 『서부의 심장』 『도시의 음성』 『양배추와 왕』 『운명의 길』 『매기의 선물』 『구르는 돌』 등이 있다.

뵈른손(1832~1910)
Bjornstjerne Bjornson

젊어서부터 국민작가로 인정받은 노르웨이의 시인이자 소설가, 극작가. 입센과 쌍벽을 이루는 북유럽 최대의 작가이다. 처녀작인 희곡 『싸움 틈틈이 에』와 소설 『양지바른 언덕의 소녀』로 유명해졌으며, 『아르네』, 『행복한 소년』 등의 서정적인 소설과 노르웨이의 국가가 된 「그렇다, 우리들은 이 나라를 사랑한다」 등의 시도 발표했다. 1903년 노벨문학상을 수상. 『어부의 딸』 『신의 길 위에서』 『도시와 항구에 깃발이』 등 많은 작품들이 있다.

도스토예프스키(1821~1881)
Fyodor Mikhilovich Dostoevskii

러시아의 작가. 모스크바에서 군의관의 아들로 출생, 『가난한 사람들』로 문단의 주목을 받기 시작했다. 이후 사회주의 사상을 가진 혁명적 서클에 관계되어 4년간의 유형생활을 한 뒤 6년 동안 군복무를 했다. 그 동안 『죽음의 집의 기록』, 『학대받는 사람들』 같은 인도주의적 작품들을 발표했다. 가난과 질병으로 고통받으면서도 사회적 통제와 개인의 자유 문제를 주제로 『죄와 벌』 『백치』 『악령』 『카라마조프가의 형제들』 등의 역작을 발표했다. 불우한 가정생활과 많은 빚에 쪼들려, 1867년 이후에는 독일, 이탈리아 등지를 방랑했다.

윌리엄 사로얀(1908~1981)
William Saroyan

미국의 소설가이자 극작가. 아르메니아인 이민 2세대로 16세까지 고학을 하며 각종 직업을 전전했다. 「그네를 탄 용감한 젊은이」로 문단에 데뷔. 이어 희곡 『내 마음은 고원에』 『네 인생의 한 때』를 발표, 퓰리처상을 받았다. 가난한 사람들을 등장시켜 시적이고 낙천적으로 그리는 특징을 갖고 있는데, 39편의 단편을 하나의 줄거리로 모아 역은 『인간희극』 속에는 그 특유의 유머와 페이소스가 잘 나타나 있다. 단편소설집 『내 이름은 애럼』 『아시리아인』 『그대에게 말한다』 등이 있다.

헤르만 헤세(1877~1962)
Hermann Hesse

토마스 만과 함께 독일 최고의 현대 작가로 추앙받고 있는 시인이자 소설가. 1943년 노벨문학상과 괴테상을 수상했다. 신학교를 중퇴한 후 정신적인 갈등 속에서 시계공, 서점 점원 등을 전전하다가 작품을 쓰기 시작. 서정성이 짙은 신낭만주의 작가로 출발했다가 1차 세계대전을 겪으면서 인간 존재의 근원에 있는 이원성을 탐구해 들어가기 시작했다. 이후 동양 사상의 신비적 전일성을 동경하며 혼의 자유와 인간성의 고귀함을 획득하려 노력했다. 소설 『데미안』 『유리알 유희』 『나르치스와 골드문트』 『싯다르타』 등 다수가 있다.

톨스토이(1828~1910)
Lev Nikolaevich Tolstoi

러시아의 작가, 사상가. 부유한 명문 귀족 태생으로, 카잔 대학에 입학했으나 자퇴하고 고향으로 돌아와 농민들의 생활 개선을 위해 노력했으나 이에도 별 성과를 거두지 못했다. 군대에 들어가면서 창작을 시작했다. 처녀작 『유년시대』로 문단의 인정을 받았으며, 이후 농민계몽과 농민해방운동에도 활발히 참여했다. 『전쟁과 평화』로 세계적인 명성을 얻었으며, 러시아의 현실과 고통받는 민중들의 모습을 생동감 있게 그려내 도스토예프스키와 대조되는 러시아의 대표적인 문호로 추앙받게 되었다. 소설 『부활』 『안나 카레니나』 『이반일리치의 죽음』 등 다수가 있다.

포스터(1879~1970)
E.M. Forster

영국의 소설가이자 비평가. 비교적 윤택한 중상류층 태생으로 두 살 때 아버지를 여의었으나, 많은 유산을 물려받아 평생 유럽 각지와 인도 등지를 여행하며 창작 활동에만 전념했다. 자유주의적 휴머니스트로 불리는 그는 지성과 재치, 도덕성이 깃들여진 상상력으로 서로 다른 두 가치 체계 사이를 대비시킨 작품들을 주로 발표했다. 소설 『기나 긴 여로』 『전망이 있는 방』 『하워즈 엔드』 『인도로 가는 길』, 문학이론서 『소설의 양상들』 등이 있다.

오 헨리

이십 년 후

　순찰중인 경찰관이 위풍도 당당하게 큰 거리를 지나가고 있었다. 지나는 사람이 거의 없는데도 그런 걸 보면, 그의 걸음걸이는 단지 습관적인 것일 뿐 자신을 과시하기 위한 것은 아닌 것 같았다. 열 시가 채 못된 시간이었지만, 비를 머금은 차가운 바람이 불고 있었기 때문에 거리는 이미 인적이 거의 끊긴 상태였다.

　그 경찰관은 절묘하고 재치 있는 동작으로 곤봉을 휘두르며 걸어가면서 문단속을 살피기도 하고, 이따금씩 고개를 돌려 조용한 거리를 주의 깊게 살펴보기도 했다. 건장한 체구에 뻐기듯 걸어가는 그의 모습은 마치 평화의 수호자 같은 느낌을 주었다.

　그 거리는 일찍 문을 열고 닫는 곳이었다. 담배 가게나 밤샘 영업을 하는 간이 식당의 불빛들만 간간히 보일 뿐, 상가 지대의 문들은 거의 대부분 닫힌 지 오래였다. 그 경찰관은 거리의 중간쯤에서부터 서서히 걸음을 늦추었다. 어느 사내 하나가 불을 붙이지 않은 담배를 입에 문 채 어두컴컴한 철물점 입구에 기대 서 있었기 때문이다. 경찰관이 다가가자, 사내는 별일 아니라는 듯 태연하게 말했다.

"아무 일도 아니에요. 그저 친구를 기다리고 있는 중이에요. 이십 년 전에 약속을 했거든요. 좀 이상하게 들리시죠? 사실인지 아닌지 굳이 확인하고 싶으시다면, 설명을 해드리지요. 한 이십 년쯤 전 여기 이 철물점 자리에 '빅 죠 브래디'라는 식당이 있었습니다."

"오 년 전까지는 있었는데, 그후에 헐렸습니다만." 경찰관이 말했다.

입구에 서 있던 사내가 성냥을 꺼내 담배에 불을 붙였다. 그러자 네모진 턱에 날카로운 눈매, 오른쪽 눈썹가에 작고 하얀 흉터가 있는 창백한 얼굴이 불빛에 드러났다. 그는 커다란 다이아몬드가 이상한 모양으로 박혀 있는 넥타이핀을 꽂고 있었다.

"이십 년 전 오늘 밤, 전 세상에서 둘도 없이 착했던 제 단짝 지미 웰스와 저녁을 먹었습니다. 그와 전 여기 뉴욕에서 마치 한형제처럼 함께 자랐죠. 당시 전 열여덟이었고 지미는 스물이었습니다. 그 다음 날 전 돈을 벌러 서부로 떠나게 되어 있었죠. 그러나 지미는 절대 뉴욕을 떠날 마음이 없었어요. 이 세상에서 살 만한 곳은 여기 뉴욕밖에 없는 줄 아는 친구였거든요. 그날 밤 우린 앞으로 각자의 처지가 어떻게 변하든, 또 아무리 먼 곳에 살고 있든 그날 그 시각으로부터 꼭 이십 년이 되는 때에 바로 여기서 다시 만나자는 약속을 했습니다. 이십 년쯤 지나면, 어떻게든 각자 운명을 개척해서 돈을 벌게 되리라고 생각했거든요."

"재회하기까지의 기간이 너무 긴 것 같긴 하지만, 뭐 재미있는 일이군요. 떠난 후에 그 친구 소식을 들은 적은 있나요?" 경찰관이 물었다.

"네. 한동안은 편지를 주고받았는데, 일이 년 지나서 소식이 뚝 끊겼어요. 아시다시피, 서부가 워낙 넓잖아요. 저도 이리저리 바쁘게 뛰어다녔고요. 하지만 세상에서 가장 진실되고 믿을 만한 친구니까, 살아 있다면 꼭 여기에 나타날 겁니다. 약속을 잊었을 리가 없어요. 그 약속을 지키려고 천 마일이나 달려왔지만, 옛 친구가 나타난다면 충분히 가치 있는 일이 되겠죠."

그러면서 그 사내는 뚜껑에 작은 다이아몬드들이 박혀 있는 멋진 회중시계를 꺼내 보았다.

"삼 분 전 열 시군요. 우리가 식당문 앞에서 헤어진 건 열 시 정각 이었습니다."

"서부에선 꽤 성공을 거둔 모양이지요?" 경찰관이 물었다.

"물론이죠! 지미가 저의 반만큼이라도 성공을 거두었다면 좋겠어요. 그 친군 사람은 좋은데, 미련할 정도로 일밖에 모르는 친구였어요. 전 큰돈을 벌기 위해 날고 긴다는 친구들과 경쟁을 벌여야만 했죠. 뉴욕에선 사람이 판에 박은 듯이 되어 버리지만, 서부에서 살다 보면 아슬아슬한 모험도 겪게 됩니다."

경찰관이 곤봉을 휘두르며 한두 걸음 떼어놓았다.

"전 이제 가봐야 되겠습니다. 친구분이 제 시간에 나타나길 바래요. 그런데 딱 약속한 시간까지만 기다리실 참입니까?"

"아뇨, 그럴 리가요! 최소한 반 시간은 더 기다려 줘야죠. 아직 이 지구상에 살아 있다면, 그 시간까지는 꼭 나타날 겁니다. 그럼, 안녕 히 가십시오."

"네, 좋은 밤 되십시오." 인사를 한 경찰관은 문단속을 살피며 순 찰을 계속했다.

드디어 차가운 보슬비가 내리기 시작하면서, 간간히 불던 바람도 잔잔해졌다. 아직도 길거리에서 꼼지락거리고 있던 몇 안 되는 행인 들은 코트 깃을 높이 올리고 손을 호주머니에 찔러 넣은 채 우울한 표정으로 말없이 발걸음을 재촉했다. 어이없을 만큼 불확실한 것이긴 하지만, 젊은 시절 친구와의 약속을 지키기 위해 천 마일이나 달려온 그 사내는 철물점 입구에서 담배를 피우며 계속 기다렸다.

약 이십 분쯤 기다리자, 깃을 귀밑까지 올린 긴 오버코트 차림의 어느 키 큰 사내가 길 저편에서 황급히 건너왔다. 그는 곧장 서부에서 온 그 사내에게로 다가갔다.

"봅 맞나?" 의심스러운 듯 그가 물었다.

"맞지? 지미 웰스!" 철물점 앞에 서 있던 그 사내가 소리쳤다.

"오! 이럴 수가!" 나중에 온 사내가 먼저 와 있던 사내의 두 손을 움켜쥐면서 환호성을 질렀다. "맞아! 바로 봅이구먼! 아직 살아 있다면 여기서 자네를 꼭 만나게 될 거라고 확신하고 있었어. 그럼, 그럼! 아! 이십 년이라니 참 긴 세월이었지, 봅. 여기 있던 식당도 없어졌어. 계속 있었더라면, 거기서 다시 식사라도 할 수 있었을 텐데 말야. 그건 그렇고 서부에서는 어떻게 지냈나?"

"끝내 줬지. 원하는 건 뭐든 다 얻었네. 그런데 지미, 자네도 많이 달라졌어. 생각했던 것보다 이삼 인치는 더 큰 것 같은데."

"그래, 스무 살 지나면서 많이 컸지."

"뉴욕에서는 잘 지내고 있나?"

"그럭저럭. 시청엘 다니고 있어. 봅, 내가 잘 아는 데가 있는데, 가서 우리 옛 이야기나 실컷 나눔세."

두 사내는 서로 팔짱을 긴 채 거리를 걷기 시작했다. 서부에서 온 사내는 성공했다는 자부심에 한껏 부풀어올라, 그 동안 지내온 일들을 대충 이야기해 주기 시작했으며, 코트 속에 몸을 푹 움츠린 다른 사내는 재미있게 그 이야기를 들었다.

모퉁이에 전깃불을 환하게 밝히고 있는 약국이 하나 있었다. 그 불빛 안으로 들어서자마자, 두 사내는 서로의 얼굴을 더 자세히 보기 위해 동시에 고개를 돌렸다. 순간, 서부에서 온 사내가 갑자기 발걸음을 멈추며 끼고 있던 팔짱을 풀었다.

"자넨 지미가 아냐." 그가 퉁명스럽게 쏘아붙였다. "이십 년이란 시간이 아무리 길어도, 매부리코를 납작코로 만들 수는 없어." 그러자 키 큰 사내가 말했다.

"이십 년이란 세월은 때로 착한 사람을 악한 사람으로 변화시키기도 하지. '교활한' 봅, 자넨 십 분 전에 이미 체포된 몸이야. 시카고 경찰에서 전문을 보내왔네. 자네가 이쪽으로 왔을지도 모르니, 자네와 면담을 할 수 있게 해달라고 말야. 조용히 따라올 거지? 그게 좋을 거야. 그리고 경찰서로 가기 전에, 자네한테 전해 달라고 부탁받은 쪽지가 있네. 여기 창가에서 읽으라구. 웰스 경관이 준 거야."

서부에서 온 사내는 그가 건네 준 작은 쪽지를 펴들었다. 처음에는 아무렇지도 않더니, 그 쪽지를 다 읽을 즈음부터 차츰 그의 손이 떨리기 시작했다. 쪽지의 내용은 아주 간단했다.

봅에게.

난 정각에 약속 장소에 나갔었네. 그런데 자네가 담뱃불을 붙이려고 성냥불을 켰을 때, 자네가 바로 시카고 경찰에서 수배중인 사람이라는 걸 알았어. 차마 내 손으로 자넬 체포할 수가 없어서 그냥 돌아왔다가, 대신 사복 경찰에게 그 일을 부탁했네.

지미가.

뵈른스턴 뵈른손
·

지금부터 들려주려는 얘기의 주인공은 그의 교구에서 가장 돈이 많고 영향력이 큰 토드 오브라스라는 농부이다. 어느 날 큰 키에 착실해 보이는 그 농부가 신부를 찾아갔다.

"아들을 얻었습니다, 신부님. 그래서 세례를 받게 해주고 싶은데요."

"아들 이름은 뭐라 지으실 건데요?"

"제 아버님 함자를 따서 핀이라고 할 생각입니다."

"네, 그럼 대부모는?" 토드는 그 교구에 사는 친척들 중에서 가장 훌륭한 두 분을 골라 대부모 명단에 올렸다. "그럼 다 된 거죠?" 토드를 올려다보면서 신부가 묻자, 약간 머뭇거리던 농부가 드디어 입을 뗐다. "저, 그날은 그 애만 혼자 세례를 받게 했으면 좋겠습니다."

"그럼, 주중에 말씀입니까?"

"아뇨. 다음 주 토요일 정오에요."

"네, 알겠습니다. 뭐, 또 다른 부탁은?" 신부가 물었다.

"네. 이제 됐습니다." 막 자리를 뜨려는 듯 모자를 빙빙 돌리면서 농부가 대답했다. 그러자 신부가 일어나더니 토드의 손을 꼭 잡고 엄숙한 표정으로 그의 눈을 들여다보면서 말했다. "부디 그 아이가 선생께 은총을 가져다 주길 기원합니다!"

그로부터 십육 년이 지난 어느 날, 토드가 다시 신부를 방문했다.

"이럴 수가! 토드 씬 정말 나이를 하나도 안 먹은 것 같군요." 조금도 늙어 보이지 않는 토드를 보면서 신부가 말했다. "근심 걱정이 하나도 없으니까요." 그의 말에는 아무런 대꾸도 않고 신부가 물었다. "오늘은 무슨 좋은 일이 있어서 오셨습니까?"

"내일 안수례를 받는 아들 녀석 때문에 왔습니다."

"아주 총명한 소년이죠."

"올 생각을 못 했었는데, 내일 성당에서 제 아들놈이 몇 번째로 안수례를 받는지 알게 되어 이렇게 달려오게 되었습니다."

"첫번째로 받죠."

"네, 저도 그렇게 들었습니다. 그래서 고마움의 표시로 이렇게 10달러를 갖고 왔어요."

"아, 네. 뭐 다른 부탁은 없으시구요." "네, 없습니다." 그리고 토드는 자리를 떠났다.

그후 팔 년의 세월이 더 흐른 어느 날이었다. 사제관 밖이 시끌시끌 소란스러웠다. 토드가 장정 여럿을 대동하고 신부를 찾아온 것이다. 맨 먼저 방으로 들어선 토드를 알아보고 신부가 인사를 했다. "아, 토드 씨. 오늘 저녁엔 여럿이 함께 오셨네요?"

"제 아들 녀석의 혼인예고(역자 주: 결혼식 전에 일요일마다 세 번 결혼을 예고해, 그 결혼에 대한 이의 여부를 묻는 것)를 부탁드리러 왔습니다. 여기 제 옆에 계신 구드문드 씨의 딸 카렌 스토리든 양과 결혼을 하게 되었거든요."

"네, 그 아가씬 이 교구에서 지참금이 가장 많은 처자가 아닙니까?"

"그렇다고들 하더군요." 머리를 한 손으로 쓸어 넘기면서 토드가 대답했다.

신부는 무언가 깊이 생각하는 듯 잠시 앉아 있다가, 이렇다 저렇다 말 없이 명부에 그들의 이름을 올리고, 두 사내의 서명을 받아냈다. 일이 끝나자, 토드가 탁자 위에 3달러를 올려놓았다. "저는 딱 1달러만 갖겠습니다." 신부가 말했다.

"잘 알고 있습니다, 신부님. 제겐 자식이 그놈뿐입니다. 부디 잘 처리해 주십시오."

"아들 때문에 저를 찾아오신 게 이번이 세 번째지요, 토드씨?" 돈을 집어넣으면서 신부가 말했다. "네. 이제 부모 도리는 다 한 것 같습니다." 이렇게 말하면서 토드는 지갑을 챙겨들고 작별 인사를 한 후 어둠 속으로 사라졌다.

이 주일이 지난 후의 평화롭고 화창한 어느 날. 아버지와 아들은 결혼 준비로 스토리든 씨댁에 가기 위해 호수를 건너고 있었다. "자리 널빤지가 좀 불안한데요, 아버지." 아들은 이렇게 말하면서 널빤지를 튼튼하게 고정시키기 위해 앉아 있던 자리에서 일어섰다. 순간, 아들의 발을 받치고 있던 널빤지가 밑으로 푹 꺼져 버리고 말았다. 아들은 비명을 지르며 허우적대다가, 나룻배 밑으로 가라앉아 버렸다. "노를 잡아!" 아버지가 벌떡 일어나 아들 쪽으로 노를 쭉 내밀었다. 그러나 몇 번 허우적대던 아들의 몸은 점점 뻣뻣하게 굳어만 갔다. "조금만 참아! 제발!" 아버지는 미친 듯 절규하면서 아들을 향해 노를 저어갔다. 그러나 허우적대며 한참 동안 아버지를 향해 애절한

아버지 | 뵈른스턴 뵈른손

시선을 던지던 아들은 끝내, 물 속으로 영원히 가라앉아 버렸다.

토드는 도저히 믿기지가 않았다. 멍하니 노를 쥔 채, 아들이 가라앉은 장소를 하염없이 바라볼 뿐. 아들이 금방이라도 다시 물 속에서 쑤욱 얼굴을 내밀 것만 같았다. 그러나 방울방울 물거품만 피어 오르다가 마지막으로 커다란 소용돌이가 일더니, 호수는 다시 이전의 거울처럼 잔잔하고 투명한 모습으로 되돌아갔다. 아무 일도 없었다는 듯.

삼 일 밤낮 내내 토드는 먹지도 자지도 않고 그 주위를 맴돌았다. 아들의 시신을 찾기 위해 호수 바닥을 훑고 또 훑었다. 셋째 날 아침, 드디어 아들의 시신을 찾아낸 그는 아들을 꼬옥 가슴에 안고 언덕 넘어 그의 과수원에 갖다 묻었다.

그 일이 있고 한 일 년쯤 지난 뒤일 것이다. 어느 가을 저녁, 사제관 밖에서 누군가 조심스레 빗장을 더듬는 소리가 들렸다. 신부가 현관문을 열자, 구부정하니 큰 키에 머리는 하얗게 세고 바싹 여윈 한 사내가 힘없이 걸어 들어왔다. 신부는 한참을 살피고서야 그가 누구인지를 알아차렸다. 바로 토드였다.

"이렇게 늦게 어쩐 일이세요?"

"네, 좀 늦었군요."

토드가 자리에 앉으면서 말했다. 신부도 무언가를 기다리듯 아무 말 없이 자리에 앉았다. 어색하고 오랜 침묵이 흐른 뒤, 드디어 토드가 입을 열었다.

"가난한 사람들에게 나눠 주고 싶은 게 좀 있는데요. 아들이 물려받을 유산을 제 아들 이름으로 희사하고 싶어요."

그러면서 일어나 탁자 위에 돈을 올려놓고는 다시 자리에 앉았다. 신부가 돈을 헤아려 보곤 놀랍다는 듯 말했다.

"엄청난 돈이군요."

"제 농토의 절반 값입니다. 오늘 팔았거든요." 오랜 동안 아무 말도 못 하고 앉아 있던 신부가 드디어 다시 말문을 열었다. "이제 무얼 하실 생각입니까?"

"네, 뭔가 더 좋은 일을 해야겠지요."

둘은 한동안 아무 말 없이 그 자리에 가만히 앉아 있었다. 토드는 눈을 내리깐 채 침묵을 지키고 있었고, 신부는 그런 토드를 역시 아무 말 없이 바라보았다. 잠시 후 신부가 천천히 부드러운 목소리로 말했다.

"아드님께서 드디어 선생님께 진정한 축복을 가져다 주신 것 같습니다."

"네, 저도 그렇게 생각해요." 고개를 든 토드의 두 뺨 위로 두 줄기의 굵은 눈물이 천천히 흘러내렸다.

표드르 도스토예프스키

천국의 크리스마스 트리

나는 소설가이다. 이 이야기도 아마 내가 지어낸 것에 지나지 않을 것이다. '내가 지어낸 것에 지나지 않을 것이다'라고 썼지만, 물론 이 이야기는 내가 만들어낸 것이다. 하지만 우리의 현실에 비추어보건대 이런 이야기는 실제로 충분히 일어날 수 있을 것이다. 어느 거대한 도시의 크리스마스 전날 밤, 살을 에일 듯이 몰아치는 혹한 속에서 이런 사건이 분명히 벌어졌을 것이라고 상상해 본다.

어느 소년, 여섯 살 또는 그보다 더 어릴 수도 있는 한 소년의 모습을 그려 본다. 그날 아침, 소년은 아주 춥고 눅눅한 어느 지하방에서 잠을 깼다. 작은 실내복 비슷한 것을 입고 있는 소년은 추위로 오들오들 떨고 있었다. 숨을 쉴 때마다 입에서 하얀 입김이 나올 정도였다. 구석의 상자 위에 앉은 소년은 입에서 불어낸 입김이 공중을 떠다니다 사라지는 것을 멍하니 지켜 보며 혼자 재미있어 했다. 그러나 사실 소년은 몹시도 허기져 있었다. 그날 아침만 해도 소년은 아픈 어머니가 누워 있는 판자 침대 위로 몇 번이고 올라갔었다. 소년의 어머니는 팬케익만큼이나 얇은 매트리스 위에서 짐 보따리 같은 것을 베고 누워 있었다.

그녀는 도대체 어쩌다 여기까지 흘러들게 된 것일까? 아마 다른 어느 마을에서 아들을 데리고 이곳에 왔다가 갑자기 병이 들고 만 것일 게다. 방 '한 귀퉁이'를 내어 준 여관집 주인은 이틀 전에 경찰에 붙잡혀 갔으며, 투숙객들 대부분은 크리스마스 휴가철이라 다들 나가고 없었다. 그나마 방에 남은 사람은 크리스마스고 뭐고 간에 상관없이 지난 24시간 내내 술을 마시고는 엉망으로 취한 채 누워 있는 사내와 그 맞은편 구석에서 류머티즘으로 신음하고 있는 여든 먹은 불쌍한 할머니뿐이었다. 그녀는 한때 보모 노릇으로 먹고 살았는데, 이젠 돌보는 이도, 친구도 하나 없이 쓸쓸히 죽을 날만을 기다리고 있었다. 소년을 향해 그녀가 투덜투덜 욕설을 퍼부었으므로, 소년은 무서워서 그녀가 누워 있는 구석 쪽으로 가기를 꺼렸다.

소년은 바깥쪽에 있는 방으로 가서 물을 한 컵 들이켰다. 그러나 어디에서도 빵 부스러기 하나 보이지 않았다.

열두 번째로 다시 어머니를 막 깨우려는 순간, 소년은 갑자기 어둠 속에서 두려움을 느꼈다. 땅거미가 내리기 시작한 지 벌써 한참이나 지났는데도 불 하나 켜 있지 않았던 것이다. 엄마의 얼굴을 더듬는 순간, 소년은 깜짝 놀라고 말았다. 엄마가 꼼짝도 안 하는 거였다. 엄마의 몸은 벽처럼 차갑게 식어 있었다. 소년은 '여긴 너무 추워'라고 생각하면서, 무의식적으로 자신의 손을 죽은 엄마의 어깨 위에 얹은 채 얼마간 그대로 서 있었다. 그리고는 호호 입김을 불어 손을 녹인 후, 침대 위에서 모자를 더듬어 찾아 쓰고, 지하방을 나섰다.

사실 이보다 훨씬 더 일찍 방을 나설 수도 있었다. 단지 층계 맨 위의 이웃집 문간에서 하루 종일 으르렁대고 있는 커다란 개가 무서워 그렇게 하지 못했을 뿐이다. 그러나 지금 그 개가 없는 틈을 타서 얼른 거리로 뛰쳐나갔다.

아이쿠, 뭐 이래! 소년은 처음 나와 본 거리가 이상하게만 느껴졌다. 소년이 떠나온 마을은 밤이면 언제나 칠흑처럼 어두웠다. 길거리에 가로등이라곤 하나밖에 없었으며, 작고 물매가 뜬 나무 집들은 덧문을 단단히 내리고 있었기 때문에, 어두워지고 나면 거리에서 사람 그림자 하나 찾아보기 힘들었다. 모두들 대문을 굳게 잠근 채 집 안에 꽁꽁 틀어박혀 있었으며, 개떼들의 울부짖는 소리 외에는 아무 소리도 들리지 않았다. 그놈들은 수백 수천 마리는 되는 것처럼 밤새도록 짖고 으르렁댔다. 그러나 그곳은 아주 따스했고 먹을 것도 있었다. 그런데 여기는…… 오! 제발, 무엇이라도 좋으니 먹을 것만이라도 있었으면! 게다가 시끄럽긴 왜 이리 시끄럽고 떠들썩한지. 요란한 불빛 아래 오가는 수많은 사람들, 말들과 마차들이 내는 소리가 끊이질 않고, 춥기는 또 왜 이렇게도 추워! 따스한 입김을 뿜어내는 말들의 입가에 얼어붙은 입김이 말들의 머리 위에 구름처럼 걸려 있었으며, 눈길을 뚫고 달려가는 말들의 말발굽이 돌멩이에 부딪혀 쨍그랑 소리를 냈다. 모두들 그렇게 앞을 향해 밀고 나아가고 있는데…… 아, 제발, 눈꼽만큼이라도 좋으니 먹을 게 생겼으면! 갑자기 소년은 너무도 비참한 느낌이 들었다. 지나가던 경찰관도 소년을 보지 않기 위해 고개를 돌려 버렸다.

거리는 거기 말고 또 있었다. 와, 이렇게 넓을 수가! 여기선 분명 무언가 먹을 걸 구할 수 있을 거야. 그런데 모두들 뭐라고 외쳐대고 있는 거지? 뛰고, 달리면서. 그런데 어, 저 빛 좀 봐. 와! 저게 뭐야? 커다란 유리 창문 안으로 천장까지 높이 치솟은 나무 한 그루가 보였다. 전나무였는데, 가지 위에는 여러 개의 전구들과 금박 종이들, 사과와 작은 말 모양의 인형 같은 것들이 빽빽이 걸려 있었다. 최고로 좋은 옷으로 깔끔하고 예쁘게 차려 입은 아이들은 방 안을 뛰어다니며 웃고 장난치다가, 무언가를 집어먹거나 마시고 있었다. 그런데 어느 작은 소녀가 소년과 춤을 추기 시작했다. 와, 어쩜 저렇게 예쁠 수가!

어느새 창문 틈으로 음악 소리까지 흘러 나오고 있었다. 소년은 추위로 아린 발가락들과 빨갛게 얼어붙어서 조금만 꼼지락거려도 아픈 손가락도 잊은 채 신기한 듯 안을 들여다보면서 혼자 웃음지었다. 그러다 갑자기 손가락과 발가락들이 너무도 아리고 쓰려서 소년은 울음을 터뜨리고 말았다. 소년은 아픔을 잊으려 무작정 다시 달리기 시작했다.

얼마만큼을 달렸는지 숨이 너무 차서 소년이 멈추어 선 곳은 또 다른 어느 집 창문가였다. 소년은 창문 너머로 아까 본 것과는 다른 크리스마스 트리를 보았다. 식탁 위에는 아몬드 케익과 빨갛고 노란 색깔의 온갖 종류의 과자가 다양하게 놓여 있었으며, 세 명의 뚱뚱한 숙녀들이 둘러앉아 사람들에게 케익을 나눠 주고 있었다. 현관문은 계속 열려진 채였고, 많은 신사, 숙녀들이 그 문으로 들어가고 있었다. 소년도 살금살금 기어가 이윽고는 문 안으로 들어가고 말았다. 그러자 깜짝 놀란 사람들이 소리소리 지르며 소년에게 어서 나가라고 손짓하는 게 아닌가! 소년이 나갈 생각은 않고 멈칫거리고 있자, 어느 여자가 급히 달려와 일 코펙을 슬쩍 호주머니에 집어넣어 주더니, 어서 꺼지라는 듯이 자기 손으로 직접 문 밖으로 밀어냈다. 얼마나 놀랐던지, 그 참에 호주머니 속에 들어 있던 일 코펙이 쨍그랑 소리를 내며 계단 위로 굴러 떨어졌다. 그러나 그 동전을 집어들기 위해 손가락을 구부릴 수조차 없을 정도로 소년의 손가락은 빨갛게 얼어붙어 있었다. 소년은 다시 멀리 달아났다. 어딘지도 모르는 곳을 향해 달리고 또 달렸다. 금방이라도 울음이 터질 것만 같았지만, 너무 무서운 나머지 울음도 나오지 않았다.

소년은 달리고 또 달리면서 곱은 손가락을 호호 불었다. 갑자기 너무도 외롭고 무섭다는 느낌과 함께 비참하다는 생각이 들기 시작했다. 그런데, 이건 또 뭐야? 사람들이 떼지어 서서 신기하다는 듯 무언가를 뚫어져라 쳐다보고 있는 게 아닌가! 쇼윈도우 너머로 붉은색과 녹색의 드레스를 걸친 세 개의 작은 인형들이 보였다. 꼭 살아 있는 사람 같았다. 하나는 앉아서 커다란 바이올린을 연주하고 있는 작은 노인 인형이었고, 다른 두 개는 옆에 나란히 붙어 서서 작은 바이올린을 연주하고 있는 인형이었다. 그 인형들은 서로를 바라보며 박자에 맞춰 고개를 까닥이고 있었는데, 실제로 노래를 부르는 것처럼 입술까지 움직이고 있었다. 소년은 그 인형들이 진짜로 노래를 하는데, 창문 밖이라서 그 소리가 들리지 않는 거라고 생각했다. 하지만 그건 착각일 뿐이었다. 처음엔 그것들이 진짜로 살아 있는 줄 알았지만, 곧 그것들이 인형일 뿐이라는 생각에 소년은 혼자 빙그레 웃었다. 그런 인형을 한 번도 본 적이 없기 때문에 그런 인형이 있으리라고는 상상도 하지 못했던 것이다. 실컷 울어 버리고 싶은 마음이었지만, 소년은 그 인형들을 바라보면서 자신도 모르게 재미있다는 생각을 했다.

그런데 갑자기 누군가 등 뒤에서 겉옷을 잡는 것 같은 느낌이 들었다. 몸집이 크고 심술궂게 생긴 사내아이가 소년의 옆으로 다가와 갑자기 머리를 한 대 치더니 소년의 모자를 홱 잡아챈 뒤 다리를 걸어 넘어뜨렸다. 소년은 비명을 지르며 땅바닥에 벌렁 나가떨어졌다. 순간 두려움으로 얼어붙어 있던 소년은 벌떡 일어나 도망치기 시작했다. 어딘지도 모르면서 무작정 달리기를 계속하던 소년은 어느 집 마당 안으로 도망쳐 들어가, 장작더미 뒤에 숨었다. '이렇게 어두운데, 내가 여기 숨어 있는 줄은 모르겠지?'

소년은 몸을 움츠린 채 무서워 숨도 제대로 못 쉬면서 앉아 있었다. 그런데 갑자기, 정말 뜻밖에도 아주 편안한 느낌이 들기 시작했다. 손발의 통증도 씻은 듯이 사라졌고, 마치 난롯가에 앉아 있는 것처럼 온몸이 점점 따스해졌다. 그러다 다시 한 번 온몸을 부르르 떨고 나선, 흠칫 놀랐다. '어! 분명 자고 있었던 것 같았는데. 여긴 참 편안하구나! 여기서 조금만 더 앉아 있다가 다시 그 인형들을 보러 가야지. 정말 꼭 살아 있는 것처럼 보였어!' 소년은 그 인형들을 떠올리며 빙긋이 미소지었다. 그런데 갑자기 머리 위쪽에서 엄마의 노랫소리가 들려왔다.

'엄마, 전 자고 있어요. 여긴 잠자기가 너무 편안해요!' 그러자 소년의 머리 위에서 부드럽게 속삭이는 목소리가 들려왔다. '꼬마야, 나의 크리스마스 트리로 오너라.'

소년은 이것 역시 엄마의 목소리일 거라고 생각했다. 그러나 그것은 엄마의 목소리가 아니었다. 그를 부르고 있는 사람이 누구인지 보이지는 않았지만, 누군가 어둠 속에서 몸을 굽혀 그를 안아 주는 것이 느껴졌다. 소년이 그를 향해 막 손을 뻗으려는데…… 갑자기 찬란한 빛이 뿜어져 나왔다. 오, 이건 크리스마스 트리잖아! 그런데 그것은 전나무가 아니었다. 그렇게 생긴 나무는 한 번도 본 적이 없었다. 도대체 내가 지금 어디에 있는 거지? 모든 것들이 반짝반짝 빛을 내고 있었으며, 주변이 온통 인형들로 둘러싸여 있는 것 같았다. 그러나 다시 바라보니 그것들은 인형이 아니라, 몸에서 환한 빛을 뿜어내고 있는 나이 어린 소년 소녀들이었다. 그들 모두 소년에게로 날아와 소년을 에워싸고 키스를 퍼부은 다음, 소년을 데리고 함께 날아올랐다. 이제는 소년도 혼자서 날 수 있게 되었다. 그런데 그를 바라보며 즐겁게 웃고 있는 엄마의 모습이 보였다. '엄마, 엄마! 와, 여긴 정말 너무너무 근사해요!' 아이들에게 키스를 해준 뒤, 소년은 가게 진열

장에서 보았던 인형들 얘기를 해주고 싶다는 생각에 그들에게 말을 걸었다.

"너희들은 누구니? 누구야?" 소년이 웃으면서 그들에게 묻자, 아이들이 대답했다.

"예수 그리스도의 크리스마스 트리야. 예수님께서는 언제나 오늘이 되면 크리스마스 트리를 갖지 못하는 아이들을 위해 이곳에다 크리스마스 트리를 만들어 주신단다……." 그제야 소년은 이 나이 어린 소년, 소녀들이 모두 자신과 같은 처지의 아이들이라는 것을, 갓난아기 적 페테르스부르그의 어느 부유한 집 현관 계단에 버려졌다가 바구니 안에서 그대로 얼어죽거나 기아보호소에서 핀란드 여자들과 함께 남의 손에 맡겨졌다가 숨이 막혀 죽어 버리고 만 아이들, 사마라 대기근 동안 굶주린 엄마의 젖가슴을 빨다가 죽은 아이들, 삼등칸 객차 안의 더러운 공기에 병들어 죽어 버린 아이들이라는 것을 깨달았다. 그러나 이제 그들 모두 예수 그리스도의 천사들과 같은 모습으로 여기에 모여 있었다. 그리고 예수 그리스도는 그 아이들 한가운데에서 그들에게 손을 내밀어 그들과 그들의 죄 많은 어머니들에게 축복을 내리고 있었다……. 이 아이들의 어머니들은 한편에 비켜서서 눈물을 흘리고 있었는데, 모두들 자신의 딸이나 아들을 바라보고 있는 것 같았다. 아이들은 각자 자신의 엄마에게로 날아올라가 입을 맞추며 고사리 같은 손으로 엄마의 뺨에 흐르는 눈물을 닦아 주고, 자신들은 이제 너무도 행복하니까 더 이상 울지 말라고 다독여 주었다.

한편 그 아래 지상에서는 아침이 되자 문지기가 장작더미 위에서 추위에 떨다 꽁꽁 얼어죽어 있는 한 소년의 시체를 발견했다. 그 소년의 엄마를 찾아냈지만…… 그녀 역시 소년보다도 더 일찍 죽어 있었다. 그 엄마와 소년은 하늘로 올라가 주님 앞에서 다시 만난 것이다.

  작가적인 일기는 고사하고 그냥 평범한 일기에서도 벗어나는 이런 이야기를 도대체 왜 지어낸 것일까? 실제 사건을 소재로 두 편의 작품을 써주겠다는 약속까지 해놓은 마당에! 그러나 이 이야기는 정말 사실일 수도 있다. 이 모든 이야기들이 실제로 일어났을지도 모른다는 생각이 든다. 특히 그 지하방이나 장작더미 위에서 일어났던 죽음 같은 것 말이다. 그러나 그리스도의 크리스마스 트리의 경우, 그것이 실제로 일어날 수 있는 것인지 어떤지 나로선 분명하게 얘기할 수 없다.

월리엄 사로얀

양치기의 딸

자고로 남정네라면 남정네답게 무슨 일이든 해야 한다는 것이 우리 할머니의 지론이다. 방금 전 식사를 할 때도 할머니는 이런 말씀을 하셨다. "애야, 열심히 배워서 무언가 쓸모 있는 일을 할 수 있어야 해. 진흙이든 나무든, 아니면 쇠나 천이든 무엇을 이용해도 좋아. 사람들한테 무언가 도움이 되는 것을 만들 수 있어야 해. 젊은이가 그런 훌륭한 기술을 전혀 모른다는 것은 말도 안 되는 일이야. 넌, 뭐 만들 수 있는 게 있니? 하다 못 해 간단한 탁자나 의자, 아니면 뭐 투박한 접시나 융단, 커피 주전자 같은 것이라도 만들 수 있어? 뭐 한 가지라도 똑 부러지게 할 수 있는 일이 있냔 말이다!"

할머니는 노기 띤 얼굴로 나를 흘겨보시며 말씀을 계속하셨다.

"물론 나도 네가 작가가 되고 싶어한다는 건 알고 있단다. 나도 그렇게 되리라 믿고 있어. 하지만 뭐냐? 뭐가 되려고 그러는지 노상 담배만 피워대니까 집 안이 온통 담배 연기로 자욱하잖니. 무언가 실속이·있는 것, 사용할 수 있고 만질 수도 볼 수도 있는 그런 것을 만드는 방법도 배워야 해."

그러면서 할머니는 다음과 같은 얘기를 들려주셨다.

"옛날 페르시아에 어떤 왕이 살고 있었는데, 그에겐 아들이 하나 있었단다. 그런데 글쎄 이·아들이 양치기의 딸한테 홀딱 반해 버렸어. 아들이 아버지를 찾아가 말했지.

'폐하, 양치기의 딸을 사랑하게 되었사옵니다. 그녀를 제 아내로 삼고자 하오니, 부디 허락하여 주십시오.' 그러자 왕은 이렇게 대답했단다. '짐은 일국의 왕이고 너는 짐의 아들이니, 짐이 죽으면 곧 네가 왕위를 물려받을 것이니라. 그런데 어찌 하찮은 양치기의 딸과 결혼을 할 수 있겠느냐.' 이 말에 아들은 다시 간청했지. '그렇긴 하오나, 저는 분명 그녀를 사랑하고 있습니다. 그녀를 저의 여왕으로 삼게 해주십시오.'

아들의 말을 듣고 왕은 그 아가씨에 대한 아들의 사랑은 하늘이 내리신 것이라는 생각을 하게 되었단다. 그래서 그 아가씨의 뜻을 알아보겠다고 아들에게 이르고는, 곧바로 신하를 불러 이렇게 명했지. '그 양치기의 딸에게 가서 전하거라. 짐의 아들이 처자를 깊이깊이 사랑하고 있으므로, 처자를 짐의 며느리로 삼겠노라고.' 왕의 신하는 즉시 양치기의 딸을 찾아가 왕의 말씀을 그대로 전했지. 그런데 글쎄 신하의 말을 전해 들은 처자가 이렇게 묻더라는구나. '왕자께선 무슨 일을 하시는지요?' 뜻밖의 질문에 신하는 왜 그런 질문을 하느냐고, 왕자는 왕의 아드님이기 때문에 아무런 일도 하실 필요가 없다고 대답했단다. 그 말을 들은 아가씨는 왕자께서도 무슨 일이든 배우셔야 한다고, 그래야만 결혼을 할 수 있다고 말했어. 신하는 왕에게 돌아가 아가씨가 한 말을 그대로 전했지.

이 말을 들은 왕은 아들을 불러 다시 물었단다. '양치기의 딸이 네가 무엇이든 기술을 익혔으면 하고 바란다는구나. 아직도 그 처자를 네 아내로 맞고 싶으냐?' 아들은 그렇다고, 아가씨의 바램이 그렇다면 지푸라기로 융단 짜는 기술을 배우겠다고 왕께 아뢰었지. 그후 아들은 다양한 색깔에 여러 가지 무늬가 들어간 화려한 융단을 짜는 법을 배웠어. 삼 일째 되는 날에는 짚으로 아주 멋진 융단을 짤 수 있게 되었단다. 신하는 그 융단을 들고서 다시 양치기의 딸을 찾아갔어. 그리곤 융단을 보여주면서, 바로 이것이 왕자가 직접 짠 융단이라고 아가씨에게 자랑했지. 그제서야 양치기의 딸은 신하와 함께 왕궁으로 들어가 왕자의 아내가 되기를 허락했단다.

그후 어느 날이었어. 왕자가 바그다드 거리를 산책하고 있는데, 우연히 어느 식당이 하나 눈에 띄었단다. 식당이 하도 깨끗하고 시원해 보여서 왕자는 안으로 들어가 식탁에 앉았지. 그런데 겉보기와는 달리, 그 식당은 도둑놈들과 살인자들의 소굴이었단다. 그놈들은 왕자를 잡아 묶어 커다란 지하 감옥에 가두었지. 거기엔 이미 바그다드 거리 여기저기에서 잡혀온 사람들이 우굴우굴대고 있었어. 도둑놈들과 살인자들은 그들 중에서 가장 뚱뚱한 사람을 잡아 죽여서는 가장 비리비리한 사람에게 그 살을 강제로 먹이는 것을 마치 스포츠인 양 즐기고 있었던 거야. 그런데 공교롭게도 그들 중에서 가장 빼빼 마른 사람은 바로 왕자였단다. 다행히 페르시아 왕의 아들이라는 신분을 들키지 않은 탓에 아직 목숨만은 부지하고 있었지. 궁리끝에 왕자는 살아서 나갈 방법을 생각해냈어. 그 불한당 같은 놈들에게 자신은 짚으로 융단을 짜는 사람인데 그 융단은 값어치가 어마어마하게 나가는 것들이라고 말한 거야. 그러자 그놈들은 지푸라기를 한 단 갖다 주면서 왕자에게 융단을 짜보라고 했어. 밤낮을 가리지 않고 열심히 일한 왕자는 드디어 삼 일째 되는 날 세 개의 융단을 완성했지. 왕자는 그것들을 악당들에게 건네 주면서 페르시아 왕의 궁전에 갖고 가면 융단 한 개당 금화 백 닢은 줄 거라고 말했단다.

왕자의 말대로 악당들은 융단을 페르시아 왕께 들고 갔어. 융단을 본 왕은 그것이 왕자의 솜씨라는 것을 금방 알아챘지. 왕은 왕자비에게 융단을 보여주면서 말했단다. '이 융단이 궁으로 들어왔는데, 짐이 보기엔 잃어버린 내 아들이 짠 게 틀림없는 것 같구나.' 이제는 왕자비가 된 그 양치기의 딸도 융단을 하나하나 꼼꼼히 살펴보았지. 그랬더니 글쎄 융단에 수놓아져 있는 무늬들은 바로 남편이 페르시아어로 자신이 잡혀 있는 곳을 새겨 놓은 거였어. 왕자비는 즉시 그것을 왕에게 알리고 도움을 청했단다.

왕은 급히 군사들을 풀어 도둑과 살인자들의 소굴에 갇혀 있던 사람들을 구하고 악당들을 모두 잡아들였단다. 왕자도 그리운 왕과 현명한 아내가 기다리고 있는 왕궁으로 무사히 돌아왔지. 궁으로 돌아와 아내를 다시 마주한 순간, 왕자는 엎드려 아내의 작은 발에 입을 맞추면서 이렇게 말했단다. '오, 나의 사랑! 내가 살아 돌아온 것은 모두 다 당신 덕분이오.' 말할 필요도 없겠지만, 왕 역시 양치기의 딸을 더욱 귀히 여기게 되었단다."

이야기를 마친 할머니가 내 얼굴을 물끄러미 바라보면서 한마디를 더 덧붙이셨다.

"왜 사람이면 모두 쓸모 있는 기술을 익혀야 한다는 건지 알겠냐?"

"네, 할머니, 잘 알겠어요." 난 기꺼운 마음으로 대답했다. "돈을 좀 모아 톱하고 망치, 그리고 송판을 몇 장 사야겠어요. 열심히 노력해서 간단한 의자나 책장을 꼭 만들어 볼게요."

헤르만 헤세

어느 젊은이의 사랑

성자 힐라리온의 시대에 있었던 이야기이다. 이 성자의 고향인 '가자'라는 곳에 소박하고 신앙심이 깊은 부부가 살고 있었다. 하나님은 이 부부에게 총명하고 아주 아름다운 딸을 주었다. 이 순결한 처녀는 예절바르고 하나님을 사랑하는 마음으로 모든 이를 아껴 주고 상냥해서 모두들 그녀를 무척이나 귀여워했다. 그녀의 하얀 이마에는 검고 빛나는 머리칼이 하늘거렸고, 귀엽게 내리뜬 눈에는 새까만 긴 속눈썹이 그늘을 지었다. 그리고 작고 귀여운 발로 마치 야자수 밑을 걸어가는 염소처럼 사뿐사뿐 걸었다. 그녀는 남자들을 거들떠보지도 않았다. 그것은 그녀가 열네 살 때 목숨이 위급할 정도로 몹시 아픈 적이 있는데, 그때 그녀의 부모들이 하나님께 만일 딸의 병이 낫게만 되면 그녀를 수녀로 바치겠다고 약속을 했기 때문이다. 마침 하나님께선 그들의 청을 받아들여 그녀를 낫게 해주었다.

그런데 이웃에 있는 한 청년이 이 청순한 처녀를 사랑하고 있었다.

그 청년도 미남인 데다가 체격이 좋고 부유한 집안의 아들이었다. 부모들은 모든 정성을 다해 그를 키웠다. 그러나 그 처녀를 사랑하기 시작하고부터 그는 그녀에 대한 생각으로 골똘할 뿐 다른 일에는 신경도 쓰지 않게 되었다. 먼발치에서나마 그녀를 보게 되면, 그는 하던 일도 마다하고 아름다운 그녀를 황홀한 눈길로 바라보는 것이었다. 그러나 그 처녀를 못 보는 날이면 마음은 우울해지고 얼굴은 창백해져서 하루 종일 아무것도 안 먹고 한숨과 비탄으로 지냈다.

이 청년도 기독교 교육을 받아 온화하고 경건한 성품을 지니고 있었다. 그러나 지금은 뜨거운 연정만이 그의 온 마음을 완전히 사로잡고 말았다. 그는 이젠 기도도 할 수 없었다. 신성한 일을 생각하는 대신에 그 처녀의 길고 검은 머리칼을, 고즈넉한 아름다운 눈을, 볼과 입술과 토실토실하면서도 가늘고 하얀 목을, 그리고 작고 민첩한 발만을 생각하게 되었다. 그러나 청년은 자신의 열렬한 사랑을 처녀에게 고백하지 못했다. 그것은 처녀가 그 누구와도 결혼할 생각이 없고, 하나님과 부모에 대한 사랑 이외에는 아무도 사랑하지 않으려 한다는 것을 이미 그도 잘 알고 있었기 때문이다.

그러나 어느 날은 고통스런 사랑앓이에 시달리다 못 한 그가 마침내 처녀에게 긴 애원의 편지를 쓰게 되었다. 거기에다 열렬한 사랑을 고백하고, 그런 자기를 받아들여 달라고, 그리고 장차 신의 뜻에 맞는 행복한 결혼을 해달라고 간절하게 호소했다. 편지에 페르시아의 고귀한 향수를 뿌리고 명주 끈으로 묶은 다음 늙은 여자 하인을 시켜 아무도 몰래 처녀에게 보냈다.

이 편지를 받아본 처녀의 얼굴은 진홍빛 옷감처럼 붉어졌다. 생전 처음으로 받은 연애편지에 당황한 처녀는 찢어 버릴까, 아니면 어머니한테 보일까, 한동안 갈피를 못 잡았다. 처녀는 어릴 때부터 청년을 잘 알고 있었고, 또한 좋아하기도 했다. 뿐만 아니라 그의 편지는 너무도 겸손하고 진실한 마음이 담겨 있는 것 같았다. 그래서 그녀는 편지를 찢어 버리지도 어머니에게 보이지도 않고 심부름으로 온 노파에 되돌려 주며 이렇게 일렀다.

"이 편지를 다시 갖다드리고 다시는 이런 얘길 제게 써보내지 말라고 해주세요. 저는 부모님 말씀대로 수녀가 되기로 작정했기 때문에 남자를 생각할 수 없다는 것도 알려드려요. 저는 언제까지나 처녀로 하나님을 섬기고 존경해야 하고, 또 그렇게 해야만 한다고 말씀해 주세요. 하나님의 사랑은 사람의 사랑보다 더욱 높고 귀합니다. 하나님의 사랑보다 높고 고귀한 사랑을 가진 사람을 찾지 못 한 저는 하나님과의 약속을 지키려한다고 말씀해 주세요. 그러나 이 편지를 쓴 사람에게 모든 이성(理性)보다 높은 하나님의 평화가 있기를 바랍니다. 자 가세요. 다시 또 이런 심부름을 하면 앞으론 상대하지 않겠어요."

노파는 그녀의 강경한 태도에 놀라 황급히 주인 도련님한테로 돌아가서 편지를 돌려 주며 처녀가 한 말을 하나도 빼지 않고 전했다.

노파는 이런저런 말로 청년을 위로했다. 하지만 그는 너무도 실망해 눈물을 흘리며 훌쩍거렸다. 그는 다시는 길가에서 그녀와 마주치지 않으려 애썼다. 멀리서만 바라보려고 그녀로부터 멀리 떨어진 데서 서성거릴 뿐이었다. 밤이면 잠을 이루지 못하고 뒤척이며 그녀의 이름과 여러 가지 달콤하고 부드러운 사랑의 말을 흡사 신들린 사람처럼 중얼거렸다. 그녀를 자기의 빛이며, 별이며, 암사슴이며, 야자수이며, 진주라고 불렀다. 그러나 그런 공상에서 깨어나 어두운 방에 혼자 있다는 것을 깨닫는 순간 그는 이를 갈며 하나님을 저주하고 미친 듯이 머리를 벽에 부딪치며 발광을 했다.

세속적인 사랑의 감정 때문에 그의 마음속에는 하나님을 두려워하는 생각마저 차츰차츰 흐려지고 말았다. 그 틈을 타고 그의 마음속에 악마가 기어들게 되었다. 그는 악에서 악으로만 치달아 갔다. 마침내 그는 그 아름다운 처녀를 폭력으로라도 자기의 것으로 만들고야 말겠다고 결심하게 되었다.

그는 멤피스로 여행을 떠났다가 그곳 아스클레피오스의 이교도들이 경영하는 학교에 들어가 마술 교육을 받았다. 그는 1년 동안 아주 열심히 교육을 받고 나서 다시 '가자'로 돌아왔다.

그는 동판에 사랑의 마법을 지닌 기호와 힘있는 말을 새겼다. 그리고는 강력한 주술을 불어넣은 다음, 그 판을 처녀의 집 문턱 밑에 파묻었다.

그러자 처녀는 이튿날부터 달라지기 시작했다. 지금까지 단정하게 내리뜨던 눈을 함부로 굴려댔으며, 머리를 풀어헤쳐 제멋대로 나부끼게 했고, 예배와 기도도 게을리했다. 그뿐만 아니라 아무도 가르쳐 준 적 없는 저속한 사랑의 노래를 불러댔다. 이러한 행동은 날이 갈수록 심해졌다. 밤이면 청년의 이름을 소리 높여 부르며, 어서 곁으로 오라고, 그를 원하는 것이었다.

마법에 걸려 이렇게 변한 처녀의 상태를 부모들이 모를 리가 없었다. 딸의 말과 태도가 이상하다는 눈치를 챈 부모들은 한밤중에 딸의 방을 몰래 지켜 보고 나서 놀라움과 두려움을 금치 못했다. 그녀의 아버지는 딸이 행실 고약한 년이라고 단정하고 내쫓으려고까지 했다. 그러나 그녀의 어머니가 남편을 말렸다. 부모들은 딸이 이상한 행동을 하는 원인을 조사하기 시작했다. 결국 딸이 마법에 걸려 그런 지경이 되었다고 생각하게 되었다. 처녀는 마귀 들린 듯이 행동할 뿐 아니라, 하나님을 모독하는 말까지 서슴지 않았고, 소리를 높여 애인을 부르며 세속적 사랑을 갈망했다.

부모는 여러 가지로 고심한 끝에 성자 힐라리온을 생각해냈다. 힐라리온은 오래 전부터 '가자'를 떠나 멀리 황야에서 숨어 지내며 하나님에게 보다 더 가까이 가고자 몸과 마음을 청결히 닦고 있었다.

또한 그는 많은 병자를 고쳐 주었고, 많은 마귀를 내쫓아 성 안토니우스와 함께 당대 최고의 신앙가로 칭송받고 있었다. 양친은 딸을 그에게로 데리고 가 사정을 말하고 치료를 부탁했다.

"누가 너를 하나님의 종에서 떠나 사악한 욕망의 그릇이 되게 하였느냐?"

힐라리온의 설교에도 불구하고 처녀는 몸이 야위고 피부가 햇볕에 그을은 그를 바라보며 조소하기 시작했다. 그리고는 자기의 흰 살결과 매끄러운 육체를 자찬하면서 성자를 흉칙한 허수아비라고 모욕했다. 그녀의 부모들은 부끄러움을 이기지 못해 머리를 푹 수그리고 꿇어 앉아 용서를 빌었다. 그러나 힐라리온은 웃으며 처녀에게 깃든 마귀에게 강경한 추궁을 멈추지 않자, 악귀가 스스로 이름을 밝히며 모든 것을 자백하고 말았다. 성자는 맹렬히 반항하는 악마를 있는 힘을 다해 처녀한테서 쫓아냈다. 비로소 처녀는 열이 내리며 꿈에서 깨어나듯 제정신을 찾게 되었다. 그리고 힐라리온에게 축복을 빌며 다시 이전과 같이 신앙심이 강한 성스러운 처녀가 되었다.

청년은 그 동안 사랑의 마력이 그녀를 자기 팔 안으로 끌어다 주기를 기다리고 있었다. 이런 기대감에 부풀어 며칠을 지내는 동안 그런 일이 생긴 것이었다. 처녀가 이미 완쾌되어 집으로 돌아와 머물고 있던 어느 날 그는 거리를 걸어가다가 그녀가 멀리서 오는 것을 발견했다. 그는 걸음을 빨리 했다. 그녀와 가까워졌을 때 그는 그녀의 이마가 예전과 같이 순결하게 빛나고 있는 것을 보았다. 그뿐 아니라 그녀의 온 얼굴에는 바로 천국에서 온 듯한 평화로움이 가득 찬 아름다움이 어려 있었다. 청년은 놀라서 발길을 멈추고 그녀의 모습을 바라보다가 자신의 나쁜 짓에 부끄러움을 느꼈다. 그러나 그는 그런 죄의식을 애써 떨쳐 버리고는 그녀가 아주 가까이 왔을 때 자신이 그녀에게 건 마력을 믿고 그녀의 손을 잡으며 말했다.

"저, 저를 사랑합니까?"

처녀는 얼굴을 붉히지 않고 눈을 치떴다. 그녀의 별과 같이 순결한 눈이 그에게 부딪쳐 왔다. 그 눈 속에는 이루 말할 수 없이 부드러운 호의가 빛나고 있었다. 그녀는 그의 손을 꼬옥 마주잡아 주며 말했다.

"형제여, 저는 당신을 사랑합니다. 저는 당신의 불쌍한 영혼을 사랑합니다. 영혼을 악에서 빼앗아 다시 아름다워지고 깨끗해지도록 하나님께 맡겨 주십시오. 부탁합니다."

보이지 않는 손이 청년의 마음을 움직였다. 그리하여 청년은 눈물을 흘리며 말했다.

"아아, 그럼 저는 영원히 당신을 단념해야 합니까? 말해 주십시오. 저는 당신이 하라는 대로 하겠습니다."

그녀는 천사와 같이 웃으며 그에게 말했다.

"영원히 단념할 필요는 없어요. 우리는 언젠가 하나님 앞에 서게 될 테니까요. 우리는 하나님의 눈을 바라보며, 하나님의 심판을 통과하도록 힘써야 해요. 그때는 저도 당신의 벗이 될 겁니다. 당신이 저와 떨어져 있어야 하는 것은 잠시 동안입니다."

청년은 그녀의 손을 놓았다. 그녀는 웃으면서 떠나갔다. 청년은 잠시 얼빠진 사람처럼 서 있다가 돌아섰다.

그는 황야로 나가 하나님을 섬겼다. 그의 몸은 야위어 갔고 잘생겼던 외모도 사라져 갔다. 피부는 갈색으로 그을었다. 그는 들짐승들과 함께 지냈다. 피로가 덮쳐 오고 회의에 고통스러워지고 위안이라고는 그 어떤 것에서도 찾을 수가 없을 때면 그는 몇백 번이고 그녀의 말을 되새겼다. "그것은 잠시 동안입니다. 그것은 몇백 번 잠시 동안입니다……

물론 그에게는 이 잠시 동안이라는 것이 길었다. 머리는 회색이 되었다가 아주 백발이 되고…… 그리고 그는 여든한 살까지 살았다.

　그러나 그까짓 팔십 년이 무엇인가. 세월은 달같이 흐르는 것이다. 그가 청년이었던 시대로부터 지금은 천수백 년이 흘러갔다. 우리의 이름도 그와 같이 곧 잊혀질 것이다. 기껏해야 알쏭달쏭한 전설 한 토막을 남기는 이외에는 우리의 흔적이란 그 어디에도 남지 않을 것이다.

레오 톨스토이

세 명의 은자들

> 너희는 기도할 때에 이방인들처럼 빈말을 되풀이하지 말아라.
> 그들은 말을 많이 해야만 하느님께서 들어주시는 줄 안다.
> 그러니 그들을 본받지 말아라. 너희의 아버지께서는 구하기도 전에
> 벌써 너희에게 필요한 것을 알고 계신다.
> — 마태복음 6장 7절~8절

　주교는 아크엔젤에서 솔로베스크 수도원을 향해 가는 중이었다. 배 위에는 그곳에 있는 사원을 찾아가는 순례자들도 여럿이 함께 타고 있었다. 항해는 순조로웠다. 바람도 적당했고 날씨도 쾌청했다.

　순례자들은 갑판 위로 올라와 식사를 하거나 여럿이 모여 앉아 얘기를 나누었다. 주교도 갑판 위를 기웃거리며 사람들 얘기를 들었다. 그러던 중 한 무리의 사람들이 뱃머리 근처에 몰려 서서 어느 어부의 이야기에 귀를 기울이고 있는 게 보였다. 어부는 바다 저쪽을 가리키면서 한창 이야기에 열을 올리고 있었다. 주교는 걸음을 멈추고 서서

어부가 가리키는 쪽을 바라보았다. 그러나 햇살 아래 반짝이고 있는 바다 외에는 아무것도 눈에 띄지 않았다. 주교는 어부의 얘기를 듣기 위해 그에게로 좀더 가까이 다가갔다. 그러자 주교를 본 어부가 모자를 벗고 경의를 표하며 하던 말을 뚝 멈추어 버렸다.

"형제 여러분, 방해가 안 되었으면 합니다. 저 역시 이 훌륭한 분께서 들려주시는 이야기를 듣고 싶어서 온 겁니다." 주교가 말하자, 다른 순례자들에 비해 조금은 용감해 보이는 어느 상인이 앞으로 나서며 얘기했다.

"이분께서 저희에게 어느 은자들 이야기를 해주고 있던 참입니다."

"은자들이라니, 어떤 은자들 말씀입니까?" 갑판 가장자리에 있는 상자 위에 자리를 잡으며 주교가 물었다.

"그분들 이야기를 계속 좀 들려주시죠. 저도 듣고 싶습니다. 그런데 손가락으론 무얼 가리키고 계셨던 겁니까?" 그러자 어부가 바다 앞쪽에서 약간 오른쪽 방향을 가리키며 대답했다. "저, 저기 보이는 저 작은 섬을 알려주고 있던 참입니다. 그 은자들께서 영혼의 구원을 빌며 살고 계신 섬이죠."

"섬이 어디 있는데요? 제 눈에는 아무것도 보이지 않는데요." 주교가 다시 묻자 어부가 대답했다.

"저기 저 멀리, 제 손가락이 가리키는 곳을 잘 살펴보세요. 작은 구름이 보이시죠? 그 구름 아래에서 약간 왼쪽을 보면, 희미한 줄 같은 게 보이실 겁니다. 거기가 바로 그 섬이죠."

주교는 눈을 크게 뜨고 어부가 가리키는 곳을 살펴보았다. 그러나 그의 눈에는 태양 아래서 반짝반짝 빛나고 있는 바다 외에는 여전히 아무것도 보이지 않았다.

"안 보이는데요. 그런데 거기 살고 계신 은자들은 어떤 분들입니까?" 주교가 묻자 어부가 대답했다. "성스러운 분들이시죠. 그분들 이야기는 아주 오래 전부터 듣고 있었는데, 작년에야 우연히 제 눈으로 직접 그분들을 만나 보았죠."

그러면서 어부는 고기를 잡으러 나갔다가, 한밤중에 그 섬에 좌초되어, 자신이 어디에 있는지도 모르는 채 한참 동안 길을 잃고 헤매다가 그 노인들을 만났던 이야기를 들려주었다. 아침에 다시 섬을 배회하다가 우연히 흙으로 지은 오두막집을 한 채 발견했는데, 그 근처에 어떤 노인 한 분이 서 있었다고 한다. 곧이어 다른 노인 두 분이 오두막에서 나오더니 그에게 먹을 것을 주고 옷가지들을 말리게 한 다음, 배 고치는 일을 도와주었다는 것이다.

"어떻게 생긴 분들이었습니까?" 주교가 물었다.

"한 분은 작은 키에 등이 약간 굽어 있었어요. 신부들이 입는 검은 평상복을 입고 계셨는데, 나이가 굉장히 많은 것 같았습니다. 백 살은 족히 넘어 보였어요. 얼마나 오래 사셨는지, 하얀 수염에 푸르스름한 기운까지 감돌더라니까요. 하지만 항상 미소를 머금고 계셨고, 얼굴은 마치 하늘에서 막 내려온 천사처럼 맑았어요. 두 번째 노인은 키가 비교적 컸는데, 역시 나이가 많이 들어 보였어요. 누덕누덕 기운 농부옷 차림에, 누리끼리한 회색 턱수염이 넓게 나 있었지요. 하지만 기운은 장사셨어요. 제가 미처 배 고치는 것을 시작하기도 전에, 마치 양동이를 들어올리는 것처럼 단숨에 배를 번쩍 들어올려선 뒤집어 놓더라구요. 그분 역시 아주 친절하고 온화하셨습니다. 세 번째 노인 역시 키가 장대 같이 컸는데, 눈처럼 하얀 턱수염을 무릎까지 내려뜨리고 계셨어요. 앞으로 쑥 튀어나온 눈썹에, 아주 근엄해 보이는 분이셨죠. 허리에 거적대기 같은 것을 둘러맨 것 말고는 몸에 아무것도 걸치고 있지 않았어요."

"그분들이 당신께 뭐라 말을 걸기는 하셨나요?" 주교가 물었다.

"대부분 아무 말씀 없이 모든 일들을 처리하셨어요. 하지만 그분들 끼리도 거의 말을 나누지 않았습니다. 한 분이 그저 눈짓만 해도, 다른 분들은 다 알아들으시는 것 같았어요. 키가 가장 큰 어른께 그곳에 사신지가 오래 되었느냐고 물었더니, 얼굴을 찌푸리며 화가 나신 듯 뭐라고 뭐라고 투덜거리셨어요. 하지만 나이가 가장 많으신 어른이 그분의 손을 잡고 미소를 지어 보이니까, 키 큰 분도 곧 잠잠해지더군요. '저희에게 은총을 내리소서'라고 말씀하시며 조용히 미소만 지었는데도 말예요."

어부가 이야기를 하고 있는 사이, 배는 어느덧 그 섬에 좀더 가까이 다가가 있었다. "저기, 저곳이에요, 이젠 좀더 선명하게 보이시죠?" 상인이 손으로 섬 쪽을 가리키며 말했다.

그가 가리키는 곳을 보자, 이번에는 주교의 눈에도 하나의 검은 줄 같은 것이 보였다. 바로 그 섬이었다. 잠시 그곳을 바라보던 주교는 뱃머리 쪽으로 가서 조타수에게 물었다.

"저게 무슨 섬입니까?"

"저 섬엔 이름이 없습니다. 이 근해에는 저런 섬들이 워낙 많거든요."

"저 섬에 영혼의 구원을 바라며 사는 은자들이 있다는 게 사실입니까?"

"그렇다고들 합니다만, 그게 사실인지 어떤지는 저도 잘 모릅니다. 어부들 말로는 자기들 눈으로 직접 봤다고도 하는데요, 물론 꾸며낸 얘기를 허풍처럼 떠들고 있는 것일 수도 있어요."

"저 섬에 내려서 그분들을 직접 만나 보고 싶은데, 그럴 수 있을까요?"

그러자 조타수가 대답했다.

"이 배는 저 섬에 가까이 댈 수 없습니다. 하지만 보트를 타고 가실

수는 있어요. 선장님께 말씀드려 보는 게 좋을 것 같습니다."

주교가 선장을 불러 물었다.

"그 은자들을 만나 보고 싶은데, 저를 보트로 저 섬까지 좀 데려다 주실 수 없겠습니까?"

선장은 주교의 그런 바램을 단념시키려고 애썼다.

"물론 그렇게 해드릴 수는 있습니다. 하지만 시간을 많이 잡아먹게 될 거예요. 그리고 감히 말씀드리자면, 그 노인들은 주교님께서 그런 어려움을 감내하며 만나 보실 만한 가치가 없습니다. 소문을 들어보면, 그 노인들은 아무것도 이해하지 못하는 얼간이들인 데다가, 말은 한마디도 하지 않는다고들 합니다. 바다에 사는 물고기들이나 다를 바 없어요."

"그들을 꼭 만나보고 싶습니다. 선장의 노고와 시간적 손실에 대해서는 사례를 할 테니, 보트를 꼭 좀 내주었으면 좋겠습니다."

주교가 완강하게 나오자, 그의 요청을 피할 수 없었던 선장이 드디어 명령을 내렸다. 선원들은 바람을 잘 받도록 돛을 조절했으며 조타수는 키를 잡고 배의 항로를 섬 쪽으로 고정시켰다. 주교는 뱃머리에 갖다 놓은 의자에 앉아 앞쪽을 바라보았으며, 승객들도 모두 뱃머리에 모여 서서 섬 쪽으로 시선을 모았다.

얼마 안 있어, 눈이 밝은 사람들에겐 섬의 바위들과 진흙으로 지은 오두막 한 채가 시야에 들어왔다. 잠시 후엔 어느 남자 승객 한 명이 은자들의 모습을 발견했다. 선장은 망원경을 가져다 살펴본 후에 그 것을 주교에게 넘겨 주었다.

"맞습니다. 노인 세 명이 해변에 서 있어요. 저기, 저 큰 바위에서 약간 오른쪽을 보십시오."

주교는 망원경으로 선장이 얘기한 곳을 살펴보았다. 정말 세 노인의 모습이 눈에 들어왔다. 키가 큰 노인 한 명과 그보다는 키가 작은 또 다른 노인, 그리고 아주 작은 키에 등이 굽은 노인이 서로 손을 잡은 채 해변에 서 있었다.

선장이 주교를 향해 돌아서면서 말했다.

"주교님, 이 배로는 여기서 더 이상 가까이 다가갈 수 없습니다. 해변에 올라가 보고 싶으시면, 여기에 배를 정박시켜 놓고 있는 동안 보트를 타고 갔다 오셔야 합니다."

곧 굵은 닻줄을 내려 배를 정박시키고, 돛도 감아 올렸다. 급격한 움직임과 함께 배가 흔들리면서 보트 한 척이 내려졌고, 노 젓는 사람들이 보트 안으로 뛰어들었다. 주교는 사다리를 타고 보트 안으로 내려가 자리를 잡았다. 선원들이 노를 젓기 시작하자, 보트는 빠른 속도로 섬을 향해 움직이기 시작했다. 돌을 던지면 닿을 수 있을 만큼 섬에 가까이 이르자, 세 명의 노인들—거적대기 하나만 달랑 허리에 두르고 있는 키 큰 노인과 누더기 같은 농부옷을 걸친 키 작은 노인, 낡은 성직자복을 입고 있으며 늙어서 허리가 약간 굽은 노인—이 나란히 손을 맞잡고 서 있었다.

선원들은 노를 거둬들인 뒤 갈고리 장대로 보트를 해변에 정박시켰다. 주교가 내리자, 노인들은 주교에게 다가와 고개 숙여 인사를 했다. 주교가 답례로 성호를 그으며 그들에게 축복을 보내자, 그들은 더욱 낮게 머리를 조아렸다. 주교가 그들에게 말을 걸기 시작했다.

"자기 영혼의 구제를 위해 애쓰시며, 동시에 다른 사람들을 위해서도 우리 주 예수 그리스도께 기도를 드리며 사시는 성스러운 분들이 이곳에 계시다는 얘기는 들었습니다. 저, 저는 부끄럽습니다만, 그리스도의 어리석은 종으로, 자비롭게도 그리스도의 어린 양들을 지키고 가르치라는 소명을 받고 있습니다. 그래서 역시 하나님의 종인 선생님들에게 제가 드릴 수 있는 가르침을 주기 위해 이렇게 뵙고자 한 것입니다."

그러나 노인들은 서로 미소만 주고받을 뿐, 말은 한마디도 하지 않았다.

"말씀해 주십시오. 영혼을 구제하기 위해 어떻게 하고 계신지, 그리고 또 이 섬에서는 하나님을 어떻게 봉양하고 계신지." 주교가 묻자, 어쩐 일인지 두 번째 노인이 한숨을 내쉬며 가장 연장자인 노인을 바라보았다. 그러자 그 노인이 미소를 지으며 말했다.

"하나님의 종이시여, 우리는 하나님을 모시는 방법을 모릅니다. 다만 우리 자신들을 섬기고 부양할 따름입니다."

"그러면 하나님께 드리는 기도는 어떤 식으로 하고 계십니까?"

"이런 식으로 하지요. '너희 셋이여, 우리 셋이여, 우리에게 축복 있으라!'" 나이가 가장 많은 노인이 이렇게 외치자, 다른 두 명의 노인들도 일제히 하늘을 우러러보면서 따라 외쳤다.

"너희 셋이여, 우리 셋이여, 우리에게 축복 있으라!"

주교가 미소를 지으며 말했다.

"삼위일체에 관해서 무언가 들으신 적은 있군요. 하지만 기도는 그렇게 하는 게 아닙니다. 선생님들께서는 주님을 기쁘게 해드리고 싶어하면서도 정작 그분을 어떻게 섬겨야 하는지는 모르고 계시는 것 같습니다. 제가 그 방법을 가르쳐 드릴 테니, 잘 들어보세요. 이건 제가 만들어낸 방법이 아니라, 하나님께서 성경을 통해 모든 인간들에게 가르쳐 주신 것입니다."

그러면서 주교는 은자들에게 성부와 성자와 성령에 대해 얘기해 주고, 하나님께서 당신의 모습을 인간들에게 어떤 식으로 드러내 보이셨는지 설명해 주었다.

"주님께서는 인간들을 구원하기 위해 이 땅에 오셨습니다. 그리고 그분께서는 이런 식으로 기도하라고 가르쳐 주셨어요. 잘 듣고 저를 따라해 보세요, '우리 주'."

첫번째 노인이 주교를 따라 '우리 주'라고 말하자, 두 번째 노인과 세 번째 노인도 주교를 따라 했다.

'하늘에 계신' 하면서 주교는 계속 주기도문을 가르쳐 주었다.

첫번째 노인은 '하늘에 계신'이라고 제대로 따라 했으나, 두 번째 노인은 그만 실수로 단어 하나를 빠뜨렸고, 키 큰 세 번째 노인은 발음도 정확하게 하지 못했다. 수염이 입을 온통 뒤덮고 있어서 분명하게 발음을 할 수가 없었기 때문이다. 나이가 가장 많은 노인 역시 이가 몽땅 빠져 있어서 불분명하게 웅얼거렸다.

주교는 다시 주기도문을 반복하고, 노인들은 열심히 주교를 따라 주기도문을 외웠다. 노인들은 바위 위에 걸터앉은 주교의 앞에 서서 주교의 입 모양을 바라보며 그가 주기도문을 암송할 때마다 그대로 따라 했다. 주교는 하루 종일 똑같은 말을 열 번 스무 번, 아니 백 번도 넘게 가르쳤다. 노인들이 실수를 하면 고쳐 주고 또 고쳐 주면서, 처음부터 다시 외우게 했다.

주교는 노인들이 주기도문 전체를 혼자서 외울 수 있게 되기까지 계속 가르치고 또 가르쳐 주었다. 두 번째 노인이 가장 먼저 주기도문을 다 외울 수 있게 되었다. 주교는 그에게 주기도문을 반복해서 여러 번 외우게 했고, 마침내는 다른 두 명의 노인들도 주기도문을 완전히 외울 수 있게 되었다.

사방이 점점 어두워지더니 어느덧 수평선 위로 달이 얼굴을 내밀었다. 배로 돌아가기 전 주교가 노인들에게 인사를 하자, 노인들 모두 주교에게 큰절을 올렸다. 주교는 노인들을 일으켜 세운 뒤 한 명 한 명의 얼굴에 입을 맞추면서, 자신이 가르쳐 준 대로 기도를 드리라고 부탁했다. 그런 다음 주교는 보트를 타고 배로 돌아갔다.

배로 돌아가는 주교의 뒤로, 열심히 주기도문을 외우는 노인들의 목소리가 들려왔다. 보트가 배에 가까워지면서 노인들의 목소리는 더 이상 들리지 않게 되었지만, 달빛을 받으며 해변에 서 있는 세 사람의 모습만은 어렴풋하게나마 여전히 보였다. 키가 가장 작은 노인이 가운데에 서 있고, 키가 가장 큰 노인은 오른쪽에 나머지 한 노인은 왼쪽에 서 있었다.

주교가 배에 올라타자마자 닻이 끌어올려졌고 돛도 활짝 펼쳐졌다. 배는 돛 한 가득 바람을 안고 다시 항해를 시작했다. 다시 뱃머리 쪽에 자리를 잡은 주교는 금방 떠나온 섬 쪽을 지그시 바라보았다. 노인들의 모습은 이내 시야에서 사라졌지만, 섬은 그대로 눈에 들어왔다. 얼마 안 있어 섬의 형체도 희미해지고, 이제 보이는 거라곤 달빛 아래 잔잔히 일렁이는 바다뿐이었다.

순례자들은 어느덧 잠이 들어 버렸고, 갑판 위는 쥐 죽은 듯 고요하기만 했다. 그러나 주교는 잠자고 싶은 마음이 들지 않았다. 그는 뱃머리 쪽에 앉아 더 이상 보이지 않는 섬 쪽으로 시선을 둔 채 선량한 노인들의 모습을 그리며, 물끄러미 바다를 바라보고 있었다. 기쁜 마음으로 주기도문을 외우던 노인들의 얼굴을 떠올리며, 주교는 그렇게 선량하고 신성한 노인들을 가르치고 도울 수 있도록 자신을 보내 주신 하나님께 감사드렸다.

이미 시야에서 사라져 버린 섬 쪽을 바라보면서 이런저런 생각에 잠겨 있는데, 주교의 눈에 갑자기 바다 위 달빛이 비추는 길목에서 무언가 하얗게 빛나는 것이 보였다. '갈매기인가? 아니면 다른 작은 배들의 돛이 반짝이면서 내는 빛인가?' 의아하게 여긴 주교는 두 눈을 모으고 그것을 뚫어져라 바라보았다.

'분명 우리 뒤꽁무니를 밟으며 항해하고 있는 작은 보트 같은데, 저렇게 빨리 따라잡다니. 일 분 전만 해도 아주 멀리 있었는데, 벌써 저만큼이나 가까워졌잖아! 어! 돛이 안 보이는 걸 보면, 보트도 아닌 것 같고……. 뭔지 모르지만 우릴 뒤쫓고 있는 게 분명해.'

도대체 그게 무엇인지 주교는 분간해낼 수가 없었다. 보트도, 새도, 그렇다고 물고기도 아닌데 도대체 무엇이란 말인가! 사람으로 보기엔 너무 커 보였다. 게다가 사람이면 도대체 어떻게 바다 한가운데를 가로질러 올 수 있단 말인가! 주교는 자리에서 벌떡 일어나 조타수에게로 다가갔다.

"이보게, 저기 저게 뭐지? 도대체 저게 뭐야? 자네 보이나?" 주교는 자신도 분간해낼 수 없는 이상한 형체를 가리키면서 조타수에게 연거푸 질문을 던졌다.

그것은 바로 세 명의 은자들이었다! 하얀빛에 감싸인 채, 회색 수염을 휘날리며 빠른 속도로 물 위를 미끄러져 오고 있는 세 명의 은자들. 어찌나 빠른 속도로 배를 따라잡고 있는지, 주교가 타고 있는 배는 마치 정지해 있는 것 같았다.

그들의 모습을 알아본 순간, 조타수는 공포에 질려 키까지 놓쳐 버리고 말았다.

"오, 이럴 수가! 그 노인들이 마치 땅 위를 달리는 것처럼 물을 타고 와요!"

그의 외침 소리에 놀란 승객들도 눈을 뜨고는 뱃머리 쪽으로 몰려들었다. 나란히 손을 잡은 채 물 위를 미끄러져 오는 은자들의 모습이 눈에 들어왔다. 세 명의 은자들 모두 발가락 하나 움직이지 않으면서도 미끄러지듯 부드럽게 물 위를 달려오고 있었는데, 양쪽의 두 노인은 어서 배를 멈추라는 듯 계속 손짓을 보내고 있었다. 미처 배를 멈추기도 전에, 세 명의 은자들은 벌써 배 옆까지 다가와 있었다. 그들은 고개를 들더니 마치 셋이 하나인 양 한목소리로 말하기 시작했다.

"하나님의 종이시여, 당신께서 가르쳐 주신 것을 그만 잊어버렸습니다. 기도문을 반복해서 외우는 동안에는 기억을 할 수 있었는데,

잠깐 외우는 것을 멈춘 사이, 단어 하나를 잊어버리고 말았어요. 이젠 온통 뒤죽박죽, 하나도 기억이 나지 않습니다. 아무것도 기억해낼 수가 없어요. 부디 다시 한 번 더 가르쳐 주셨으면 합니다."

그러자 까무러칠 듯 놀란 주교는 쓰러질 듯 위태로운 몸을 배의 난간에 기대고 선 채 성호를 그으면서 말했다.

"하나님의 신성한 분들이시여! 당신들은 이미 스스로 만들어낸 기도로도 하나님께 다가갈 수 있는 분들이십니다. 저는 감히 당신들을 가르칠 수 있는 사람이 아닙니다. 부디 저희 죄인들을 위해 기도해 주소서!"

그러면서 주교가 깊이 머리를 조아리자, 그들은 아무 말 없이 돌아서더니 다시 바다를 가로질러 가버렸다. 그들이 사라져 버린 자리에 선 동이 틀 때까지도 한 줄기 빛이 밝게 빛나고 있었다.

E. M. 포스터

앤드류 씨

망자들의 영혼이 심판의 뜰과 천국의 문을 향해 승천하고 있었다. 세계 영(靈)은 대기가 끓어오르는 거품을 내리누르듯이 각각의 영혼들을 제압해서 얄팍한 인격의 외피를 깨뜨린 다음 그들의 미덕에 세계 영의 미덕을 불어넣기 위해 온 사방에서 압력을 가해 왔다. 그러나 영혼들은 지상에서의 즐거웠던 삶을 추억하고 앞으로 다가올 삶을 소망하며 세계 영에 저항했다.

영혼들 중에는 자비롭고 명예롭게 살다가 최근 도시에 있는 자신의 집에서 사망한 앤드류 씨의 영혼도 끼어 있었다. 그는 겸허한 마음으로 심판을 기다리고 있었지만, 자신이 매우 친절하고 솔직하며 종교적인 삶을 살았다고 생각하고 있었기 때문에 심판의 결과에 대해선 조금도 의심하지 않고 있었다. 신은 그렇게 심술궂은 분이 아니므로 상대방이 구원을 당연한 것으로 여기고 있다 해서 구원을 거부하거나 하지는 않으실 것이다. 정의로운 영혼이 자신의 정의로움을 당연히 의식하고 있듯이 앤드류 씨도 자신이 정의롭다는 것을 잘 알고 있었다.

"길이 멀군." 어느 영혼의 목소리가 들려왔다. "하지만 신나게 떠들면서 가면, 같은 길도 훨씬 짧게 느껴지죠. 같이 말동무나 하며 가도 되겠수?"

"물론입니다." 앤드류 씨가 대답하면서 손을 내밀었다. 그 영혼은 터키인이었다. 그렇게 해서 두 영혼은 함께 길을 가게 되었다.

"난 이단자 놈들하고 싸우다가 살해되었소. 그래서 이렇게 마호메트가 말씀하신 천상의 기쁨을 곧장 누리게 된 거지요." 터키인이 기쁜 듯이 말했다.

"당신, 기독교인이 아닙니까?" 앤드류 씨가 진지한 목소리로 물었다.

"아닙니다. 전 그냥 신이란 존재를 믿을 뿐이외다. 당신은 회교도 같은데, 맞수?"

"아닙니다. 저도 그냥 신을 믿을 뿐이에요." 앤드류 씨가 대답했다.

두 영혼은 서로의 손을 꼬옥 잡은 채 아무 말 없이 위를 향해 떠올랐다.

"전 광교회파 회원이에요." 터키인이 부드러운 목소리로 덧붙였다. '광(廣)'이라는 말이 허공에서 기묘한 울림을 남기며 사라졌다.

"어떻게 살아왔는지 좀 들어봅시다." 터키인이 다시 말을 건넸다. "난 점잖은 중산층 가정에서 태어나, 윈체스터와 옥스퍼드를 졸업했습니다. 선교사가 될 생각이었는데, 상공회의소에서 일자리 제의가 들어와 수락해 버렸죠. 서른둘에 결혼해서 아이를 넷 낳았는데, 둘은 죽었어요. 아내는 아직 살아 있습니다. 좀더 오래 살았더라면, 난 아마 기사 작위를 받았을 겁니다." 앤드류 씨가 말을 마치자, 터키인이 다시 입을 떼었다.

"그럼 이제 내 얘기를 들려줄 차례로군. 난 아버지가 누구인지 전혀 몰라요. 어머니도 나한테 별 영향을 미치지 않았죠. 살로니카의 슬럼가에서 자랐고, 커서는 도적단에 들어가 이교도들의 마을을 약탈하고 다녔수다. 마누라를 셋이나 거느리고 떵떵거리면서 아주 잘 살았죠. 내 마누라들도 전부 다 아직 살아 있어요. 더 오래 살았다면 난 아마 도적단 두목이 되었을 거요."

"내 아들 하나가 마케도니아를 여행하던 중에 살해되었는데, 당신들이 죽였을 수도 있겠군요."

"뭐, 그랬을지도 모르죠."

두 영혼은 서로 손을 꼭 잡은 채 계속 위를 향해 떠올랐다. 점점 가까이 다가오고 있는 비극에 대한 공포감으로 꽉 차 있었기 때문에, 앤드류 씨는 더 이상 아무 말도 하지 않았다. '저토록 사악하고 무법적이며, 잔인하고 음탕한 사내가 천국으로 들어갈 수 있게 되리라 굳게 믿고 있다니! 그것도 불한당들이나 누리는 비천한 현세적 쾌락으로 가득한 그런 천국을 꿈꾸며 말야, 참!' 그러나 앤드류 씨는 그에게 어떤 혐오감이나 분노감도 들지 않았다. 단지 무한한 연민의 감정만이 느껴질 뿐. 그를 구하고 싶다는 생각이 간절해지면서, 앤드류 씨는 그의 손을 더욱 꼬옥 잡아 쥐었다. 그 역시 앤드류 씨의 손을 쥐고 있는 손에 더욱 힘을 주는 것 같았다. 그래서인지 천국의 문 앞에 도착했을 때, 앤드류 씨의 입에서는 전혀 뜻밖의 말이 불쑥 튀어나왔다. '저 들어갈 수 있나요?' 라는 말 대신에 "이 남자는 들어갈 수 없나요?" 하고 물은 것이다. 그와 동시에 터키인도 똑같은 질문을 던졌다. 두 사내의 마음속에서 똑 같은 영이 움직이고 있었기 때문이다.

문 앞에서 "둘 다 들어갈 수 있습니다"라고 대답하는 음성이 들리자, 그들은 뛸 듯이 기뻐하며 함께 문을 밀고 들어갔다. 그러자 그 목소리가 다시 물었다.

"어떤 차림으로 들어가고 싶으십니까?"

"제 옷 중에서 최고로 근사한 옷요. 거 왜 제가 훔친 옷 있잖아요." 터키인은 이렇게 소리치면서 화려한 터번에 은실이 수놓인 조끼, 헐렁헐렁한 바지를 입고 파이프와 총, 그리고 칼이 부착되어 있는 커다란 벨트를 찼다.

"당신은 어떤 옷을 입고 들어가시겠습니까?" 그 목소리가 앤드류 씨를 향해 물었다. 앤드류 씨는 자신이 갖고 있던 옷들 중에서 최고로 멋진 옷을 떠올려 보았으나, 다시는 그것들을 걸치고 싶은 마음이 들지 않았다. 드디어 입을 옷을 생각해낸 그가 말했다. "그냥 가운 같은 거요."

"색깔과 모양은 어떤 걸로요?" 그 목소리가 다시 물었다.

앤드류 씨는 색깔이나 모양 따위에 대해서는 한 번도 생각해 본 적이 없었기 때문에, 잠시 머뭇거리다가 "저, 흰색이 좋을 것 같아요. 나긋나긋하고 부드러운 천으로 된 거요" 하고 대답했다. 그러자 그가 주문한 것과 똑같은 옷이 금방 앤드류 씨에게 주어졌다.

"지금 입어요?" 앤드류 씨가 묻자, 그 목소리가 대답했다.

"입고 싶을 때 입으면 됩니다. 뭐 다른 필요한 것은 없습니까?"

"하프요. 작은 걸로." 앤드류 씨가 대답하자, 작은 금색 하프가 그의 손에 쥐어졌다.

"저, 종려나무…… 아뇨, 그럴 자격이 없지요. 그건 순교에 대한 상으로나 주어지는 것인데. 제 삶은 지극히 고요하고 평온했으니까."

"원한다면 종려나무 잎사귀도 드릴 수 있습니다."

그러나 앤드류 씨는 종려나무 잎사귀는 사양하고, 서둘러 하얀 가운을 걸친 다음 벌써 저만치 문 안으로 들어가 있는 터키인의 뒤를 쫓아갔다. 그가 열려 있는 문을 통해 안으로 들어서려는 순간, 자신과 똑같은 차림의 어떤 사내가 절망적인 몸짓을 하며 문 밖으로 나가는 것이 보였다.

"저 사람은 왜 저렇게 불행한 얼굴을 하고 있지요?" 그가 물었으나, 그 목소리는 아무런 대답도 해주지 않았다.

"그런데 저기 저 옥좌나 산 위에 앉아 있는 사람들은 전부 다 누구죠? 왜 저렇게 무섭거나 슬프고 추한 표정을 짓고 있는 겁니까?" 앤드류 씨가 물었으나, 역시 아무 대답이 없었다. 그러나 앤드류 씨는 곧 그들이 현재 지상에서 숭배되고 있는 신들이라는 것을 알아차렸다. 한 무리의 영혼들이 신들을 에워싸고 서서 그를 찬양하는 노래를 부르고 있었다. 그러나 신들은 살아 있는 사람들의 기도를 듣느라 그들에게는 전혀 신경도 쓰지 않고 있었다. 살아 있는 사람의 기도만이 그들에게 힘을 불어넣어 주기 때문이었다. 간혹 인간들의 믿음이 약해지면, 그 믿음의 대상인 신 역시 고개를 축 늘어뜨린 채 쪼그라들면서 기력이 약해졌다. 그러다 부흥회나 대규모의 종교집회 같은 것을 계기로 다시 믿음이 강해지면, 신도 덩달아 기운을 차렸다. 그러나 이런 믿음의 정도가 너무도 자주 변했기 때문에, 신들의 모습 역시 환희에 들뜬 표정에서 근엄하게 체면치레를 하는 모습으로, 또는 우주적 사랑을 얘기하는 온화한 얼굴에서 전쟁의 잔인한 표정으로 서로 모순적인 양상을 띠며 수시로 뒤바뀌었다. 그리고 가끔가다가는 한 명의 신이 둘이나 셋, 또는 그 이상의 신으로 나뉘어져, 각자 자기만의 의식이나 믿을 수 없는 불안한 기도를 받고 있었다.

앤드류 씨는 거기서 부처와 비슈누, 알라와 여호와, 그리고 엘로힘도 보았다. 소수의 야만인들에 의해 같은 방식으로 숭배되고 있는 아주 추하고 차가운 표정의 작은 신들도 보았다. 신이교도인 제우스의 커다란 형체도 어렴풋이 보였다. 잔인한 신에 야비한 신, 고통받는 신들도 있었으며, 설상가상으로 까탈스럽고 기만적이며 음탕한 신들까지 있었다. 그들을 통해 인간의 모든 욕망들이 충족되고 있었으며, 그런 욕망을 추구하는 사람들을 위한 중간 지대까지 있었다. 크리스천 사이언티스트들을 위해서는 그들이 죽지 않았다는 것을 증명해 보일 수 있는 장소까지 따로 마련되어 있었다.

앤드류 씨는 잠깐 하프를 연주하는 둥 마는 둥 하다가, 먼저 죽은 그의 친구 한 명을 찾아보았다. 그러나 그의 모습은 어디에서도 찾을 수 없었다. 천국의 문을 통해 영혼들이 끊임없이 안으로 몰려들고 있었으나, 이상하게도 그 안은 텅 빈 것처럼 보였다.

원하던 모든 것들을 손에 넣게 되었으나, 앤드류 씨는 어떤 커다란 행복감도, 선과의 황홀한 일체감도, 아름다움에 대한 신비주의적인 체험도 얻을 수 없었다. 천국의 문을 통과하기 전, 터키인 사내도 안으로 들어갈 수 있게 해달라고 기도하던 순간, 터키인도 자신을 위해 똑같이 기도하는 소리를 들었을 때의 느낌과 견줄 수 있는 것은 아무것도 없었다. 그러던 차에 터키인의 모습을 발견한 앤드류 씨는 지극히 인간적인 기쁨을 느끼며 큰 소리로 그를 반갑게 불렀다.

터키인은 앉아서 무언가 곰곰이 생각에 잠겨 있었는데, 그의 주변에는 코란에서 약속한 일곱 명의 처녀들이 앉아 있었다. 터키인도 반가운 듯 앤드류 씨를 향해 소리쳤다.

"오! 친구! 이리 오게나. 다시는 헤어지지 마세. 내 기쁨이 곧 자네 기쁨 아닌가? 그런데 다른 친구들은 다 어디 있는지 모르겠어. 내가 사랑했거나 죽인 사람들은 다 어디 있는 거지?"

"나도 자네 말곤 아무도 못 만났네." 앤드류 씨가 터키인의 발치에 다가가 앉으며 말했다. 판에 박은 듯 서로 똑같은 얼굴을 하고 있는 처녀들이 석탄처럼 까만 눈으로 그를 향해 윙크를 했다.

"원하던 것들을 전부 다 가졌는데도, 별로 행복하지가 않아. 문 밖에 있을 때, 자네도 들어가게 해달라고 기도하고 있는데 자네 역시 날 위해 똑같이 기도하는 소리를 들었을 때의 느낌과 비교할 수 있는 것이 아무것도 없어. 이 처녀들도 내가 그려낸 모습 그대로 아주 아름답고 착해. 하지만 더 나은 모습을 기대할 수도 있지."

그가 속으로 바램을 얘기하자, 처녀들의 몸매는 훨씬 더 부드러워졌으며, 눈도 이전보다 더욱 크고 검게 변했다. 앤드류 씨도 자신의 옷을 더욱 부드럽고 순결하게 바꾸었으며, 하프도 더 반짝반짝 윤이 나게 변화시켰다. 그러나 그곳에서는 바램만 이루어질 뿐 소망은 전혀 충족되지 않았다.

"난 갈 거야." 드디어 앤드류 씨가 말문을 열었다. "우린 무한성을 바라지만, 그건 상상할 수 없는 거야. 어떻게 그걸 바랄 수 있겠나? 난 꿈속에서 말고는 무한히 아름답고 무한히 선한 것을 상상해 본 적이 한 번도 없었어." 그러자 터키인 사내가 말했다. "나도 따라 가겠네."

그들은 함께 출구를 찾아 나섰다. 터키인 사내는 처녀들과 이별을 하고 최고로 멋진 옷도 벗어 버렸으며, 앤드류 씨 역시 그의 가운과 하프를 멀리 던져 버렸다.

"여길 떠나도 됩니까?" 그들이 묻자, 그 목소리가 대답했다.

"원하신다면 두 분 다 나갈 수 있습니다. 하지만 밖에 무엇이 있는지 기억해 보세요."

문 밖으로 나서자마자, 그들은 다시 세계 영의 압력을 느꼈다. 그들은 잠시 손을 맞잡고 압력에 저항했다. 그러나 다음 순간, 세계 영은 다시 그들 안으로 아프게 뚫고 들어왔다. 그러자 그들 자신과 그들이 했던 모든 경험들, 그들이 이루어낸 모든 사랑과 지혜가 세계 영 안으로 흘러들어가 세계 영을 더욱 훌륭한 것으로 변화시켰다.